新　潮　文　庫

やがて満ちてくる光の

梨　木　香　歩　著

新　潮　社　版

11781

目次

Ⅲ

IV

やがて満ちてくる光の

守りたかったもの

一

あれは小学校入学と同時に買ってもらった新しい机の引き出しだったから、それはやはり小学校入学の年のことだったのだろう。春の潮干狩りで、私はずいぶんアサリを掘った。一つ一つ手のひらに載せ、しみじみと見入り、何て素晴らしい造形だろう(もちろんこのような言葉は知らなかったけれど)と感動した。貝それぞれに一つとして同じ模様がなく、また完璧《かんぺき》なふくらみを持っていること。そのとき貝というものの美しさに初めて出会ったように思う。それが私の初めての潮干狩りだったとは思えない。生まれ育ったのは海辺に近い町だったので、季節行事のアトラクションとして、歩けるようになった年から連れていって貰《もら》ったに違いないのだ。きっと私の内的な成長がようやく貝の美しさを愛《め》でるに追いついた、ということなのだろう。その美しいものを、他ならぬ自分の力で獲《と》ったということに、私は深い満足を覚え、それを「食べてしまう」など、言語道断だと思い、自分で獲った分から少し、こっそりと新しい机の引き出しにしまった。当然のように貝は内部から腐敗し始め、臭《にお》いを放ち始めた。一寸《ちょっと》困ったがそれほど不快ではなかった。貝はまだ外見の美しさを保っていたから。大分長い間、そこに入れていたと思う。最後に捨てたときどういう様子であったかは覚えていない。けれど私が大学進学のためにその町を出るまで、ずっとその引き出しは開くたび貝の臭いをさせていた。今に至るまで、それに近い臭いがするとあのとき頑《かたく》なに捨てることを拒んだ気分を思い出す。

初めて晴れ着を着たのは三歳のお正月のことだった。肩上げと裾《すそ》上げのいっぱいにされた、しかも金糸銀糸の存分に入った重い着物だったと思う。帯だって同じようにハレの効いたもので、おまけにこれでもかというように小物を一杯に挟まされた、子どもには重量級の物だったのに、私はその手間入りの衣裳《いしょう》に魅了され、就寝時、断固として脱ぐのを拒んだ。両親の説得や脅しにも屈せず、それなら立ったまま寝る、と本当に柱に寄りかかったまま寝てしまったのだそうだ。かんざし一つとろうともせず。

執着と、守ろうとする意志の間は紙一重で、ただこの頑なさがプラスにもマイナスにも働いて、私の人生を仕様なく象《かたど》ってゆく。

たのだった。

二

一年近く前、本誌「母の友」の鼎談《ていだん》（鶴見俊輔《つるみしゅんすけ》氏、別役実《べつやくみのる》氏と）のために法然院《ほうねんいん》の奥座敷を訪れた。雨模様の午後で、鼎談中、少し陽が陰ってきたかと思うたび、けたたましい音量で庭のカエルが鳴いた。モリアオガエルの生息している池があったのだった。

鼎談後、昔モリアオガエルにまつわるアルバイトをしていたという、編集のO氏がその仕事の一端を語ってくれた。

昔、といっても彼が小学生の頃の話だ。地域の図書館司書の方の家に古い池があり、そこにモリアオガエルが棲《す》んでいた。カエルは池に差し掛かる木の枝に卵を産み、やがてオタマジャクシになった幼生は、ぽちゃんと下の池に落ちる。そういう手筈《てはず》になるように、モリアオガエルは木を登って下を確認し（たぶん）、卵を産む。しかしこの季節には必ずイモリがやってきて、そのオタマジャクシが正しく落ちてくる位置にただ静かに（たぶん）口を開け、待っている。

図書館でその司書の方と懇意になったO少年が、アルバイトとして頼まれたのは、まさにこのイモリを捕獲する仕事であった。ビニールの大きなゴミ袋二つ分、彼はイモリを捕った。

——飼いたかったんです、そのイモリたちを。でも結局共食いを始めて……。ほとんど残りませんでした。

けれど幾匹かのモリアオガエルの命は、確実に守られたわけだ。

イモリに呑《の》み込まれるオタマジャクシは、産まれた場所から一メートル落下したところでその生を終える。その一瞬が彼または彼女の一生なのだ。同時に、月の明るい静かな晩、ただ無心に口を開けて命が落ちてくるのを待つ、イモリのひたむきな両眼をも思い、まだ見ぬその光景が心に焼き付いた。

湿度が急に高くなって緑陰がいよいよ濃くなった、これは雨の気配、と思った瞬間、一斉に鳴き始めたモリアオガエルのあの、哀感を帯びた鳴き声が忘れられない。

三

出会い系サイトに、自らの性を売る小中学生が現れているという。

インターネット等のメディアの発達で、大人社会の情報が、何のフィルターも掛けられないまま、子どもの世界に流れ込んでゆく。昔は（という物言いをする自分自身にもため息が出るが）大人社会と子ども社会の間には厳然たる壁があり、その壁の向こうの秘密めいた存在に、子どもたちは魅力と恐れの両方を感じながら、向こう側に何があるのか確かめたいという、とても健全で大事な欲求を持ち、そんなこんなの試行錯誤の過程は、そのまま成長期の内面を育《はぐく》んで行くバネにもなっていった、はず。

壁はいつかは乗り越えて行くものだが、そのときまでは、壁の外の嵐《あらし》のようなエネルギーから（子どもの内側にそれと拮抗《きっこう》するエネルギーが育つまで）、子ども自身を守り、性愛に依《よ》らないエロスの、豊かな可能性を内包した子ども文化を育む場所を提供してきた。

暴力と性に関する、特に性の商品化に関する情報の氾濫《はんらん》で、その壁は今やないに等しい。自分の性を商売にしようとする子が出てきても無理はない。だって、それが大事なものだなんて、この圧倒的な情報量の前では、誰もその子に語らなかったに等しいのだ。お金と交換できるものを自分が持っているらしい、やったあ、と無邪気に行動することは、子どもらしい短絡さだ。眉《まゆ》を顰《ひそ》めるべきは、その子に対してではない。性に関することは、人間存在の深い所と直接関係することだけに、本来とても心を込めて、大切に扱わなければならない、ひどく個人的な、魂にかかわることだ。それが切り売りされる危険に、子どもたちは曝《さら》されている。

「守りたかった」ことはいくつもあった。それができなかった無力さに、立ち上がる気力さえなくすようなときもある。

それでも何とか、声を上げていきたいと思うのは、きっとこれが、私たちの望んでいる社会のはずがない、という頑固な驢馬《ろば》のような確信に、私自身が「守られている」せいなのかもしれない。

遠くにかがやく　近くでささやく

セーター、五五六枚。

一枚一枚、デザインも糸も変えて丁寧に編まれたセーターが、何十年もの間、未《いま》だかつてだれからも着用されることなくひっそりと積まれ続ける光景を思い浮かべてみる――時が止まったような静謐《せいひつ》さ。

編んだのはオランダ、ロッテルダムのシャロアー地区に住むロースさん。シャロアー地区には、約一六〇の国々からの難民が、それぞれの文化とともに暮らしている。ロースさんはおよそ六十年かけて、五五六枚ものセーターを編み続けた。彼女の生涯のほとんどはこのセーターづくりに費やされているといっていい。だれに着てもらう当ても――そもそも、ロースさんが自分の作品を着てほしい「だれか」がいたかどうかもわからない――なく、売り物にするためでもなかった。セーターは実用品としてではなく、なんの「役割」も振られず、純粋に存在のための存在として誇り高く「存在」し続けていたのである、長い長い間。

それを「発見」したのはロッテルダム博物館のスタッフ。地元文化の調査保存のための活動中のことである。やがて関係者の呼びかけで、多勢の人びとが集まり、五五六枚は一斉に袖《そで》を通され、ロースさんの住む通りでパフォーマンス。（いちばん古いもので）六十年間たたまれていたセーターたちは、陽の光を浴び、飛び跳ね、躍動した。笑顔笑顔の洪水のまんなかに、まるで玉座のような椅子《いす》に座った、これもまたとびっきりの笑顔のロースさんがいる……。このフラッシュモブのようすを映したフィルムと、セーターの一部、六〇枚が、今、六本木のミッドタウンで開催中の「活動のデザイン」展で公開されている（二〇一五年二月一日まで）。

実はロースさんはヘビースモーカーで、編み物をしていたのは禁煙のために手を動かし続ける必要があったからなのではないか、という説もあるらしい。とすれば彼女の一生は、「煙草《たばこ》を吸いたい、けれど吸わない」という自分自身との静かな闘いに貫かれた一生だったともいえる。また、それだけが目的だったら、同じ毛糸を編んだりほどいたりして繰り返し使えばいいだけのはなしであるが、一枚一枚、まったく違うデザインの作品として、編んだものを完成させ続けた。「必要」と「創造」の間には、なにか神秘的な通路があるかのようだ。

私の実家の庭に、わりと大きなキンモクセイの木があって、人知れずそこにヒヨドリが巣をつくっていたのが、剪定《せんてい》されたときたまたま見つかった。もう巣立った後の空巣だった。今、それは私の手元にあるが、巣の中心は細い枝がレースのように編まれた瀟洒《しょうしゃ》なもの。おまけにキンモクセイの小さな花が幾重にも優しく敷かれている。

創《つく》ることは生きること。

なんにもないところ　1

スウェーデン南部のバルト海に、エーランド島という細い小枝のような島がある。本土から長い長い橋が架かっており、車で海を渡れる。北極圏へ行き来する渡り鳥の中継地ということで、スウェーデンのバードウォッチャーには有名（ということも、島へ行ってから、入り江で鳥を見ている人びとに聞いて知ったのだった）らしいけれども、吹き荒《すさ》ぶ風のなか、家々の疎《まば》らな寒村が広い空の下に点在している、ただそれだけの島だといわれたら、頷《うなず》けるところもある。気心の知れた日本人だけで車を走らせていたのだが、なかの一人、普段ストックホルム在住で活動しているYさんの知り合いにこの島の出身者がいて、「なーんにも、ほんとになーんにもないところなのよ！」といったというのも、妙に納得できる。が、世の中に「なんにもないところ」などというものは、やはりどこにも存在しないのだった。

この島の南部は、ひとことでいうと石灰岩平原で、しかも不毛の平原と呼ばれるほど痩《や》せた地質である。その佇《たたず》まいが、ますます島の印象を荒涼としたものにしているのだけれど、ここの石灰岩の成り立ちには独特のものがあり、他にはない希少種の植生が見られる。初めてこの圧倒的な平原を車で通りかかったとき、予備知識がなかったため、驚愕《きょうがく》して、誰かこの景観の説明をしてくれる人はいないかしら、と車中で相談、Yさんはi Pa dを駆使して近辺にかろうじて一軒だけあった「公的な機関のようなもの」を探し出してくれた。ガイドブックにも地図にも載っていない、事前情報はおろか、それまで出会った地元の人びとも、多分存在を知らなかったのではなかろうかと思われるその謎《なぞ》の「研究所」は、どうやら昆虫に関する専門らしいが、彼女は私のさっぱりわからないスウェーデン語でその「研究所」に電話して、あっというまにアポイントメント（?）を取ってしまった。電話に出てきた先方の女性によると、「いまだかつてこの施設に観光客が来たことなんて一度もない、でも、ちょうどフィーカ（コーヒータイム）の時間だから来てもいいわよ」ということだった。Yさん自身の、運命を果敢に切り拓《ひら》いていく交渉力もすごいが、インターネットの力もすごい。「旅の作法」も一昔前とは確実に変わりつつあることを、このときまざまざと実感した。

さて、研究所自体は、敷地は広いけれど知らなければそのまま通り過ぎたに違いない、何の変哲もない平屋建ての（二階くらいはあったかもしれない）白っぽい建物で、迎えてくれたのは気さくなジェネラルマネージャーのカイサさん。電話に出てくれた女性だ。なんとそこでは、地球規模の温暖化現象を昆虫の数の変化によって明らかにしていこうという、世界中の研究所を巻き込んでのプロジェクトが行われている真っ最中なのらしかった。思わぬ事態に目を丸くしていた私たちは、それから情熱あふれるスタッフの面々と知り合い、彼らの仕事の現場まで、入り込んでいくことになる。

なんにもないところ　2

謎の研究所の名まえはリンネ研究所。この島にやって来て希少植物の多様性に驚いた植物学者・リンネの名を冠した。案内されて部屋に入ると、ちょうどそれぞれの机の電子顕微鏡に釘付《くぎづ》けになっていた研究者たちが、一休みに入ろうとしているときだった。スタッフは全部で十数名ほど、フルタイムの研究者は五人、リーダーのペレさんは日本の合気道が趣味、半袖のTシャツ姿で髪を後ろに括《くく》った、すてきな「海賊の頭《かしら》」風の男性だった。彼によると、研究所が二〇〇三年から二〇〇六年までにスウェーデン全土で採集した、〇・五ミリ程度の翅《はね》があって飛ぶ昆虫、（彼ら曰《いわ》く）「カとかハエとか」は約八〇、〇〇〇匹。そのうち二、〇〇〇種は新種。以前のデータがないので、この数が果して多いのか少ないのかわからない。「今、このデータの処理にスタッフ全員で専念しているところです。これから先、温暖化が進むにつれ、地球にどういう変化が起きてくるのか、比較検討するためにも、基本になるデータが必要。まず着手しなければならない大切な仕事だと思っています」

なんと、「縁の下の力持ち」的な覚悟と努力であることか。「なんにもないところ」の片隅で、こんな地味で気の遠くなるような作業が続けられていたのだ。顕微鏡をのぞき込みながら、たとえば〇・五ミリ以下のカの翅を極細のピンセットでとってケースに収める。朝早くから夜遅くまで顕微鏡の前に座りきりだけれど、ぜんぜん苦にならない、むしろもっとやりたいくらい、だという。そして小さい小さいカたちの、小さい小さい差異について話してくれるのだが、その「差異」そのものより彼らの情熱の方にすっかり感激してしまった。カ類のエキスパート、エリカ・リンドグレンさんは、楚々《そそ》として内気な少女のような印象、なのだけれど、カのことになると頬を紅潮させ、「カって本当に美しい生きものなの。二、五〇〇種もいるのにそのなかで血を吸うのはたった七種。なのにみんなに忌《い》み嫌われている。大きな哺乳《ほにゅう》動物のことになるとみんな必死で保護しようとするのに。もっと、小さな生きものに目を向けてほしい」と熱く語るのだった。それからさまざまな「小さな生きものについて、私たちが知るべきあれこれ」談義に花が咲き、皆で記念写真を撮り、「ちょうどフィーカ（コーヒータイム）でよかったわ」とにこにこと送り出された。

外は相変わらず荒涼と「なんにもないところ」然としていた。バルト海を渡ってきた風が草を揺らしていた。今までの熱気がうそのようで、狐《きつね》につままれたような思いだった。皆で上気した顔を見合わせる。「え？　なんだったの、何が起こったの？」振り返ると、最初の印象の「南極基地のバラック小屋」のような殺風景な建物が、熱い何かがいっぱいに充満してはち切れそうになっているようなイメージに変わっていた。

英雄にならなくても

昨年（二〇一四年）末、オーストラリアのシドニーで起こった人質立てこもり事件は、二人の犠牲者を出して幕を閉じた。犠牲者の一人は犯人から銃を奪おうとして亡《な》くなり、もう一人はまだ幼い三人の子を持つ母親だった。彼らへの深い同情と悲嘆がオーストラリア全土を覆《おお》った。犯人がその経歴の中でイスラーム教に関係していることがわかったので、ムスリム社会に対するすさまじいバッシングが危惧《きぐ》された、その最中《さなか》、ある女性がツイッターに書き込んだ。

「……私の横に座っていたムスリムと思われる女性が、（ムスリムとわかって敵意や攻撃を受けるのを避けるため）そっと彼女のヒジャーブを外した。駅に着いて、私は彼女を追いかけて言った。『それ、着けたら？　私、いっしょに歩くから。』彼女は泣き出し、私を抱きしめた——一分間ほど。そして一人で歩いて行った」すぐに「これだよ、これこそが我々のとるべき行動だよ」、という反応があり、「私はいつも〇〇路線の△△番のバスに乗る。身の危険や不安を感じているムスリムがいたら、私がいっしょにいてあげる」というようなリツイートが引きも切らず続いた。最初のツイートから二時間ほどで何万件もリツイートされた。「私は歩いて学校へ行くから、バスなんかでいっしょにいてあげられないけど、でも、私、あなたたち（ムスリムたち）を見かけたら、微笑《ほほえ》むわ。道の向こうからでもね」こういうものもあった。公共の場で示されるささやかな善意。けれど社会の空気を一変させるような、決定的な実行力のある善意。読みながら涙ぐんだ。

どうにも光の見えない年末だった。慌《あわ》ただしい選挙。増強されるであろう軍備。加速するヘイトスピーチと怒鳴り合ってそれを阻止しようとする人びと。不信と憎悪《ぞうお》が渦のようになって社会全体を覆っていた。いったいどうしたらいいのか。そういう無力感と焦燥のなかで、このオーストラリア人たちの決意は、まるで宝石のようにきらめいて見えた。この「いっしょにいるよ」運動は、何も過激派に対する過激な反対行動でも、ムスリムの人たちをずっとガードして回る、というような自分を徹底的に犠牲にして誰かのために尽くす、というヒロイックなものでもない。ただ、いっしょにいる「その場」で、彼女たち、彼たちに、私はあなたの敵ではないよ、そばにいるよ、といっているだけなのだ。これはインターネット上でつけられたハッシュタグにちなんだ「#illridewithyou」(いっしょにいるよ)運動としてオーストラリアで定着した。

日本でもできるはず、と思う。そのひと自身になんにも関係ないのに、出身国、民族、宗教のせいで、針の筵《むしろ》にいるような思いをしているひとが、目の前にいたら、そっと微笑みかけてあげる、そっと傍らに立ってあげる、彼女たち、彼たちを疎外《そがい》しない、孤立させない、それだけのこと。

そう、私たちは英雄にならなくても、ほんの少しの勇気で、誰かを救うことができる。大きな流れに、静かに抵抗することができる。

梅の話

小さな庭だったが木々の種類の多いことが大家の自慢だった。

その家へ越してきた最初の正月に、庭のつくばいの上へ被《かぶ》さるように真紅の小さな紅梅がぽつんと咲いているのを見つけた。灯をともすようだった。それから二月いっぱい三月にかかるまで、同じ木のあちこち、次から次へと小さな灯がともり続けて満開になった。そろそろそれもおしまいという頃、紅梅の隣の木の花が咲き始めた。濃いピンクの蕾《つぼみ》であったが、花びらが開いていくにつれ、白くなった。桃のようだがどうもようすが違う。それまで咲いていた梅のようでもなければもちろん桜でもない。梅・桃・桜の違いを述べた図鑑を見てもよくわからない。梅に較《くら》べぽってりとふくよかな花が、おしくらまんじゅうをするように楽しげに枝に並ぶ。どことなく緊張感を孕《はら》んだ梅の美しさに較べ、なんだか天平《てんぴょう》美人のように屈託がない。当時家にいらした方がしばらく窓越しに件《くだん》の木を見つめ、「……花桃《はなもも》？」と、呟《つぶや》いた。その名まえの、ふんわりとはなやかな描写の的確さに、あ、と一瞬虚をつかれたが、実際は花桃でもなかった。

その花も終わる頃、さらにその隣の木が花をつけているのに気づいた。手前二本の木の花にもましてはなやかなその花は、白い花弁が少し薄目なのか軽くカールが入っているよう、薄緑色の葉っぱも早くから出て明るくにぎやかだった。これもまた種類がわからなかった。

梅雨を迎え、紅梅の実が落ち始めた。それからしばらくして、その実より一回りくらい大きな実がいくつも、黄色く熟して落ち始めた。「花桃」は南高梅だったのだ。黄色く熟した実は香り高く、何かせずにはいられず、生まれて初めて梅干しを漬け、生まれて初めて梅干しがおいしいと思った。紅梅の実は梅ジャムにした。これは酸味が強すぎて、チャツネの代わりにカレーに使った。そして秋になって、小さな花梨《かりん》のような実が落ち始めた。私はひねた花梨だと思っていたが、あるとき、それが木瓜《ぼけ》の実だと気づいた。草木瓜《くさぼけ》の実に似ている、とふと思い出したのだ。木瓜の花は朱色だとばかり思い込んでいたが、あの優美に少しカールした花は白木瓜だったのだということがわかった。木瓜の実は薄くスライスして乾かし、ハーブティーの材料の一つにした。翌年の梅の花は寂しかった。実も不作だった。南高梅は漬けられなかった。ジヤムもつくらなかった。

それが去年までの顚末《てんまつ》である。

今年も梅の実が育ちつつある。

大切なことを学びつつある気がする話　1

頂きものの羊羹《ようかん》の木箱がとてもしっかりしたものだったので、捨てるに忍びず、庭に来る鳥の餌台《えさだい》にしようと思い立った。雨風に晒《さら》されることを考えると、いくらしっかりしていそうでもそのままでは無防備なので、柿渋《かきしぶ》の原液を買って来た。倍ほどに水で薄め、刷毛《はけ》で塗り、乾いては塗り、また乾いては塗りを繰り返して、いい加減うんざりしてきたところで（柿渋には独特の匂《にお》いがある）やめにする。庭の枯れ木の、太い枝が水平に切られているところにそれを置いて軽くねじで留める。そこへ少し深さのあるガラスの器を置いてジュースを注ぎ、賞味期限をはるかに越えて処遇に困っていた玄米も一摑《ひとつか》み、ガラス器の横に置いた。

その日はほとんど鳥たちの反応がなくて終わった。

鳥が好きなのに、今まで餌台を設《しつら》えることをしなかったのは、庭につくばいがあり、すでにいろいろな鳥が水浴びに来てくれていたし、木々が多いのでそれにつく虫も多く、あれこれつつきにやって来る鳥もまた多かったからだ。害虫を退治してくれ彼らもそれが腹の足しになり満足なら、別段わざわざ餌台をもうけてそれ以上の饗応《きょうおう》をする必要も感じなかった。それが、木箱を無駄にしたくないと思う貧乏性のせいで、こんなことをしてみた。したらしたで、気になるもので、家のなかからしょっちゅう餌台の方を窺《うかが》うようになった。

翌日、ヒヨドリが一羽、やって来て、餌台の上方、枯れ木の枝に止まって、しきりに身じろぎし、辺りを見回している。それからこちらの方をのぞき込む。鳥が何かを見るときは、左右の顔のどちらか片側を見ている対象の方へ向ける。人間はものを見るとき、顔の正面を対象へ向け、両の目の焦点を合わせるが、鳥は（人間のように顔の平たいフクロウなどは別にして）よく見ようとすると、片目でまじまじと見るのだ。で、こちらをしげしげとのぞき込んだヒヨドリは私と目が合うと、ほら、やっぱりね、とばかり、ピョーと叫んで飛んでいった。ああ、これで、関係が切れた、と少しばかりしゅんとする。だが、あんな厚かましいヒヨドリが（人生のあらゆる局面で彼らと付き合って来たので、彼らが非常にタフだということはわかっている）、そんなことで傷つくわけがなかったのだ。やがて戻って来て、さもジュースなど気にしないふりで近くの枝に止まり、長い長い時間をかけ（一時間近く）、羽繕いをし、それからいかにもどうでもよさそうに餌台に止まり、玄米をつついた。そして恐る恐るジュースの上にかがみ込み……。

以来、毎日コップ一杯ほどのジュースを、この一羽がうわばみのように飲み干す。空になると、窓辺で仕事をしている私の視野に入るところでさかんに示威行動をとる。催促しているのだ。すぐに立って入れてやるのは悔しいので、頃合いを見計らってガラス器をジュースで満たしてやる。自分でも何をやっているのかわからない。最初は確か、可愛《かわい》らしい小鳥たちがうれしそうに、上品にちょっぴりずつ、喉《のど》を潤《うるお》す場面を脳裏に描いていたのだったが……。

大切なことを学びつつある気がする話　2

菜種梅雨に入り、ヒヨドリのジュースカップにも雨が降り注いだ。雨が小休止するとカップにはうすぼんやりした色つきの水が残った。ヒヨドリはこのうすまったジュースを嫌った。まったく飲もうとしない。野生ならば、安全に水が飲める場所がある、というだけで満足すべきではないか、と思う。そしてほんのり果汁風味がついていたらそれだけでも贅沢《ぜいたく》というものではないか、と。しかしすでにそれ以上の贅沢に身も心もどっぷりと染まってしまっていたヒヨドリは、そんなものではもう満足しないのだった。どうなることかと思っていたが、ヒヨドリはすっぱりとジュースのことは諦《あきら》めて、それ以上の執着を見せることはなかった。拍子抜けして、それから少し、ヒヨドリを見直した。

先日、八〇を越した女性の話を聞いていて、彼女が小さい頃、家の仕事として水汲《く》みをしていたことを知った。昔の日本の山間部では（途上国では今も）、水汲みという重労働が子どもたちの務めの一つだった。中学に通うようになってようやく水道が敷設《ふせつ》されたとき、どんなにうれしかったか、けれど水汲みにはそれなりの喜びもあったという。私はその喜びを知らない。生まれたときから水は蛇口をひねれば出るものだったから。だが、その私も、若い方々の知らない喜びを知っている。今では外国へもeメールを使えば瞬時に交信できるが、昔は時間のかかる国際郵便が主な伝達手段だった。あの頃の、海を渡って来たという実感のこもる手紙を受け取るときの喜び。もっと昔、ファクスが家庭に入る前、締め切りぎりぎりの原稿を送るときは、日曜・祝日も開いている大きな郵便局まで行って速達で出すのだった。やっと辿《たど》り着いた窓口で、それを渡したときの達成感と充実感。以降ファクスからテキストファイルになった今、時折去来する「こんなに便利になって」という感慨。そのうちわざわざ原稿をつくらなくても、頭のなかで思い描いただけで形になるものも出て来そうな気配である。だがそこにはもう、あの苦労のあとの「喜び」は存在しないだろう。

自分で動く必要のない、便利の極みになったら、ひとは夢見る石ころのようなものではないか。苦労の向こうにセットされた喜びは格別のものだ。便利さと引き換えになった大切な何か、その「何か」こそがつまり、生きものが生きている証《あかし》なのだろう。

ヒヨドリだって、最初はジュースに狂喜したはずなのだ。それがあってあたりまえになってきて、それから思わぬ方向に事態が進みかけたとき、すっぱりと、それは「なかったもの」としてリセットした。が、もともとは私が始めたことなのだ。したたかなヒヨドリは、そこに在るものを利用していっているだけなのだ。それはそれで野性のなせる業だ。思えば昔からヒヨドリには、いつも、自分の盲点になっている大切なことを学ばされてきた。自分のなかの野性の洗練、とか、それとの共生、とか、そのようなこと。

そして今回は、何かがおかしくなり始めたとき、どの時点で、どの「快適さ」「便利さ」をストップさせるか、というようなことも。自分の意志で、決意して。

海は地球の裏側まで続いている

島の多いアドリア海の、比較的南の方に、ブラチ島はある。漁業を生業《なりわい》としている人が多く、起伏のある石畳の道を昼間に歩くと、朝の漁を済ませた後なのか、あちこちで網の繕いをしている老漁師に出会う。道がそのまま家の庭であり作業場なのだった。なにしろ「島」なので、港から家までの距離が短い。港町はそのまま島一番の「都会」。小さいながら市場も充実しているし、魚介類のおいしいレストランもあるが、島の魅力はなんといっても「長い歴史」なのだった。大陸の貴族の屋敷のスケールとは比較にならないが、元領主の伯爵《はくしゃく》の屋敷もあり、日本でいえば、町内の寺院の境内にいつの間にか入り込んでしまった、という具合に、散歩をしているうちにその庭園に入ってしまった（いずれにしろアポイントメントは取っていた）。そこで人間的魅力にあふれた老伯爵（すぐに昔の映画俳優のようなポーズをとり、思わず噴き出してしまう）に会い、表通りで彼の経営するアンティークショップに招かれ、数限りない「ものたち」（まったく彼の趣味だけの品揃《しなぞろ》えである。昔のおもちゃが多い）のコレクションに圧倒される。今私の机の上でペン立てとして使っている、ヨーロッパヤマガラ(?)のかすれた絵のついた戦前のマグカップはそのときのものだ。彼が店で鋏入《はさみい》れとして使っていたそれの、絵の鳥の名を同定しようと目を凝らしていたらプレゼントしてくださったのだった。素朴で寡黙《かもく》な老漁師たちとは違うが、同じようにどこか深みと哀愁を感じさせる老伯爵だった。

隣のフヴァル島は敬虔《けいけん》なカトリックの島でもあり、無形文化遺産となったイースターパレードがある。選ばれた島びとが受難のイエス・キリストに扮《ふん》し、裸足《はだし》で十字架を担《かつ》ぎながら島内の聖地に模した場所を巡礼、飲まず食わず、一昼夜かけて決行する。この大役に選ばれるのは大変な名誉なのだが、なんと、生涯で二度もこれを務めたおじいさんがいるという。連絡をとり、お会いできる場所を教えてもらう。「山奥」といわれてたどりついたサマーハウスはしかし、海岸の崖《がけ》っぷちの窪《くぼ》みに建っており(島だから)、家の庭から続く小道の先は崖下に向かっていて、見下ろせば青く透明度の高いアドリア海のさざ波が穏やかに入り江を洗っていた。その波音が優しく繰り返すなか、庭のテーブルでマルコおじいさんに話を聞いた。若い頃務めた巡礼は、戦地に召集された兄の身代わりとして志願した。二度目の巡礼は、その頃病を患《わずら》っていた老いた母の病気快癒の願いを込めて行った。母は奇跡的に助かった。おじいさんは、巡礼の神聖さを体現したひとであり、島びとの尊敬を集めている。傍らで幼い曾孫《ひまご》娘が初めて出会った日本人を瞬《まばた》きも忘れて見つめている。つぶらな瞳《ひとみ》がなんともきれい……。

色鮮やかな生命が数限りなく輝いて、アドリア海を成し、更に向こうへ続いている。

過去が散り散りにならないように

夏から秋にかけ、私の家の表側の窓には夜になるとヤモリが張り付く。名まえをモリタという。そこからは建物の反対側に当たる塀にも、同時期、同じように別のヤモリが張り付き、名まえをモリエッタという。彼らは互いの存在を知らない（と思う）。私がここに引っ越して来るずっと前からそうしていたのだろうか。彼らの過去はわからない。

この家に住むようになってから数年は経《た》っているのに、未だに書庫を中心とした二階が混沌《こんとん》から立ち直れない。そもそもの敗因は以前使っていた本棚がこの家では使えず、ほぼ壁一面、駅のロッカーのように取り付けられた物入れをとりあえず本棚代わりにしようとした、そのことにある。引っ越し業者はプロなので、本来なら以前の本棚に収まっていたそのままの順番で新しい家に移動させる手はずだったのだろうが、この物入れは一つ一つ本棚より深さがあり奥と手前に二列に本を入れないことにはどうにも収まらない（当然奥の列の書名は見えない）。「とりあえず適当に入れていいですか」ということばに安易にうなずいたのが、二つ目の敗因である。いちいち本をチェックしてこれはここにそれはあそこに、とやっているひまはまったくなかったし、とにかく片付けてくれるのだったらとありがたく思ったのだった。業者は（まことにありがちなことながら）本を大きさ別に分け、勢いよく詰めていった。結果的に何がどこにあるのか皆目わからなくなった。以来、必要な本が二階のどこかにあるのはわかっているのに、探す時間がなく新しく注文した本も何冊かある。こんなことではいけないと、並べ直そうとするが、出すだけでも手間がかかり、結局「適当に入れて」なんかもらわずに、段ボールに入れたままにしておいてもらった方がよほどよかったのだと思い知った。この機会に古い本は処分して気分一新、と自分を奮い立たせても、捨てる前に確認、とついそのまま読んでしまい、いっこう先に進まない。

最近、身近に認知症を患うひとが増えてきて、彼女たちが次第に過去（特定の事柄は別にして）を思い出せなくなるのを目《ま》の当たりにしつつあったのだが、ある日ふと、私自身の過去の思考は、まさにこの古本群にあるのだと悟った。読めばまさしく、（たとえば）学生の頃の自分がそこにいるのだった（書き込みや線引きなどあれば特に）。本を捨てずにとっておく、ということは、過去の自分をキープしていることに等しいのだと得心してから、これから先必要になりそうもない古本すら安易に捨てられなくなった——とっておきたい過去、手放したい過去、という視点が増えたのだった。混沌から脱け出せる見込みはますます遠のいたが、自分が何ものであるのか、途方に暮れる日々が来たときのために、過去を担保しているような気分でもある。根無し草になるのが怖いのだろう。

引っ越してきた年からずっと、モリタとモリエッタは同じ場所に現れる。過去など必要としていないかのようだけれど、それもよくわからない。

奇跡の往復書簡

『長くつ下のピッピ』などの作品で有名な、アストリッド・リンドグレーンが亡くなったのは九四歳、二〇〇二年のことだった。それから何年も経って、彼女がある女の子と八〇通あまりもの往復書簡を交わしていたことがわかった。アーカイブスを整理していたレーナ・テルンクヴィストによると、その女の子、サラ・ユングクランツの手紙は「長文で、感情の起伏の激しい、自暴自棄」なもので、その内容は「荒れた反抗的な気持を如実《にょじつ》に表わしていた」。サラが初めて手紙を出してきたのは一二歳の頃だった。年齢差、五一歳。それから二十年近く、文通は続く。レーナは書簡集の前書きで次のように述べた。

「ひとりは、悩み多き、みじめな一〇代の女の子で、もうひとりは、世界的に知られた作家であり、豊かな人生経験を積んだ公人だったのですが、このことは、ふたりの文通を妨げる原因にはなりませんでした。二つの〝似通った魂〟が、お互いに手紙を書き送っていたのです」（『リンドグレーンと少女サラ』石井登志子訳・岩波書店）

ほんとうにそうなのだ。二人は生涯一度も会っていない。けれどこんなに愛し合い、慈《いつく》しみ合う人間関係が可能なのだ。そのことに救われる思いがする。何よりリンドグレーンの真摯《しんし》な生き方が、個人的な手紙の端々にも反映されていて胸を打つ。あるとき、サラが煙草を吸ったことを知ったリンドグレーンは、「さて、サラ・ユングクランツさん、わたしはある提案をしますが、受け入れることも、拒否することも好きにできます」といって、二〇歳になるまで煙草を吸わなかったら、一〇〇〇クローナを誕生日プレゼントにしようと思うがどうだろう、と持ちかける。教師やカウンセラーだったら絶対にやってはならない「交換条件」だ。リンドグレーンには、ニコチン中毒で苦しんでいる家族がいた。どうしてもやめさせたかったのだろう。サラは感激し、お金はいらないし、煙草も吸わないと誓う。だが、それから十年以上経って、貧窮したサラは、ついにこのときの約束を持ち出す。リンドグレーンはどうしたか。もちろん、即座に送った。久しぶりの手紙に、まるで「放蕩《ほうとう》息子の帰還」を喜ぶ親のように優しく寛大に。だがサラはそれからずっとそのことを恥ずかしく思っていた（ということを、最後の手紙に書いている）。

当然のことながら、サラは昔の自分が書いた手紙を三十年間見ていなかった。自分が一〇代に書いた手紙を読むはめになったとしたら誰でも赤面するだろう。特にサラは、非常に困難な人生を歩んでいた。手紙は個人的な告白や悩みのオンパレードだ。それでも、サラが最終的にこの往復書簡の出版をオーケーしたのは、「世間の人がどう考えるか」より「自分が大切だと思うもの」を選び続けてきたリンドグレーンの勇気を思ったからだった。

「わたしは、あることをしようと決心しました。手紙に、手を加えないで出版することにしたのです」。彼女の決意により、これから先、これを読んで「もう一度、人を信じてみよう」と思う人間が何人いるか想像もつかない。リンドグレーンは積極的には公開を望まなかっただろうが、公開を決意したサラを誇りに思うだろう。

ネグラのたのしみ

夏ももうすぐ終わりという頃だった。玄関脇《わき》に鑿《のみ》で削ったような木屑《きくず》がかなりの量、落ちていて、首をひねった。近所で改築工事をしているところがあるから、そこからのものが風に乗ってやってきたのだろうか、と思うがそれならもっと広範囲に撒《ま》かれているはず。気になったが、謎は解きたいので、そのままにしておいた。それから十日ほど経ったある夜、テレビのネイチャーものの番組で、森の中でキツツキが巣作りのため、木に穴を開けている、その木屑の形がまさに散らばっているものにそっくりで、ああ、コゲラだ！　と直感した。翌朝さっそく玄関脇の立ち枯れのシラカバ（前住者が植えたもので、こんな標高の低い町中に植えるに無理のある樹種、と痛々しく思っていたら、案の定次々にカミキリムシにやられてしまった）を見上げると、確かに穴らしいものが頭上に見えた。けれど、生きものの気配がない。途中まで穿《うが》ってはみたけれど、やっぱりやめようと諦めたのだろうと思った。

それから二日後の夕方、外に出ていて、ふと見上げると、穴の中に何か詰まっている。薄暗かったので、近距離ではあったが双眼鏡をもってきて、見ると、紛《まご》うかたなきコゲラだった。天にも昇る心地である。コゲラはこちらを真正面に見つめている。木の色と保護色になって見えないだろうと強気に出ているのか。それとも、まだ世の中のことがわからない雛《ひな》なのか。もしくは抱卵中のつがいの片割れか。いずれにしても謎が残る。雛ならば餌を運ぶ親鳥の姿がまるで見えないし、つがいなら、交替要員の片割れの姿が皆無なのだ。微動だにせず、こころなし、ふらふらのようだ。夕方になったら姿を現す、というのもよくわからない。それから時間があると玄関の一部硝子戸《ガラスど》になっているところに張り付くようにして見てみるが、巣に通うものの姿は見当たらない。硝子にほっぺたをつけてじっとしていると、観察というよりストーカーのような気分で我ながら不気味だ。

写真を撮って、鳥類学者のH先生にメールを送る。H先生はこれはネグラではないか、とコメントをくださった。なるほど、ネグラなら昼間は留守であるわけだから、見えないのは道理だ。さっそく次の夕方、玄関よりもっと件の巣穴のよく見える駐車場の車の中に張り込んでいると、五時二五分、東の方から飛んできて、穴の横にキツツキらしい姿勢で止まると、すぐに頭から穴に入った。そして、肩に（肩ではないのだろうが）首をめり込ませるようにぐしゃぐしゃっとなり、目を瞑《つむ》って寝る体勢に入った。いつも、目を開けて外を見ていたのは、私が戸を開けたり閉めたり騒いでいたからだったのだろう。ふらふらのように見えたのは、寝起きだったからだろう。それから毎日帰巣《きそう》時に観察、必ず五時半前後に帰宅するのに感動している。コゲラのネグラ。雛が孵《かえ》るわけではないのは残念だが、あっという間に巣立つ雛の巣よりも、たぶん冬中いてくれる独身者のネグラの方が、付き合いが長くなりそうでたのしみだ。

時の彼方《かなた》に光るもの

三十年以上前、英国の小さな田舎町でクリスマスを過ごしたことがある。当時の私は十九世紀の英国なんていうのはもう時の彼方に過ぎ去ってしまったもののように思っていたけれど、今からすればその頃はまだ、そういう時代をほうふつとさせるもののかけらがあちこちに転がっていて、それを語り伝える人びともいた。

キリスト教徒もにわかキリスト教徒も、十二月はほんとうに忙しい。まずはクリスマスツリーを飾らなければならないし、心づもりしていたクリスマスプレゼントのラッピングと発送、各家庭で数ヶ月前から仕込むミンスパイづくりもある。これにはクリスマスから年が明けて十二夜まで、毎日一個ずつ食べれば翌年の十二ヶ月が無病息災で暮らせるという言い伝えがあり、その家庭家庭で味わいが違うのが面白い。たいしておいしいものでもないんだけどね、なんでだか、昔からつくるものだから、と必ず皆、けなすようなことをいって、その実、「おいしい！　私は好き」と感想をいうと、相好《そうごう》を崩す。各種香辛料とブランデー、牛脂が入っているどっしりとした味だから、確かに子どもも受けはしないかも知れない。町の外れにある知り合いの兼業農家の広い庭に七面鳥の囲いがあって、クリスマス前に、「あれを」と名指し（？）で頼んでいた七面鳥（すでに下ごしらえ済み）を当日引き取りに行く。いやな役回りだから、強いられないのをいいことに、私は下宿の大家が持って帰ってくるのを車の中でじっと待っている。

私の下宿の大家は無教会派に属する宗派であったので、むろん教会へは行かない。だが、そういう文化を味わわせてやろうと親切な隣人が、イブの日の深夜、私を聖公会の教会のミサへ連れ出してくれた。しんとした真夜中、夜道をオレンジ色の街灯の光が照らす中、町外れの丘にある教会まで歩いた。砂利を踏みしめる音だけが響く静寂の中、丘の近くまできて息を呑《の》んだ。夜の闇《やみ》に、教会のステンドグラスがうつくしく内側から発光していたのだ。私はそれまでステンドグラスというものは、外側から射《さ》す陽の光で内側にいる信者に感銘を与えるためのものと思っていた。けれど、こんな闇の中では、外側の闇にいる者に届く光でもあったのだった。

もう、あの教会へ続く野の小道もなく、人びとは車で教会の駐車場に乗り込む。ミンスパイをつくっていた人びともほとんど鬼籍に入ってしまった。けれど私の記憶の中には今でも、あの、北の国の深い深い群青《ぐんじょう》の夜空と、凍えんばかりの清冽《せいれつ》な寒さと、まるで内側に光の満ちた宝石箱のように発光する教会が存在する。時の彼方に過ぎ去っても、まだそこで光り続けている。

知り合いが、ハクビシンらしいとわかったら

庭の古いブロック塀の上部は不透明のアクリル板のような(正式の建築資材名があるのだろうがわからない)板状のものがぐるりと乗っている。前住者が採光のために工夫したのだろう。その「アクリル板」はブロックの幅の、こちら側に寄せて立ててあるので、残りの幅をよく猫が歩いている。家の中からは、ちょうど目の高さに歩いている猫のシルエットだけが見える。夜になると、向こう側の駐車場のライトに照らされ、ますますくっきりと影絵のようにその動きが浮き上がるのだ。一度などは、両側から同時に猫が歩き始めて、どうなるだろうと見ていたら、一方の動きがぱたりと止まり、それからそろそろと後ろ歩きで戻り始めた。あ、向こうから来た、どうしよ

う、しょうがないな、譲るか、という猫の心の動きまで見えるようだった。ちなみにこの「アクリル板」はヤモリのモリエッタ嬢の居城だが、猫がくるとあっというまにいなくなる。

ある深夜のことだ。

もうそろそろ寝ようかと庭の方に何気なく目を遣《や》ると、またいつものように猫の影が塀の端から現れた。が、このときの猫はどうもようすが違うように思われた。ちょっとだけ大柄なのは確か。けれどどこがどう違うといえない。あれ、どこがおかしいのだろう、なぜこんなに違和感があるのか、確かめようとして、庭木の陰に一瞬隠れた影が出てくるのを待った。まず横顔の先が出てきたのだが、ぎょっとして、背筋が寒くなる。普通の猫なら、額が若干落ちた辺りで鼻づらが始まるのだが、この「猫」は、額の真ん中辺りからラッパ型に鼻づらが伸びている。その異形ぶりにぞくっとしたのだった。猫じゃない？　と思った瞬間に、しっぽの部分が出てきた。長い。明らかに猫じゃない。

そのときぞっとした感覚は、小泉八雲の怪談に漂うものに似ていた。得体の知れない、ムジナっぽいものに遭遇した感覚。冷静になろうと、頭のなかでこの辺で出てもおかしくない動物は……と考える。可能性としてタヌキ、アライグマ、ハクビシン。

タヌキはこの辺りに棲《す》んでいるのを見たことがある。が、顔つきからして一番近いものはハクビシンだろう。だが、近所でハクビシンの話はまだ聞かないけれど……。半信半疑で改めて調べると、この区内でもハクビシンが出ているとの情報があった。では、ほぼ間違いないだろうと思う。

真夜中に少し心がざわついた。

猫だと思ってよく見たら、ハクビシンだった。

あのまま人間にだって化けられるかも知れない。人間だと思って付き合っていたら、肝心のところで心が通じない。あれ、変だな、と思っていたら、どう考えてもハクビシンが化けていたとしか思えなくなる、そういうこともあるかも知れない。ハクビシンも化けたつもりはなく、ハクビシンにとっては、自分と同じと思って付き合っていたら、些《いささ》か他の種類だった、得体が知れないことだ、と思っていたりするのかも知れない。

違うコンテキストで生きている者同士は互いに違う種のように感じられる。生きものだもの。多様であってあたりまえ。近づけば、引《ひ》っ掻《か》かれたり威嚇《いかく》されたり、手ひどい傷を負わされたり。仕方なく付き合っているうちに、気の合う一瞬が出てくる可能性もないではないだろう。やっぱりハクビシンはハクビシンだった、と肩を落とすこともあるだろう。そのなかには絶交という選択肢もあれば、案外ありがちなのが縁組み（に象徴される「深い仲」になる）という選択肢である。いろんな心的エネルギーが絡《から》んでしまってそれを縁だとか情愛と勘違いしてしまうのだ。前者は一瞬非常なエネルギーを要するが後は無事、後者は決定的な衝突を避けるうち、いつ果てるやもしれぬ消耗とともに人生の深みを味わうことになる。一番スキルを要するが、見習いたいのは、距離を保ちつつ共生をはかる、野生生物同士の在り方だろう。シルエットだけ見かけて「おや」と思い、けれど後を追いかけない。

今日あなたの手がつくったものは、今日のあなたを語る

十数年前、まだ滋賀県に住んでいた頃、車で信楽《しがらき》へ行こうとして、予想していなかった近道に入り、あっというまに伊賀《いが》上野に着いたことがあった。常々いつか行きたいと思っていた伊賀上野に、心の準備がないまま来てしまって、内心おろおろ、一度も車から降りずにすぐに帰ることにして（動転していたのだ）、道路行き先案内板の命ずるまま、今度は旧道の、細くて曲がりくねった山道に入ってしまった。往生しつつも、鶏頭《けいとう》や百日草が咲き賑《にぎ》わう農家の庭先を堪能《たんのう》した。

それから十数年後の昨年秋、伊賀市にある窯元《かまもと》を訪ねるため、やっと捲土重来《けんどちょうらい》、初めて伊賀上野の町をゆっくり歩いた。店先のしつらえがそれぞれ懐《なつ》かしく、時間がゆっくりと流れている、昭和の空気を楽しんだ。その後タクシーに乗って窯元のある伊賀市郊外へ向かったのだが、車が山道を上り、とある集落に差しかかると、まったく思いもかけないことに、そこは十数年前私が感嘆した農家の庭先が――季節も同じ、鶏頭や百日草の花々とともに――あったのだった。タイムスリップしたようだった。あのときの帰り道、私が迷い込んだ旧道であったのである。こんな巡り合わせもあるんだ、と心のなかで感慨に耽《ふけ》った。

今回は、プライヴェートに立てた計画――仕事の帰り、伊賀の森に詳しい窯元の家のMさんを訪ね、茸《きのこ》のことを教えていただこう、という――だったのだが、そのことを途中で知ったカメラマンのKさんが、ぼくも、と手を挙げ、私とMさんとの仲立ちをして下さった方との、総勢三人、秋の山里にお邪魔することになったのだった。茸を知ることは森を知ること。私たちはわくわくしていた。

車は谷間のゆったりした集落に入り、窯元の家の庭先に着いた。庭におられたMさんのおかあさまにまずごあいさつして、それから辺りを見渡す。何とも懐かしい田舎家の風情《ふぜい》でありながら、しんとして鄙《ひな》びたうつくしさ。私と同じく感銘を受けたKさんは盛んにシャッターを切り、私は井戸の覆いにさりげなく載せられた笊《ざる》に目がいった。中には包丁で剝《む》いた後の柿《かき》の皮が干してあった。おかあさまが、「ああ、それはぬか床に漬け込むんですわ」。なるほどそうすればぬか床に奥深い甘味が加わるのだろう。手仕事が生活を深くする、その一端が偲《しの》ばれる。私があまりに庭の様子にうっとりした顔をしていたせいか、そのまま小さなガイドツアーのように庭の説明をして下さった。端の方の草花は、山のものが自然に淘汰《とうた》されながら混じり合った印象。真ん中に丹精された自家菜園は、大根も菜っ葉類もみな、それなりに（つまり肥料のやり過ぎで異様に元気過ぎず、かといってしおたれてもおらず）すくすくと育って見事だった。

娘さんたちも、そのようにお育ちになったのだろう。Mさん姉妹にお会いしてふとそう思った。笑顔がとびっきりすてきなのだ。

それから皆で茸狩り、の予定だったのだが、あいにくの晴天続きで茸がまったく採れないということ、代わりに室内でくつろがせていただく。

囲炉裏がうつくしい。普通は白い灰が敷き詰めてあるはずの内部が、光沢のある黒く燻《いぶ》された籾殻《もみがら》なのだ。御当主七代窯元の発案だそうで、この上に架けられた土鍋《どなべ》の映えること（そしてお料理のおいしいこと）。Mさんとお姉さまの作品を見て、触って、焼き物にはつくった人の気配が残っているのだとしみじみ思った。そしておかあさまの野菜たちも。自ら料理をつくり、そしてそれを入れる器をつくり、人に手渡していく。日本中のあちこちを訪れて、笑顔とともに人びとのなかへ入って、新しい民《みん》藝《げい》の道を切り拓《ひら》いていかれるのだろう。

つくったものがその人を語るということは、私たちにもいえることだ。家々の庭先がそうであるように。

山手トンネルの孤独

山手トンネルの孤独をどう説明したらいいだろう。

全長が一八キロメートル、高速自動車道のトンネルとしては日本最長である。まるでSFの世界のよう、というのはありきたりの比喩《ひゆ》だろうけれど、人工的で無機質、初めて体験したときの「ほんとうにここにいていいのだろうか」という漠とした不安は、その後何度入ってもつきまとう。このトンネルが心理的な圧迫感を感じさせるのは、地下三〇メートルの深度を走っているということもあるのだろう。音の反響の仕方になんとなく凄《すご》みがあるのだ。「このまま閉じ込められることになったらどうしよう」という想像は、一度ならず走行中のドライバーの頭をよぎる悪夢のようだ。

連れもなく、ただ黙々とトンネルの中を運転していると、そのつもりもなかったのにひたすら全速力で冥界《めいかい》の底を目指しているような気分になるのは、ドライバーというものが、普段景色のあらゆるところに目を配り、脳の感覚野になだれ込む膨大な情報量をやりくりしなければならない、それが習慣になっているからなのかもしれない。ここには信号が変わりそうになっても横断歩道を渡り切れないでいるお年寄りもいなければ、歩きたくないとごねている幼子もいない。突然降り出す雨も、鳴り出す雷もない。思わず見とれる虹《にじ》もなければ、曲がり角で出会う夕日の眩《まぶ》しさもない。ただ単調なチューブの内部が延々と続くだけだ。かといって、気を抜いたりできるわけでは決してない。何か一つでも間違ったら、取り返しのつかないことになりそうな緊張感――高速道路はいつもそうなのだが、それにしても――常ならぬ覚醒《かくせい》、自分の顔が無表情になっているのがわかる。昼も夜もない世界。ふと、うつ病を患っている人の苦しさを思う。彼ら・彼女たちがいる場所は、こういうところなのだろうか。いつ抜けるともしれぬ闇の中。

オーレスン・リンクは、スウェーデンのマルメとデンマークのコペンハーゲンを、全長一六キロで繋《つな》ぐ連絡路である。このリンクの約半分の長さはスウェーデン側から伸びていく大橋で、途中から人工島の上を走り、それからコペンハーゲンに出るまで海底トンネルの中を走る。

まるで海に飛び込んでいくような具合で、スウェーデン側からこの橋を渡ったことがある。沖に向かって車が走っていく——起こっていることが、現実のように思われなかった。何か、考えるべきことがあるような気がするのだが、何も考えられなかった。え？　何？　ちょっとすごいのではない、これは？　と目を丸くしていただけである。海を滑走してそのまま青い空の上へ舞い上がっていきそうな疾走感であった。

やっていることは山手トンネルと同じ、「ただただ孤独に車を高速で走らせるだけ」のことなのに、この心理的な陰と陽の違いは何なのだろう。私たちは普段、周囲の状況からできるだけの変化を読み取ろうとし、そしてそこから驚きと喜びを得ようと欲しているのかもしれない。

そう思えば、山手トンネル（南を向いて走っているとき）の、最後の大井ジャンクションで地上部に出たときの開放感と安堵《あんど》感《かん》、清々《すがすが》しさに納得がいく。そこが海に近く、空が広いことも理由の一つだろうけれど、やはりそれまでの孤独な地下行が最後のカタルシスを生むことは間違いないと思う。

暗い通路を通って、最後に日の当たる場所へ出る——もしかして、産道を通って生まれてきたときの記憶が、どこかに残っていて、こんなに感慨深く思うのだろうか。私たちはみな、小さな小さな受精卵からスタートし、母というヒトの胎内で孤独に自らを育て上げ、時が満ちれば、困難な産道の旅を抜けて、明るく光溢《あふ》れる世界に生まれ落ちる。

それからこの世界で生きるうちに、人は孤独を穿つようにして、生を彫り込み、気づいたら、また人生というにっちもさっちもいかない、どこに逃げ出すわけにもいかないトンネルの中にいる。

やがてこの世を去るとき、また、こういう、トンネルから抜け出たような爽快《そうかい》な経験をするのだろうか。

そうあれかし、と静かに願う。

生垣ワインの本質

先日友人から、「野生の食材を使った料理」という、古めかしくノスタルジックなさし絵のついた英国のレシピ集をもらった。早速ページを繰ると、ヘッジローワイン(hedgerow wine)という見出しが目に入り、胸が躍った。直訳すると生垣ワインだ。しかしそう訳すと、日本の端正な垣根のイメージが先に来てしまう。ヘッジローは、細長く続く藪《やぶ》といったほうが、ワイルドな実態に即していると思うけれど、でも、訳すとなると、やはり生垣となってしまう。なぜ「細長く続く藪」かというと、伝統的なヘッジローは、かつて領地や教区の境界を示すためだったものが多く、勢い長くなる。また年月の間にオークやトネリコ等の木々や木イチゴ類等の灌木《かんぼく》がみっしりと隙《すき》間《ま》を埋め尽くして、小動物の棲家や移動路を確保してきたから、こんがらがっているのである。大昔から、近隣の農民の薬草庫や食料庫(木の実・草の実の採取場、たんぱく質補給のための小動物の狩場)としてなくてはならないものだった。昨今、土地の幅を広く取り木の葉で畑に影を作るヘッジローは、薄っぺらく味気ないフェンス等に取って代わられつつある。少しでも畑の収量を上げるためだ。けれど、というか、それ故《ゆえ》に、というか、ヘッジローということばは、脳内で即座に「失われつつある豊かな生態系」と変換されるようになった。

さて、生垣ワインである。

ホワイトリカーに果物を漬け込んで果実酒を作る、というのはよくあることだけれど、これは、本格的に作るためのレシピのようで（もちろん日本では酒造免許のないアルコール醸造は禁止されているわけだが）、材料として、まずはブラックベリー、二ポンド（一ポンドは四五四グラム）、エルダーベリー（ニワトコの実）、一ポンド、合わせて三ポンドを生垣から調達してくる。ブラックベリーもエルダーも、サンザシの間に鳥が種を落として生育したもの。庭に生えれば（特にブラックベリーは）必ず迷惑がられるタフな植物だが、どちらも力強い生垣構成の主要メンバーたちだ。それらの実をよく洗って虫等を落とし、広口瓶に入れ、ジャガイモマッシャー等で粗くつぶす。そして四パイント（一パイントが五七〇ミリリットル）の水を注ぐ。これだけでも、放っておけば（そして糖分を少し足せばさらに）発酵していくだろう。このレシピを本格的と呼ぶ所以《ゆえん》は、ここで亜硫酸塩の錠剤一錠をお湯で溶かして入れることだ。これを入れれば雑多な微生物の繁殖が抑えられる（入れなければどんな味になるか見当もつかなくなる）。そしてお湯に溶かした砂糖と熟れたバナナをつぶしたもの、それに由緒《ゆいしょ》正しい一パックのワイン酵母を入れ、発酵を待つ。

確かにちゃんとできそうだ。けれどどこか釈然としない。生垣の中で、生きていた野生酵母たち（材料の実をよく洗わなければならないのは、そこでできる限り雑多な野生酵母を落とすためもある）にはどんな可能性が秘められているかわからないではないか。

白神山地の土壌から採取された何万もの酵母菌の中から、パン酵母として優れた菌が見つかり、ちゃんと商品化されている例を見ても、菌というのは、その土地のエッセンスそのもののように思う。私がキノコ狩りを好きなのも、その森に生い育った菌類のキノコを体内に取り入れることで、その森と本当にコンタクトを取ったような気になれるからだ。生垣そのものの野生酵母を活《い》かしてこそ、本当の生垣ワインなのではないかなあ。

私がこのレシピを本格的、と感じたのは、失敗を極力回避しようとするプロ的な姿勢の故なのだが、アマチュアの楽しみは、美味《うま》い不味《まず》いは二の次、大事なのは生垣と契《ちぎ》る儀式としてのワイン、と目標設定し、腹をくくる情熱にもあるのではないか。普通のワイン酵母を使ってしまえば本格的ではあるが、本質的ではない気がする。このレシピを作った人は、失敗なく美味いものを提供せねばという責任感の強い人だったのだろう。

レシピを読みながら、ぼんやり、そんなことをあれこれ思った。

レシピの向こう側

前回に引き続き、レシピの話。

あるレシピの本をめくっていたら、なんとも綺麗《きれい》な黄色のデザートの写真が出てきた。イエローライスプディング。基本の材料に、ペルシャライス、三分の二カップとある。

ペルシャライスってどんなものだろう？

はてなマークが浮かぶが、外国で日々の食事を作っていた頃、高い日本米はもったいないのでいつもプディング用の米を買っていた。プディング用はショート・グレイン、つまり、いわゆる外米より短いサイズの米で、これがほとんど日本米と同じなのだ。サラサラしたロング・グレインよりでんぷん質が多くて粘り気があり、すぐにおかゆ状になる。糊《のり》のように煮詰めればすなわちライスプディング。だから、この、未知の「ペルシャライス」も、目的の仕上がりはプディングなのだから、日本米で代用していいのではないか、と、勝手に判断。これに水四カップと砂糖四〇グラムを足して火にかけ、沸騰《ふっとう》したらさらに砂糖四〇グラムを加えて原形をとどめなくなるまでドロドロにする。この時点で投入するという材料がまた、素敵なのだ。サフラン小さじ二分の一、ピスタチオみじん切り四〇グラム、ローズウォーター四分の一カップ。そしてさらにさらに砂糖四〇グラム（砂糖の総計は一二〇グラムになる計算だ。かなり甘いと思われます。「ご飯」とか、「おかゆ」という概念はきっぱりお捨て下さい）。ローズウォーター、薔薇水《ばらすい》だ。薔薇水を炊《た》き込んだプディングなんて、なんてロマンティックなのだろう。そしてサフラン。なんだかシルクロードやアラビアンナイトを連想させる。このまま水気がなくなるまで炊いたら本体はでき上がり。ガラス鉢に入れ、表面を平らにし、シナモンパウダーで線を描いて、アーモンドやピスタチオで飾り付けをする。

このイエローライスプディングはイランのお菓子で、本国ではショレザルドと呼ばれるものだそうだ。語感がシエラザードを彷彿《ほうふつ》とさせ、お姫様のお菓子をイメージしてしまう。瀟洒《しょうしゃ》なショレザルドのレシピを担当したのは、日本にお住いのイラン難民の方。幼い頃にお母さんから作ってもらったショレザルドを覚えていらしたのだという。思わず、その方の半生を思い浮かべてしまう。ご両親から大切に育てられていたのだろう。もしかしたら大家族かもしれない。ショレザルドが食卓に運ばれてきたときは皆笑顔になったことだろう。こんなお菓子を目の前にして、不機嫌でいられるなんてよほどの事情があるとしか思えない。たいていは満面の笑み。作ったお母さんも嬉《うれ》しいだろう。そういう日常から、難民として日本に渡るまで何があったのか。私の想像力はここで力尽きる。

この本のなかには、他にもクルド族の方が故郷で朝食にいつも食べていたというキュウリとヨーグルトの料理や、アゼリ族の肉料理など。アゼリ族はアゼルバイジャンに多く住む民族なのだそうだ。アゼルバイジャンはコーカサス山脈の南側で、北はロシア、南はイランに挟まれている。恥ずかしいことだが、私は今までアゼリ族という人びとのことを知らなかった。本のタイトルは、『海を渡った故郷の味』（難民支援協会）。

テレビに映る難民の人びとの映像は、皆一様に、不安げで途方に暮れて見えるが、もちろんバックグラウンドはそれぞれまったく違う。そして、それぞれの子ども時代があり、思い出の食べ物がある。祖母や母から教わったという代々伝わる個人的なレシピもあれば、風土を思わせる料理もある。集団から個人が浮き上がって見えるようになるとき、ほんとうのグローバル化が始まるのかもしれない。

自分がふだん食べているもののレシピって、つまり、自分がどういうものでできているかの自己紹介のようなものとも言える。私だったら？　と考える。晴れがましいような不安なような、気恥ずかしいような。難民の方々が、レシピを書き出しているときの心持ちに思いを寄せる。

往《ゆ》く季節を刻印するために

ここ何年か、春に富山へ出かけている。

当初仕事で行っていたのだが、ホタルイカや白エビの美味《おい》しさに魅《ひ》かれ、別段用事もないのにその季節になると自然に足が向くようになった。ある年の早春、大潮の夜、尊敬する写真家が、海辺のホタルイカを撮るというので、編集者とともに魚津へ行ったこともある。皆別々のルートで現地へ着いた。することのない昼間、見学した地元の魚津水族館がとてもよかった。

東京から新幹線で行くと、魚津へは、途中、黒部宇奈月《うなづき》温泉駅で降り、富山地方鉄道本線に乗り換えなければならない。この民家の裏を走るように地元の生活に密着した鉄道の、車窓からの風景に魅きつけられた。手の届くような家々の庭、春の花に混じってそこに育つ葱《ねぎ》や白菜、小さな小川や陽の当たる土手、よく見ればツクシが見つかるに違いない若草色の芽吹き、そういう懐かしさで胸が締めつけられそうになるもの。

そしてまた、魚津水族館も、そのような味わいの水族館だった。日本最古の歴史を誇る水族館なのだが、近年の大規模な都市型の（必ず巨大な水槽にジンベイザメや群れなす回遊魚が泳いでいる）それとはまったく趣きが違う。地方の水族館はかくあるべし、というようなポリシーまで感じられる。上層を暖かい対馬《つしま》海流が流れ、下層は二℃の深層水が静まっている、深さ一千メートルの富山湾と、標高三千メートル級の峰が並ぶ立山連峰、合わせて四千メートルもの高低差。魚津水族館にはその四千メートルの間に息づく生命の特色が、気負わずわかりやすく展示されている。

何しろ身近な地元の水生生物が主なテーマなので、新人の学芸員や飼育員は、長靴を履き、バケツなど採集用具を持って野山や田んぼ、川や海岸、あるいは魚市場（富山湾で水揚げされた魚のなかには南方からの珍しいものが多々あり、魚屋や割烹《かっぽう》料理店へ行く前に水族館行きになることもある）などから自力で展示生物を確保してくる。各種ヨシノボリ（五〜一〇センチほどのハゼの仲間。腹に吸盤状のヒレを持ち川底の石に張り付いて川を溯《さかのぼ》ることができる）にカエルにクラゲ。手作りの温かみのある活動ながら、学術誌に載るような新しい発見がされたことも、一度や二度ではない。のんびりとした、けれど情熱のある館内の展示ぶりが心地よい。みんな川遊び、磯《いそ》遊びが好きなんだ、とこちらまで嬉しくなる。初めて旭山《あさひやま》動物園（ここもまた、ダンボールにマジックペンの手書きで展示を工夫する楽しさがあった）に行き、感激したときのことを思い出す。

圧倒されるような近未来的な凄さ、というのもときには楽しいけれど、身近な自然をしみじみと紐解《ひもと》くような語りに接すると、こちらの感性に新しい水が注がれるような喜びがある。

春のツクシやスミレ、初夏の新緑、繰り返される季節の営みに、その都度新鮮な喜びを感じる、ということが、片手間ではできなくなってきた（昔は目の端にそういう季節の変化が入るたびにそれだけで満ち足りた喜びを感じた。今は「それだけ」では足りない気がするのだ）。齢《とし》を重ねて、自分のなかの何かが確実に劣化しているのもわかる。うかうかしていると、あっという間に季節が流れてゆく。ならば、片手間ではなく、真正面から存分に季節を楽しめばいいのだ、と気づいた。水族館の年若い職員の一人になったように、自然を見つめる。失われた感覚は戻りはしないだろうし、生体として老化してゆくことは止めようもないが、この季節はどこの何を楽しむ、と自分のなかでフォーカスする、そのために一日費やす、ということを行事のように予定する、その年のその季節を刻み付けるように。

何のことはない、子どもの頃の遠足の喜びを探しているのだった。

世界がすべてブルーグレーに見えるにしても

夜の八時少し前にフランクフルトを発《た》つはずの飛行機が、遅延で一時間ほど出発が遅れた。ようやく乗り込んで、目的のストックホルムが眼下に見えてきたときには夜の十一時を回っていた。その光景に目を奪われた。大河とも運河ともつかない水路に取り巻かれた大小様々な島が、ネックレスのような道路で繋がれ、その道路を自動車のライトが駆け巡っている。何より全体を夢のような祝祭感で包んでいるのが、大きな大きな月の、黄金の光なのだった。一つの月が巨大な円を描いて、水面全体に映っていた。満月の夜だった。

私は、月というものがああいう風に地上に映り得るということを初めて知った。あの非日常の華やかさといったら昔のディズニー映画の一コマのようで、自分の見ているものが信じられなかった。これは本当のことだろうか。あの黄金色のなかにいる人々は、自分が今どういう「映像の一部」にいるのか、絶対にわかっていないだろうと思った。大きな大きな一つの月の、(例えば)左の方の一部に位置しているとか。

そもそもあんな溢れるような黄金の光のなかにいるということが、地上ではどういう風に感得されるのだろう……。それが不思議でならなかった。少なくとも、田毎《たごと》の月（棚田の一枚一枚にそれぞれ月が映るという）、などという現象は現実にはあり得ないことだと悟った。

私はそのときが初めてのスウェーデンで、ストックホルムがどういう地勢の上にあるのかもよくわかっていなかった。古代、メーラレン湖というバルト海に繋がる大きな汽水湖の奥に都市があった。ストックホルムは海の向こうから来る脅威に備えての砦《とりで》のような役割をしていた島を中心とした、島々の集合体と言ってもいいような水の都として発展してきたのだった。本からの情報としては頭の隅にはあったにしても、実際行ってみていくつかの島の橋を渡ったり、島と島を繋ぐ定期船に乗ったりして体感として捉《とら》えなければよくわからなかったと思う。その豊かな水の上に映った黄金の月影。それは上空高く、しかも着陸準備にかかっている飛行機の角度からのみ見ることの可能な光景だったのかもしれない。

上田市にある無言館《むごんかん》は、よく知られているように館主の窪島《くぼしま》誠一郎さんたちが全国を回り戦没画学生の絵を収集、展示している美術館だ。数年前、ここで「月夜の田園」という絵を観《み》た。稲を刈った後の田に、太い円筒の上に屋根が載った形のものが稲藁《いなわら》で作ってある。稲干しの懐かしい風景だというのはわかるが、この稲小屋のようなものをなんと呼ぶのだろう、と調べてみたけれどわからない。当たり前のようにどこかで見たような気がしていたが、今行われている稲干しの多くは稲の束を稲木に架ける掛け干しで、しかも乾燥機で乾燥させることが主流の最近では、それすら珍しくなっている。この絵では「稲小屋」の一つ一つがはっきりと見える。闇はどこにもない。全体のブルーグレーの色調が、昼間でもない、けれど夜というのでもない、不思議にしんとした、この世でないような世界の空気を醸《かも》し出している。そうだ、奇妙に明るい月夜というのは、人の顔色までなんだか青みがかって見えたものだ、と思い出した。現世ではないところを歩んでいるような、そういう気分になったものだ、と。

この絵の作者は福岡県生まれの椎野修《しいのおさむ》という青年だ。彼についてはそれ以外知らないけれど、(むろん今生《こんじょう》で会えるわけなどないのだが)会えたら聞いてみたいことがある。九州では、昔こういう稲干しをやっていたのか。彼がこれを描いていた頃、自分の命が理不尽にも戦争に奪われる予感があっただろうか。ただ、別世界への入り口のような月夜の光景に惹《ひ》かれただけであったかもしれない。そしてこういう光景に惹かれる才能、というものが確かにある。それは、短かった彼の人生を充実させ、喜びと幸福感で満たしたことだろう。この薄明るいブルーグレーこそが、地上で浴びる月の光だったのだ。ストックホルム上空で見たあの光景を思い出し、私は何かの答えに辿《たど》り着いたように思った。

世界がすべて、ブルーグレーのように見えていたとしても、その瞬間天上から降り注いでいるのは、実は黄金色の祝福のような光であった。その発見を、時の彼方で、彼に伝えたい。

ホスピタリティということ

ロンドンの中心街にあるそのホテルは、もともとある伯爵《はくしゃく》の屋敷で、場所が場所だけにゆったりとした庭があるわけではなく、建物もまた華美に過ぎず威風堂々として風景に溶け込み、外から見ただけではホテルであることに気づかない通行人も多いだろう。交通量の多い幹線道路に車寄せが面し、しかも道路の向こう側には有名な「名所旧跡」があるので、(ホテル入り口に続く)階段の上に制服を着たドアマンがいることに目をとめる人は少ない。王室の利用が多く、専用の入り口もあるが、これもまたひっそりと目立たない。

普段なら泊まるはずもないこういうホテルに（英国なら郊外、という強い思いがあって、ロンドンの中心街なんて、値段はもちろん、まず宿泊先の選択肢に上がらない）足を踏み入れることになったのは、ひとえに同行者の縁故である。スーツケースは、エントランスであっという間にドアマンからページボーイやベルボーイに渡され、宿泊の手続きをとる間にさらに人数は増えて、専任のバトラーが先頭に立ち、部屋まで案内される（林の中で背の高い木々に取り囲まれたようになり、同じように別室に向かう同行者の姿を見失い、一時的に生き別れ状態になる）。

ドアが開けられると、最初の部屋は、二人掛けと一人掛けのゆったりしたソファがあって、テーブルの上にはシャンパンが冷えている。色とりどりの瀟洒なプチケーキがスタンドに待機、ソファとソファの間の小さなテーブルの上には、これもまた小さなスコーンが、クロテッドクリームとジャムの壺《つぼ》を添えられ、並べられている。ただ、普通のホテルにあるティーセットはない。紅茶はいつでも飲み頃をバトラーに持ってきてもらうものなのだということらしい。飾り棚には各種フルーツの入った籠《かご》があり、隣の書棚の中には、戦前の家庭小説を含む趣のある古書本が（どれも面白そうと手を伸ばしたくなるもので、事前にこちらの嗜好《しこう》をリサーチしたのでは、という考えがふと頭に浮かび、まさか、と打ち消す）収めてある。ゆったりした書斎机の上にはレターセットが置かれてあり、ホテルの住所と私の名前が刷り込まれた便箋《びんせん》が用意してある。そして同じくホテルの住所と電話番号も入った私用の名刺も。長期滞在で、まるでここをロンドンの私邸代わりに使っているかのように。隣のベッドルームのその奥にクローゼットがあり、またその奥が広いバスルーム、大理石の床には暖房が入っている。「バトラー」は、スーツケースをクローゼットの前にセッティングしている。中身をクローゼットに移すお手伝いを必要とされますか、と聞かれたので、それは結構です、と応じる。バトラーというものは、屋敷に一人だと思っていたので、部屋ごとに専任のバトラーがいる、という説明には最初は奇異な感じがしたけれど、部屋の取り扱いの説明を受けるうち、なんだか少しずつその状況に慣れていく。今日はお疲れになりましたでしょう、と説明の間に、さりげなくこちらを気遣う。まだ陽が高いとはいえ、着いたのが八時過ぎだったのだ。ええ、まあ。今日は北からまっすぐロンドンに着いて、それからまた移動して……スーツケースが……ああ、それは大変でしたね。ええ、駅で預かってもらって……それはようございました。この、適度な関心のもたれ方。かなり疲弊していたこちらが、英語に詰まると、わかっていますよ、と言わんばかり、すぐに深く頷《うなず》き、合いの手を入れる。いつもあなたの側《そば》にいる、あなたを困った立場にはおかない、と永久味方宣言をしてくれているかのようだ。二十四時間待機しております。何かありましたらすぐにお呼びください。まずは紅茶？　コーヒー？　何をお持ちしましょうか。じゃあ、何か冷たいもの、オレンジジュースでも、というと、まるでそれがものすごく重要な一言のように大きく頷き、承りました、と下がっていく。こういうことすべてに、私は本来違和感を感じるはずで、実際驚いて恐縮することが多かったけれど、だんだんに、脳内の何か、どこかが安らいでいくのを感じていた。滞在中、外出のたび、ドアマンは、いつもかわいがってくれる親戚《しんせき》の家を久しぶりに訪ねたときの、年長の親族のように、親しみのこもった視線で見送り、また迎えてくれるのだ。これがつまり、最上級のサービスなのだろう。普通の高級ホテルは、丁寧だが慇懃《いんぎん》無礼《ぶれい》に近い、どこかビジネスライクな印象を持つことが多い。かえって、田舎のB&Bで、素人《しろうと》っぽい情愛に溢れたおかみさんに、思わず嬉しくなるような接し方をされることがある。そういう、素のひととしての「暖かさ」を、プロのスキルとして保っている、きっとそれがホスピタリティの極意なのではないだろうか。

そして作品にせよサービスにせよ、なんにせよ、質の高いものにはきっと、そのときのひとの心の一番ケアが必要なところを、軽く慰撫《いぶ》してくれる何か、たとえ表面的であったにしても、癒《いや》しに似たメカニズムが働く何かを持っているのではないか、と、とりとめもなく思うのだった。

アイルランドの、深い緑の谷間では

アイルランドのやや東南に、グレンダロッホという初期キリスト教の遺跡があって、先日アイルランドへ行った折、日程の大部分をその周辺に費した。グレンダロッホは、聖ケヴィンが始めた修道院の跡である。小さな尾根に挟まれた地形を、日本の関東周辺では谷戸《やと》と呼ぶけれど、グレンダロッホはまさにアイルランドの谷戸だ。この敷地内には、（観光客の少ない朝早くに訪《おとな》うと特に）人里離れた、という形容詞そのまま、近くを流れる川の水音が静寂に清涼さを穿《うが》つような、不思議な精神性に満ちている。

紀元四、五世紀、初期キリスト教の時代に、砂漠や洞窟《どうくつ》など、人の気配のまったくない場所を探し求め、修行に打ち込む僧たちが現れた。例えばエジプトで。そしてここアイルランドでも。さらにそれよりはるか北方の地、アイスランドで本格的な移住が始まるのは、紀元九世紀から十世紀のことだが、それ以前の六、七世紀に、実は名もないながら、アイルランドからの修行僧が住んでいたといわれる遺跡が残っている。アイスランドを旅行中、初めてその事実を知ったとき、私は軽い衝撃を覚えた。その頃のアイスランドはほとんど人跡未踏の暗黒大陸といっていい、極寒の地であったはずである。こんなところにまで！　と、当時の求道の情熱の激しさに打たれたのである。

アイルランドの隠修士たちは、高い霊性との交信を目指して厳しい環境での孤住生活を求め、あるものは海を越えて北を目指し、アイスランドへまで到達し、そしてあるものは彼らとはまったく逆の方向へ旅立った。聖ケヴィンが山襞《やまひだ》へと分け入り、内なる神との対話に没頭するため、ここグレンダロッホにやってきたのが、アイスランドを目指した隠修士たちと同じ時期だということに気づいたとき、そうか、聖ケヴィンは、その頃の人であったのだ、と、パチッとパズルがはまったような不思議な喜びを感じ、私はグレンダロッホを「経験」したいと願ったのだった。

聖ケヴィンがグレンダロッホに落ち着くと、その厳しい修行の評判を聞きつけ、ヨーロッパ各地から彼を慕って僧たちが集まり、教会が（今は屋根も落ちて見る影もないが）建てられ、修道院が建設された。孤住生活から共住生活へと入ったのだった。七つの教会の町とまでいわれるようになる。孤独を求めていたはずのケヴィンはどういう思いだっただろう。弟子たちから離れてローマへの巡礼へ旅立ったり、そしてまた帰国後一隠修士に戻ろうともするが、結局は大修道院をまとめる立場となる。

グレンダロッホとは、現地の古い言葉で二つの湖の谷間という意味らしい。川を渡って山沿いにあるハイキングコース（シカが道を突っ切るのに出くわした）を行くと、すぐにロウアーレイク、アッパーレイクに出る。鏡のような湖面に緑の山が映る。古代の修道士たちも、日常的にこの景色を眺めていたのかと思う。

車でグレンダロッホを出て、ウィックローの山なみへ向かう。標高はそれほどでもないはずなのに、まるで森林限界の地でもあるように、ほとんど樹木のない、岩と牧草地の荒涼とした山肌が続く。そこを雲の影が流れ、あるいは雲を通して陽の光が移動する。三六〇度の景観に何度も車を止めて外へ出た。

やがて谷の下方に、小さいけれど美しい湖が鎮《しず》まっているのを目にし、その上を飛ぶ鳥を見ようと双眼鏡を構える。鳥は逃したけれど、別の谷底に、大きなお屋敷の目立つ、小さな村を発見。マナーハウスだろうか、それとも？　とにかく、あの村まで行けば、お茶が飲めそうだ。そう直感して、車を走らせる。たぶん、こっち、と一方通行の標識のないのをいいことに、キジの飛び出す細い道を行くと、はたして忽然《こつぜん》と村が現れる。見学施設へ誘《いざな》う立て札のようなものに従い、緑の厚い葉叢《はむら》から木漏れ日を落とす、オークの大木の脇《わき》を通り、石造りの大きな門を抜け、駐車場に車を止める。確かに石造りの、見上げるほど大きな建物だが、今にも崩れ落ちそうだ。これはいったい？　そしてなぜ、こんなに交通の便の悪いところに？　疑問をいっぱい抱えたまま歩いていると、簡素な一階建ての建物に、カフェ、と書いてあるのを見つける。けれど、中も暗そうだし人影もないし、シーズンオフで営業していないのだろう、と半分諦《あきら》めつつ、そっとドアを押すと、開いた。そして奥のカウンターでは、戸惑ったような従業員がこちらを見ている。お茶が飲めますか、と訊《き》くと、ええ、とうなずく。ほっとして、温かいお茶をお願いする。

話を聞いてみると、この建物は、以前は村の学校に使われていたのだが、戦時中、軍の施設になり、その後、北アイルランド闘争で心に深い傷を負った人のための、「平和と和解のためのセンター」になったのだそうだ。今では加害者被害者双方のため、また様々な傷を抱えた人のための、多種多様なプログラムが組まれている。グレンクリー・ビジターセンター。

アイルランドの深い緑の谷間では、今も昔も、ときに聖なる気配を漂わせ、何か密《ひそ》やかな変容が行われているようだ。

ポートレートあれこれ

世の中にはごく稀《まれ》にそういう主義の人びとがいるのだが、私もまた、自分自身の写真は公《おおやけ》に出さないことにしてこの年月を過ごしてきた。当初は軽い気持ちで、作品に作者の影が落ちないようにと始めたことだったが、始めてみるとこれがまた、思いのほかエネルギーを消耗し、最初から公開していたほうがどんなにか楽だったか、とため息をつくこともしばしばあり、途中何度か挫折《ざせつ》しかけたが、そのたび、私と写真を要請してくる媒体との間で一番苦労してきた編集の方々が、「ここまで続けてきたのだから、貫きましょうよ（ここでやめるんだったら今までの苦労は何だったんだ）」と半分意地になったようにおっしゃるので、お言葉に甘えてここまできた。

写真は公開しないことにしているので、といったときの、相手の反応は様々である。いったい何様のつもりかよ、という態度を露骨に示す男性もあれば、ではこの仕事はなかったことに、と仕事自体がキャンセルされたりもする。そうなると写真がいるならいるで最初からいってくれればいいのに、と無駄になった原稿を前にしてしゅんとしてしまうが、こだわりなく写真を差し出すほうが世の主流なのだ、わがままを貫くにはそれなりの代価が必要なのだ、と諦めるしかない。それでも「では代わりに愛用の万年筆とか、何か身近なものを」、といってくださるところもあって、細々と仕事が続けられている。

一度、「お手元にある写真、景色でも、動物でも（本人の代わりに）」といわれ、ちょうどその頃家族がリスの撮影に凝っていたので、そこから選ぶことになった。ふてくされたリス、きょとんとしたリス、ええっと驚いた表情のリス、いろいろあるなか、そのとき並んで写真を出す他の文筆家や先方に敬意を表して、とても畏《かしこ》まったリスの写真を選んだ。しかし、そういうこちら側の小さな配慮など、刷り上がった印刷物のなかの、他のお歴々の顔写真と並んでリスが載っている、その否定しようもない「ふざけた感じ」の前には微塵《みじん》も役立たなかった。もちろん、それを見たたいていの方々は、私の前では気を使って面白がってくれるのだが、「うーん」と、こりゃやめたほうがよかったね、というニュアンスを正直に醸し出しつつ言葉を濁す人もいた。

その頃編集のIさんがお嬢さんの智穂ちゃんを伴って遊びに来てくれた。智穂ちゃんとは、彼女が赤ちゃんの頃からの知り合いで、当時は幼稚園に通っていた。私がリスの写真の話をし、Iさんがどれどれとその印刷物を見ている間、智穂ちゃんも横から覗《のぞ》き込むようにしてそれをじっと見つめていたが、やがてうつむいて黙り込んだ。ややあって、思い切って、というふうに顔を上げ、小さな声だったが一語一語に力を込め、

「……なしきさんは、ほんとうは、リスだったの？」

と、頬を赤らめて私に訊いた。そのときの彼女の表情が今でも忘れられない。「たとえなしきさんがリスだとしても、だいじょうぶだから。私は全然気にしないから」、という思いを伝えようとするあまり、さりげなさを出そうとしてかえって緊張し、強《こわ》張《ば》った微笑《ほほえ》み。あまりに愛らしくて、「……ウッフッフ。実はね」とか、「とうとうばれてしまったわね」とかいいたくもあったが、これ以上の脅威を与えるに忍びず、面白くもない真実を話して安心してもらった（つもりだけれど、ご本人の胸の内はわからない。思慮深い智穂ちゃんのこと、「なしきさんは、私を安心させようとしてあんなことといったんだろうけど、本当のところはわからないわ」と、その件はそっとペンディングにしているのかも）。

　このような誤解もあり、リスはポートレートに不適切であることがいよいよはっきりしたのだった。そして、また写真の必要のある仕事がきた。なんでもいいです、なんだったらまたリスでも、といってくださるが、さすがにもうそれはできない。できない気がする。

　ポートレートに対する私自身の思いも、実はこの二十数年の間に変わりつつある。好きな随筆家の片山廣子《ひろこ》が写真嫌いで、昔、彼女の写真はまるで見つからなかった。小説家は作者自身と（一応）切り離した作品世界を作り上げるのが身上としても、随筆家が書くのはひたすら自分の身の回りのことで、本人の写真があったほうが読み手としては像が結びやすい。実際、片山廣子の写真を目にしてからは、前より楽に文章を手元に引き寄せて考えられるようになった。そして私自身、いつの間にかエッセイの仕事も多とするようになり、若いひとたちからときに切実な手紙ももらうようになっていた。講演は引き受けることもあるので、長い間の読者の方々の多くには、顔はわかってもらえているというものの、年をとると生きている時間にも（つまり、直接お会いできる機会にも）限りがある。しかし今さら写真を出すのは、今までの年月を否定しているようで嫌だ。

そんなこんなであれこれ楽しく暗中模索中である。年をとることの喜びの一つは、キリキリとしたこだわりから自由になれて、こだわりそのものを楽しめるようになることだなあ、と、これはうれしい発見。

八月のお団子

少し前のことになるが、この八月の初め、日本海に面したある地方の老人ホームに、古くからの知人を訪ねた。

知人といっても年齢は向こうがだいぶ上の、九〇代半ば、召集されて戦争にも行かれた。子どもたちも結婚し、妻にも先立たれ、それまでは一人暮らしをされていたが、最近脳梗塞《のうこうそく》をおこして歩くことができなくなり、ご家族と本人の同意のもと、そのホームに入られたばかりだった。

自由闊達《かったつ》な大正生まれの彼は、今でいう「俺流」で無鉄砲な生き方を貫き、家族にもあらゆる場面で無理を強いてきた。けれど今、散歩はおろか、身の回りのことすべてに人手を借りねばならない、しゃべることもままならない状況に、心ひそかに決意したのか、ある日を境にまったく食事をとらなくなった。家族やホームのスタッフがどんなに言葉を尽くして口元に食べ物を運んでも、頑として口を開かない。様々なケースを経験してきたスタッフは、これは葬式の心づもりをしたほうがいいと家族にいっているらしい。そういう話が、人づてに伝わってきた。

驚いて、久しぶりにその町を訪ね、知人のいるホームへ見舞ったのだった。何一つ受け付けない、ということだったが、私の顔を認めると、一口、アイスクリームを口に入れてくれた。家族は驚き、喜んでくれたけれど、私は、知人はただ、久しぶりに挨拶《あいさつ》に来た私の顔を立て、再会に華を添えるため、差し出す一さじを、形だけ、無理に口にしてくれたのだとわかっていた。そういう気遣いをする人だったのだ。だから、

「それをきっかけに彼がどんどん食事をするようになって健康を取り戻す」、などという奇跡はない、と皆どこかで承知していた気がする。

すべてを自分の思い通りにしなければ気がすまなかった彼は、自分の最期《さいご》もまた思うようにしたかったのだろう。それがわかっていた娘さんは、病院に入れることもせず、すでに自然死へ向かっている体に点滴などでそれに逆らう苦しい思いをさせることもせず、ただ本人が少しでも楽なように、熱暑の日々、窓を開けて風を入れたり、エアコンの温度に気を配ったりして日々を見守った。

「体温調節がうまくできないみたいで、寒がるんだけれど、エアコンを切ったりして熱中症になったら大変だし……」

ホームの方々もまた、本人の気持ちを尊重して、三食を準備はされるが、無理に栄養をとらせようとはしなかった。ここで看取《みと》ってあげようという暗黙のいたわりがあった。

窓の外には、遠くまで里山の風景が広がっていた。ずいぶん久しぶりに目にした知人は、すっかり痩《や》せてはいたものの、「弱って」はいなかった。言葉もうまく出ないし、たいていの間は目を閉じて、せいぜいベッドの中で少しだけ体の向きを変えることくらいしかできなかったのだが、それでも「病人」のようではなく、ある種の気力が充実していた。愛娘《まなむすめ》に見守られ、自分の最期を自分で決めるという「俺のプロジェクト」の達成に、気持ちのすべてが向かっていたのだろう。

私が東京に帰って三日目に、訃報《ふほう》が届いた。

それから一週間も経《た》たないうちに、旧暦のお盆を迎えた。東京の家で夜中に小豆を水に浸し、翌朝餡《あん》を炊いた。それから米粉で団子を作った。お盆に団子を作るなんて、子どものとき以来だった。実家ではお盆になると、門口で迎え火を焚《た》き、団子を持って墓参りをし、そのときにしか作らない精進《しょうじん》料理を数々（母が）作ったものだった。

初盆には早かったけれど、テーブルに彼の席を作り、お茶と団子を供えた。

ひとは、生きてきたように死んでゆく。彼の一生を思い、様々なことを語りかけた。

昔からの風習がどんどん廃《すた》れていく昨今だけれど、まだ私の世代には、過去にそういうことをした体験が体のどこかに残っていて、その名残のようなものが、故人としみじみと言葉を交わしたいときに、自然に行動に出るのだろうと思った。

思えば盛夏の極まった頃、そろそろ秋の声を聞こうかというときに、死者が冥府《めいふ》から帰ってくるなんて、なんと心情的にも生理的にもしっくりと納得する年ごとの行事だろう。生きている人間は、しばし日常の雑務の日々から離れ、異界からの帰省客への饗応《きょうおう》や語らいにときを費やし、それで心身を整え、季節の変わり目を乗り切ってきたのだろう。

物語がいっぱい

数年前のクリスマスシーズンに、ロンドンから北へ行ったところのある小さな町にいたことがあった。友人の一人がその町で暮らしており、彼の小さな家にほど近い、おすすめのB&Bに、他の友人二人と宿をとった。私たちはそのとき、同一の目的があって集ったのだったが、それが終わった翌日、今まで車で私たち三人をあちこち連れて行ってくれていた彼に抜けられない用事ができ、ならいっそのことこの日はそれぞれ行きたいところで別行動しようということになった。二人はロンドンの東と西へ、私は地元の町を探索に。中世の家並みが残るこの古い町は、いわくありげな小さな橋や古い教会、石畳の坂道のあるハイ・ロードなど、車で通り過ぎざま惹かれるものがたくさんあったので、ようやく到来したこのチャンスに、私は小躍りせんばかりだった(もっとも、「別行動しよう」と提案したのはそもそも私である。ずっと町を回りたくてうずうずしていたのだが、そういう「地味な観光地巡り」に関心のない他の二人には退屈だろうと察したのだ)。

ローマ軍が駐屯していた時代からの、半分藪《やぶ》に覆《おお》われた細い運河が走る公園の冬の森のなかを、近くの高校生たちが三々五々、白い息を吐きつつ、友達とふざけあいながら、二人で話し込みながら、あるいは一人物思いにふけりながら、帰宅していくのもさまざま物語があってすてきな光景だったし、民家のような素朴なミュージアムもほのぼのと地方色が溢れて面白かったが、このときの町歩きで印象に残っているのは何といっても、オックスファムで見つけた小さな鳥図鑑だ。

オックスファムは世界の飢餓や貧困への救援を目的とする慈善団体で、その団体が運営する店（扱う品物は寄付で寄せられたものやフェアトレードのもの）もまた同じ名称を持つ。店は英国のどんな小さな町でも大抵見つけられる。オックスファム・ブックショップは本やCD専門の店で、たまたまこの町の、表通りから外れた一隅にあったので入ってみた。

オックスファムの本は、普通の古書店のように専門性が高いものではない。有体にいうと、家庭で気軽に買って居間の片隅に転がっているような実用書の類《たぐい》、ああ、これは以前一世を風靡《ふうび》したな、というようなものが多いのだが、年代の古さがかえって、当時を懐《なつ》かしめもする。このときも大して期待せずに、入ったところに飾られているクリスマス・カードを楽しみながら、奥へと進み、自然科学のコーナーで歩を止めた。

小さなポケットサイズの鳥図鑑を見つけたのだった。オブザーヴァーズ・ブックスと銘打たれた図鑑シリーズの第一巻で、このシリーズはフレデリック・ウォーン社から一九三七年に創刊、蝶《ちょう》や茸《きのこ》や天文など二〇〇三年までに一〇〇巻を出版している。価格的にはそれほど高いものではないのだが、熱心なコレクターがいて、珍しい巻には数百ポンドの値が付いている。

その小さな図鑑の絵に目を奪われて、かなり長い時間をその棚の前で費やした。最近の図鑑は、鳥そのものの姿が標本のように描かれることが多いのだが、その図鑑では、餌《えさ》を食べているところや、羽ばたこうとしているところ、崖《がけ》の向こうに沈む夕日を哲学的に見つめているところ、そういう生き生きした様々な姿態で鳥が描かれ、しかも、その姿態は、その種類の鳥がいかにもやりそうな動作なのである。そして背景もまた、いかにもその種類の鳥がいそうな環境――藪の多い森のなかだとか、明るく開けた土手の上だとか、波が岸辺を洗う川のそばであるとか――で、どこか物語性のある、絵本のような美しさでありながら、その一枚の絵の持つ自然科学的な情報量はずば抜けて多いのだ。

フレデリック・ウォーン社といえば、ピーターラビットで有名なビアトリクス・ポターの本を出版していた会社である。ポターの絵もまた、自然科学的な正確さには定評があり、しかもファンタジーの要素が入っているものが多い。ポターは家族経営のウォーン社の人びととは親しく付き合っていたが、ウォーン社のなかに、そういう絵に対する親和性が培《つちか》われていったのかもしれない、と、今はわからない遠い昔の人びとの趣味嗜好に思いを馳《は》せる。

私がこのとき購《あがな》ったこの図鑑には、「テディへ」という古い書き込みがあったけれど、クリスマスプレゼントに、親戚の男の子に贈った女性の手になるものではないか、そしてその男の子は、この図鑑のおかげでバード・ウォッチングを趣味にするようになったのではないか、と、これもまたさまざま物語を想像するのだった。クリスマスのシーズンは、普段に増して、世界に物語が息づいてくる気がする。

1998、1999年のことば

長襦袢《ながじゅばん》は思想する

先日、歴史のある町家が一般公開されているとき、敬愛する年上の友人と訪れた。今は長襦袢を商う会社の所有になっていて、二階が展示室を兼ねている。その一角に、昔長襦袢や肩裏に使われたおびただしい数の図案絵があった。現代のものとは柄ゆきがだいぶ違う。七福神がおもしろおかしく躍っていたり、郷土玩具《がんぐ》や帆船の一覧、異国の楽隊、ギリシャの壺《つぼ》、兜《かぶと》に能面、果ては恨めしそうな幽霊や花供養《はなくよう》の象まで。その意匠の多様さ、突飛さ、個性の強さに私たちは思わず声をあげたのだった。

後日、偶然そこの社長にお話をうかがうことが出来た。長襦袢文化がこのように花開いたのは明治末から昭和初期にかけて、今でいうバブルのような時代だったという。その昔の豪華絢爛《けんらん》たる元禄《げんろく》文化にもそのような時代背景があったようにきいた。思わず平成のバブルはいったい何を残したかと思い、寒々とした心持ちになった。

とまれ、つつましい常着や、すました訪問着の一枚下に、こんなに豊かで自由闊達《かったつ》な世界が広がっていたとは。それはよほどの近親者でないかぎり、決して人目には触れない、という約束ごとの上で展開していく世界である。

袖口《そでぐち》などから、色調ぐらいは垣間見《かいまみ》えることがあっても、その全貌《ぜんぼう》は決して表だって明らかにされない。その安心感の上に展《ひろ》がっていく、「個性」というもの。

神田橋條治《かんだばしじょうじ》氏が「『自閉』の利用」という型破りな論文を発表したのは一九七六年だった。気鋭の精神科医として臨床に携わる中、彼は、患者になるべく外部に本音を漏らさない（治療者にすら秘密は話さない）「実験」を一つの試みとして勧める。果たして患者の拒否能力、自閉能力は向上し、その精神内界は落ち着き、はた目にも安定した社会生活が送れるようになったケースが多かった。こういう場合何が起こったのか（何しろ患者があまり多くを語らないので）彼は「わけはわからん」が、患者側に益あらばよしとする。

外界から隔絶した、他者の暴力的な介入のない場所でこそ、確立されていく内界の豊かさ。

けれどそうやって、長襦袢的に温めた世界を、私は表現者として外界に送り出さねばならない。個人としての自分と、その創作世界を無防備に他者にさらけ出すことの間に、いつも軋轢《あつれき》を感じる。はしたなさに身も縮まる。我ながら潔《いさぎよ》くないと思う。

先述した友人が、「長襦袢は、その昔遊女にとって、仕事着だったのよ」と教えてくれた。確かに長襦袢は上着ではないが下着でもない。建前ではないが、全くの本音でもない。その中層を、生業《なりわい》の場として選びとり、そこにはっしと立って生計を得る遊女たち。

私に欠けているのは、おそらくこの徹底したプロ意識なのだろう。

型とパターンと個性と犬と

四ヶ月程、飼い犬を訓練所に入れていた。担当の訓練士は、笑顔の素敵な少女のような方だ。彼女がどんなにゆっくり歩いても、また急に早足になっても他の犬はそれにしっかり対応してついていくが、うちの犬は跳ね上がりたい衝動を抑えているのが見え見えで、その場スキップの獅子舞《ししまい》のような足取りだ。更に、「待て」の命令の後、彼女がその場を離れても、他の犬はその姿勢のまま真剣な表情で微動だにしないのに、うちの犬はハッハッハッと舌を出しキョロキョロして緊張感のかけらもない。

命令通りハードルでも飛び越そうものなら「どう？　見た？　どうだった？」という表情で私たちギャラリーの方を振り返る。明らかに賞賛を期待している瞳《ひとみ》がきらきら輝く。その無言の催促の圧力に、私たちは慌《あわ》てて「すごい、天才、かっこいい」を連発する。すると気をよくして、しっぽをふりふり、次の訓練に従う。

個性だから、と最初は苦笑していたうちの家族はだんだん滅入《めい》ってくる。各々《おのおの》自分を見ているような気がして口数も少ない。

型どおりにやれる、というのは実力があってこそと思う。芸事でも、型がきっちり入っていれば、それを崩すゆとりや遊びの面白味が生まれる。

そういう求道的な、努力を必要とする型とは別に、努力しないことのために存在する型もある。仮にそれをパターンと呼ぼう。

万人が踏み倣《なら》うべく、予《あらかじ》め設定されたパターンの教科書がいわゆるマニュアル本の類《たぐい》になるだろう。受験も旅もデートすら、それに頼る若者が多い。なるほど読んでいくうち、乗せられているという自覚は消え、むしろ個性を演出している気にさせられる。個性はいくつかの選択肢の中からチョイスされ、演出される時代なのだ。

友人関係そのものも、パターン化され、幼い頃から当たり障《さわ》りのない表面的なやりとりを身につけ、そうでなければ「イジメる、イジメられる」という人間関係のパターンにはまり込んでしまう。がまんできずに「キレて」ナイフを手にしたとき、ついに本来の自分を爆発させたかのように、自分自身もまた他人も錯覚するが、しかしそんなものが本当の自分でなんかありはしない。「ざけんじゃねえ」と少年たちがナイフを振りかざしている図などは、陳腐な劇画のパターンそのままだ。その瞬間「キレた少年の図」をチョイスしただけなのだ。

本当の個性は、ヤドカリのようにパターンを渡り歩くことでなく、努力して身につけた型を、それでもどうしてもはみ出していくところにある。

相も変わらぬうちの犬には、「安易なパターン」に堕することなく、自己向上的な型を目標におき、それを自家薬籠《やくろう》中のものとしてこそ型から自由になれ、真の個性が生まれる」のだと努力を促すが、どこ吹く風で生まれながらの型破りな個性を謳歌《おうか》している。

これはこれで、まあいいのだけれど。

同時代、リアルタイム

十四歳前後の子どもたちが次々と社会を震撼《しんかん》させるような事件を起こしている。デビューしたての頃（今もそんなものだが）なぜ児童文学をやるのか、という質問をよく受けた。それに対する答はいつも決まっていた。

十三、四歳の子どもたちの視点にたって物語を書きたいから。

十三、四、という年齢は、いわば社会へデビューしたての新人のようなものだ。今まで見えなかった社会の仕組みや裏表がわかるようになり、その機構に一部参加していく。新人の頃、というのは先入観や妙な慣れがない分だけ、ストレートに物事の本質が見えることがある。今、汚職や不祥事が相次いで話題になっている官僚たちだって、新人の頃があり、「え？　そんなのあり？」とその内部の慣習に疑問をもった一瞬があったに違いない。そういう「新人の頃」というのは、誰の中にも存在する。いろいろな経験や年月がその上に積み重なり、ロシア人形の入れ子のように、その人の奥深くで「十三、四の頃」は眠っている。児童文学は、その「十三、四の頃」の視点を目覚めさせ活性化させる力がある。だから大人にこそ読んで欲しい。

そういうようなことを答えていた。

この瓦解《がかい》しかかっているような現代社会に、デビュー年齢を迎えてしまったのが今の十三、四歳だ。守りとなるべき確固たる倫理観も与えられず、砦《とりで》となるべき家庭観もあやふやなまま、一歩を踏み出そうとしている。その一歩に大失敗して悲惨な事件となる。デビューがスムーズにいかない。明らかに不適応を起こしているのだ。体の免疫《めんえき》系統に異常を持ちアレルギーをおこす人々が増えているのと同じように。何かがおかしいのは皆とっくに気づいている。こんなにあちこちで火の手が上がっているのだもの。ただ、いつの世だって不安定だった、とか、昔はもっと悲惨な出来事がいっぱいあった、というような意見が必ず出て、切迫した危機感は拡散していく。リアルタイムで発せられるSOSに「昔」を比較検証している余裕なんかあろうはずもないのに。

児童文学が大人の中の子どもの視点を呼び覚ますものであるなら、現役の子どもたちの「社会の新人」としての目が現代のすさまじい昏《くら》さを捉《とら》えたとき、それがどんなに破壊的なパワーとなったとしても、児童文学はついていくべきだと思う。

子どもたちは怪物でもなければ天使でもない。もっと恐ろしい事件も起こるかもしれないが、きっと人々の胸を打つ美しい物語も彼らの中から生まれるだろう。それは私たちの内部で生きている、私たち自身の十三、四歳の目が彼らと同時に経験している現代のはずだ。

私たちは皆、同時代、リアルタイムを生きている。

「慈《いつく》しむ」という伝統

「おじいちゃん、おばあちゃんに昔の着物の話を聞く」という催しがあると知り、テーマにひかれて出かけて行った。行ってみるとそれは「第四回消費者着物サミット」という会合であった。それを知らずに行ったのは私一人だった。予想していた「おじいちゃんおばあちゃん……」の展開とはだいぶ違っていたが、京都の町に着物姿を増やすにはどうしたらいいか、白熱した議論が続き、参加者全員の着物に対する情熱と愛情の並々ならぬことがひしひしと伝わってきた。例えば古着に手をいれ、工夫して着る。よく、着物は呼吸するといわれるが、生きものを慈しむように、着物と付き合う。自分や、どうかすると母や祖母まで連なる歴史への思いもそこにはある。

会の途中、「着物を一枚買うよりも、レンタルで借りた方があとの手入れも要らないし、毎回違う柄のものが着られるという意見も巷《ちまた》にある」という声があった。なるほどかしこい、とその合理性を認めながらも皆の顔にはどこか釈然としないものがあった。場内に寂寥感《せきりょうかん》のようなものが流れた。「それはもちろん、着ないよりは着てもらった方が嬉《うれ》しいのだが……」というような。

そのとき、この会を支える原動力となっているのは、「着物の伝統云々《うんぬん》」というよりも、むしろ「慈しむ気持ち」を絶やすことへの本能的な危機感ではないかと思った。レンタルの着物には手入れも要らない代わり、それにまつわる物語も歴史も愛着もない。利便性を追求するために私たちは何かとんでもないものを切り捨てようとしてきたのではないか。「慈しむ」という文化は、一朝一夕に出来るものではない。

話は変わるが、ペットを慈しむ人の気持ちがよくわからない、と打ち明けてくれた友人がいた。彼女の家は、精神的にも余裕のない家で、鼠《ねずみ》を捕るための猫はいたが、それを抱いてかわいがる人などおらず、邪魔なときは蹴《け》り飛ばして歩く両親の姿を見て育ったという。かわいがられたことのない子どもはかわいがることを知らない、と彼女は自嘲《じちょう》気味に呟《つぶや》く。

それと対照的なのが別の友人の家だ。彼女は「慈しむ」ことの天才のような人で、子どもはもちろん、ペットから、草木にいたるまですくすく育てている。お嬢さんが、お母さんそっくりの笑顔で犬に抱きついているのを見たり、お祖母《ばあ》さんもまたずっと犬を大事に飼っていたという話をきいたりすると、「慈しむ」ということは伝統であり、能力であり、そして受け継がれていくものなのだとしみじみ思う。

前述の彼女は、自分にその能力がないことを悲しみ、そしてペットを世話しかわいがることを人真似《ひとまね》から学び始めた。苦しいことも多かったろうと思うが、今では心からペットが愛《いと》しいと思えるようになったという。と同時に、慈しめない人の哀《かな》しさも、彼女にはわかるのだ。

「慈しみ」文化の伝統は生活のあらゆるところに流れている。そのエッセンスを途絶えさせぬ工夫はまた、個々人の歴史の裡《うち》に秘められている。

日常にリアリティーを取り戻す

毒物によって殺された（のかもしれない）皇子の話を、以前に書いたことがある。毒殺というのは、大体虚構の世界の道具だった。イマジネーションがかきたてられやすいのだろう。

虚構世界と現実との壁が、かってないほどに薄くなってきている。こんなことが日常で起こってしまっては困る、といいたくなるような推理小説猟奇小説紛《まが》いの事件が続出している。ドラマを見ているようだ。

日常が確かなリアリティーを失いつつあり、気が付くとハレもケもなくなっていた。正月に晴れ着を着なくなったのはいつ頃からだろう。晴れ着という言葉すら、死語になりつつある。二十年ぐらい前までは、まだ映像は明らかに虚の世界に属すものであり、偶像神話も存在していた。昨今は希薄になった自らの存在感を取り戻すためか、アイドルに自然体で振る舞うことを求め、普通っぽさが「ウリ」となった結果、ここでも虚実のボーダーが限りなく曖昧《あいまい》になっている。

食品に毒を仕込み、無差別に他人を苦しめ、テレビのニュースでそれを確かめたとき、犯人は社会参加を果たしたような気になるのか。それは自己存在を確認できた快感なのだろうか。だとしたら人間は、なんと哀れな生き物に成り下がってしまったのだろう。犯人を異常者として、自分たちとは関係ないもののように糾弾するだけでは、問題の本質に迫ることはできない。

他者を苦しめることが快感となる——有史以来、人間がそういう可能性を持つ動物であることを示す例は枚挙に暇《いとま》がない。技術文明の目を見張る進歩に見合っただけ、精神性が高みを極めたとは決していえない。獣は殺し合いに毒なんか用いない。チンパンジーが彼らの政争に毒を用いるようになったら、いよいよ彼らへの選挙権も考えなければならないかもしれないけれど。

正々堂々、持てる体力と知力を振り絞って相手に立ち向かう、きちんと相手の目を見ながら対立する、というのは獣性の一部に入るのだろうか。自分の正体を明かさず、したがって相手の憎悪《ぞうお》や敵意を身に受ける必要のない毒殺という手段は、姑息《こそく》で、対決能力のなさは獣に劣る。これは全《すべ》ての愉快犯にいえる。他者との対立が昔ほど必要でなくなったのかもしれない。対立どころか、言葉を全く交わさなくても、相手の顔すら見なくても買い物や生活が可能だ。これは確かにわずらわしさがなく便利だ。他人と何らかのコミュニケーションを持つ際にいつも負うリスク――敵意や嘲笑など、不快な目にあうかもしれないという――を回避できるからだ。人と話すのも億劫《おっくう》なほど疲れきっているときにはありがたい。都市に溶け込み、自分の存在を目立たせないでいることが楽なのは、それにかかるエネルギーを使わなくてすむからだ。

半面、使わない筋肉が退化していくように、静かに自分を主張する能力のようなものを、私たちは失いつつある。それは自分と他者との間のボーダーの確認能力でもある。壁を、しっかりさせなくては。

どんな些細《ささい》な接触でも、きちんと相手の目を見て対応する――もしかすると、それが日常にリアリティーを取り戻す第一歩かもしれない。

「自分」という感覚

クルド民族のことを調べていたら、イスラームに改宗した日本女性の手記があった。目だけ出して頭からすっぽり全身を覆《おお》う黒ずくめの服は個性を抹殺しているように思えるが、それを着てアラブの町に出るときむしろ強烈に自分ということを意識するという件《くだり》がその中にあった。この黒いマントの中にどんな私があるのか、あなたたちには教えてあげないよ、というようないたずらっぽい心境になるのだそうだ。大事な「自分」というものを幾重にも包み込んで大切に扱う。それは確実な「自分」が存在するという感覚なのだそうだ。そして彼《か》の地でたまに普通の服装の外国の女性を見かけると、あまりにも無防備で気の毒に感じるという。

没個性の象徴のようにいわれている日本の学生服も、自分探しに忙しい思春期の人たちが纏《まと》うものとして案外その役を果たしているのかもしれない。

第二次世界大戦中の悪名高いユダヤ人収容所では、衣服を剝《は》ぎ取ることで人間の尊厳と共に個性という「贅沢品《ぜいたくひん》」も剝奪《はくだつ》した。

興味深いのはユニークであるはずの肉体を人目にさらすことが、ちっともユニークな自己を表現する気分にならないということだ。全裸に白塗りを施した山海塾の舞踏が、彼らの個ということよりむしろ個を否定した普遍的な何かに肉薄していると感じられるように。外部に開かれた肉体の「自己」は、限りなく外部へ拡散していく。人の視線を拒絶する黒子の衣裳《いしょう》の中の「自己」は内部に収斂《しゅうれん》していく。「自分」という字は「自らの分」と書くが、よく見ると切り取るように世界から自らを分かつ感じがする。「自分は」と呟いてみるとその感覚がなんとなく希薄でこころもとない。

この秋（一九九八年）の美智子《みちこ》皇后の児童文学に関する講演はあちこちで絶賛されているが、その中でもっとも感動をよんだのは、日本神話のある部分に少女時代の皇后が激しい衝撃を受ける部分だろう。普通の人にとっては何の変哲もない神話の一部分に、崇高な輝きを感じとった彼女の運命の厳《おごそ》かさに、我々の方は衝撃を受けたのだった。

河合《かわい》隼雄《はやお》氏はアイデンティティーに関する最近の講演で、それぞれがそれぞれの神話を見つけることの重要性を説かれたが、これは鶴見俊輔《つるみしゅんすけ》氏の「親問題」（親が問題なのではなく、それぞれが生まれたときから背負っている一生のテーマのようなもの）の深化にも重なるところがある。そうやって精進を重ねていればだんだんに自分というものの手応《てごた》えが分かってくるのだろうか。

おまえは何かと問われると正直いって私にもわからない。物心ついたときから切れ目なく連続しているはずの「自分」というものの感覚を、もっているかと問われれば、私はどう答えよう。

イスラームの黒い衣裳を頭からすっぽり纏って一生を過ごす気分はどんなかしら。なんとなくうらやましい。

人間の器と生体エネルギー

昔、交通量の多いことで知られる国道を車で通勤していた友人が、「国道は戦場だ」とよくぼやいていた。長距離を飛ばしてきてランニング・ハイになっている大型トラックや、右に左に隙《すき》あらば入り込む地元タクシー、存在感に溢《あふ》れたダークガラスの高級外車、等々が丁々発止のドラマを繰り広げる中、友人は息を潜めできるだけ目立たぬよう家路に就く。話によると基本的には大型になればなるほど戦場（？）では有利らしい。つい譲ってしまうのだそうだ。蛇や鮫《さめ》が出会ったときに互いの長さを一瞬にして判断し勝った負けたを決するという、あの無益な争いを避けるための知恵のようなものであろう。

が、ことはそう簡単でもない。

拙宅の犬は大型犬なので、散歩に出るとそこで出会う大概の犬よりも遥《はる》かに大きい。遊び好きでいつも上機嫌なので、まだ若くて世間を知らぬうちは出会う犬ごとにじゃれたがって困った。が、人間にもいろいろなタイプがあるように犬だって気難しいのやケンカ好きやいろいろだ。よしきたとばかり遊んでくれるなんて幸運は滅多に起こらない。起こりそうになっても相手の飼い主が許さなかったりする。中には一瞬緊張した後、こちらに戦意がないとみるや途端に怒り出す犬もいて（びっくりするじゃねえか、ばかやろー、という感じである）、このタイプは結構多い。先日は猫を相手にこれをやり、猫パンチされた。

つまり、柄が大きいばかりが決め手ではないのである。気迫、凄《すご》み、のようなものが問題なのである。

少し前になるが、車で走っていて前方に女子高生達の自転車が道を渡ろうと止まっているのを見つけた。後続の車もあったのでそのまま行き過ぎようとした瞬間、その中の一人と目が合った。彼女はとっさに何かを見極めたらしく、いきなり悠々と、急ぐでもなく斜めに自転車をこぎ始めたのである。もちろんこちらが慌ててブレーキをかけなければぶつかる。

あの時彼女が一瞬にして見定めたものは、こちらの気の弱さとか小心さとかいったものをひっくるめた凄みのなさ、生体として発するエネルギーの弱さのようなものだったのではないか。昔はそういう動物的エネルギーを露呈することをはしたないことのように思っていた。彼女はこちらのその小市民的戸惑いまで一瞬にして見て取ったような気がする。

巷でガンを付けたとか付けられたとかで問題になるのも、要するに、生体エネルギーの多寡《たか》を競おうではないか、という信号を発した、それを受信した、というやりとりの儀式なのだろう。そういうエネルギーの強弱や質の高低を含めた扱いは、学校では決して教えないが、生きてゆく上で結構侮《あなど》れない教養のような気がしている。動物レベルの生体エネルギーを、知性の裏付けを経て品格のある社交術にまで洗練させていく過程で、人間の器というものは成っていくのだろう。

日本という国の、生体エネルギーはどうなのだろう。外交においても、どうもそういうことがあるのではないか。

パーソナルな死とパブリック

母方の祖父母は私が小学校の高学年から中学時代にかけて、相次いで亡《な》くなったので、その危篤《きとく》になった前後のことなど割合よく覚えている。遠く離れたところに住んでいる伯父伯母従兄弟《いとこ》たちも駆けつけて、正月の集まりよりもにぎにぎしく子どもたちは少し躁《そう》状態だった。それでも終日煌々《こうこう》と燈《あか》りがついている奥座敷に遠慮して（そこでは何かとてつもなく厳粛なことが現在進行形で営まれており疲れた顔をした大人たちが交替で出入りしている）一応はひそひそ声でおしゃべりなどする。男の子たちはこっそり抜け出して遊んでいる。やがて通夜《つや》、葬式と続き、客の曳《ひ》いた時間に大人たちが問わず語りに故人の思い出を子どもたちに話す。涙も混じる。大人のそんな姿を見たことのない子どもたちはしゅんとする。そのうちおませな従姉妹《いとこ》たちもしくしく泣きだす。

日常とは遊離した、しかしあくまでも日常の延長線上に布置されている親しい人との永遠の別れ。初七日、四十九日……そうやって、祖父母の死は完成されていった。

思えば牧歌的な経験である。

父方の祖母は最近亡くなった。老衰で眠るように幸せに逝《い》ったこともあり、私たちの寂寥感にもほのぼのとしたものがあった。

拙著『西の魔女が死んだ』では主人公の祖母の死がテーマだったが、私自身のそれよりは劇的で、最後、祖母の遺体を目にした母子が、それぞれ別の部屋で激しく哭《な》いたり、また悔恨を嚙《か》みしめたりする。

死は、それを迎える主体の側にとってもそうであるように家族のそれぞれにとってもきわめて私的なものだ。家族はそれを自身の人生観をも変え得る、肉親の最後で最大の悲しい贈り物として、自分の歴史に刻み込む作業をしていかなければならない。死は、故人を含む家族で共有するが、同時に限りなく個人的なものなのだ。

一九九七年に成立した臓器の移植に関する法律第六条は、死亡した本人の臓器提供の意思が書面により表示されており、かつ家族がこれを「拒まない」とき、臓器が摘出できるとしている。その施行後初の今回の高知からの臓器提供は、ご家族も突然の悲しみの中での選択であったに違いないが、家族で共有していくはずの死のプロセスが過熱報道によって無惨《むざん》にも引き裂かれた観があって痛々しくてならない。ご家族が憤慨されているというのももっともな話だ。本来もっともパーソナルであるべきものがひっくり返すようにパブリックに曝《さら》されてしまったのだから。

梅原猛《たけし》氏は、脳死は死ではない、としながらも臓器を提供しようとするその行為自体は菩薩行《ぼさつぎょう》だとする。その菩薩行に入ろうとする生と死の狭間《はざま》にある人、そして、その最期《さいご》を見守ろうとする家族に対して、個々の主義主張はさておき、もう少し礼節を弁《わきま》えてもよかったのではないか。もちろん、秘密裡《り》に事が運ばれるのはもってのほかだが、何かもっと他に方法があるように思われてならない。

新しい大人

「健全な生活習慣が人生を明るく照らす」というようなことを最初の小説に書いたものだから、ときどき私個人までそういう人間のように思われてしまうが、これは私が唯一《ゆいいつ》きっぱりＮＯといえる明白な誤解である。私の夢みる理想の生活というのは、古びた日本家屋のきれいに拭《ふ》き清められたひんやりした畳の上で日がな一日ごろごろと本を読んで過ごすことである。もちろん、そういう家をメンテナンスする才覚は私にはないから家事全般に精通した主婦が必要だ。その細々と忙しく立ち働くきりりとした初老の彼女にブツブツ小言を言われながら肩身狭く私は読書を続ける。もちろん、必要とあらば多少の手伝いは——さやえんどうの筋をとるとか——する覚悟である。

ざっとそんなようなことを友人に話していたら、「いいわね、でもそれ子どものときの生活そのまま」と笑われた。

子ども時代が理想だなんて、そんな大人になるつもりはなかった。

以前読んだある随筆に、小林秀雄《ひでお》と中原中也《ちゅうや》の関係について「終始（めんどうをみる）親と（めんどうをかける）子の関係であった」というようなことが書いてあった。破滅型の詩人であった中也を、自らのドロドロに周囲を巻き込んで生きていくしかない「子」タイプとしたのである。では「親」タイプとはそのドロドロをきっちり自分で引き受け、外に出さない分別を弁えた人、ということになるだろうか（小林氏がそうであったかどうかは知らない。中也との関係性においてはそうだったのかもしれない）。向田邦子《むこうだくにこ》の作品の時代にはいっぱいいたような、そういう人々を大人と呼ぶなら、今の日本に大人と呼べる人はどのくらいいるのだろうか。

少し前、母親役で人気のあった女優の山岡久乃《ひさの》さんが亡くなったときの、まるで日本中が喪に服しているかのような騒ぎは、頼りの母親を、大人を喪《うしな》った「子ども」の嘆きであった。日本中みな、親を求めている。主婦も母親が欲しいのだ。周囲は右を見ても左を見ても「子どもばっかり」だ。

学校崩壊が深刻な問題になっているが、実は家庭崩壊が、その前兆としてかなり前から起こっていたのではないだろうか。「子どもばっかり」では家庭は成り立たない。原因を探せば、それは戦後民主主義教育のせいだとか、核家族が増えたからだとかいろいろ言えるだろうが、そんな詮索《せんさく》はあまり役に立たない。さまざまな取捨選択の結果、今、この現在があるのだ。ないものねだりをしてもしようがない。山岡さんも、現実には家族がいなかった。

新しい大人のモデルを、自分でつくり上げていくしかない。

家の渡り

1

緑の美しいことで有名な公園の、木立ちの続きのような形でその家はあった。

車がゆっくりと角を曲がり、修道院らしき敷地の前を通り過ぎる。道路脇《わき》には丈高いマツが緑陰をつくっていた。その道になじんだ風情《ふぜい》のいくつかの家の前を通り過ぎ、私がぼんやりその静かな町並みに見入っていると、やがて車は更に速度を落とし、その並びの中でも特に控えめな、ひっそりと細かな陰影に富んだ家の前に差し掛かり、思わずそれへ眼を引きつけられたのと、あの家です、と、Aさんがその家を指さすのと、ほぼ同時だった。それで一瞬ちょっと混乱した。

Aさんは不動産業の人だ。私は諸般の事情があって、その地域に家を探していた。

賃貸の物件を探したのだけれど、飼い犬可、という条件のものはそうそうなくて、これは古くて小さな家を買うか、土地だけ買って小さな家を建てるか、という段階の相談になっていた。すでにいくつかの候補を見たが、なかなかその気になれずにいたところ、そうそう、公園の裏手に面した売り土地がある、静かでとてもいい土地だから、見るだけ見に行きましょうか、今まだ古家が残ってるけれど、じきに更地にしますから、と、帰り道、Aさんが言った。値段を聞いたらとても私には手が出せないものだったのだが、その公園の裏手に面した、というところに興味が湧《わ》き、では後学のため、と出掛けたのだった。

え、まさか、この家？　と驚いてAさんに訊《き》くと、ええ、そこです、とAさんはこともなげにうなずいた。車を降り、家の前に立つ。門扉《もんぴ》が低いところにあり、塀自体も低いので緑濃く茂った庭木越しに庭の様子が見える。覗《のぞ》くと、奥には大仰でないテラスがあり、大きい硝子戸《ガラスど》から、ほとんど段差のない室内へ入れるようになっていた。数年間誰も入っていませんから、放ったらかしですよ。ええ、それはいいんですけど、これ本当に潰《つぶ》すんですか……。元の所有者は学者さんで、亡《な》くなられてから、所属していた大学へ土地家屋を寄付する、という遺書が見つかったらしいんです。それで大学側が銀行に委託したというわけで。……ふうん。低い門扉に手を掛けると、思いがけず簡単に開いた。あれ、開きますよ。え？　鍵《かぎ》かかってませんか。あ本当だ、開きますね。入って良いかしら。Aさんは、物好きな、と言いたげに苦笑して、どうぞ、というが、ご自分はもう潰す予定の庭になど興味がないらしく、ついてこない。

外から覗いていただけなのと、内部へ一歩ずつ足を踏み入れていくことは、同じ場所を見ていてもまた全然違う。踏み締められた露地の懐《なつ》かしさが足下から、愛された庭木の発する人に親しい気配が周りから、私を取り囲んでゆく。小さなテラスの近くにはスズランが、一所に寄せられた、というのではなく、かつて一所に寄せられていたのだろうが、そこから少し、遠出をしてみました、という具合に不規則に葉を出し、それぞれに慎《つつ》ましい白い花を、文字通り鈴なりにつけていた。庭にはそれほど間をおかずに水道の蛇口が備え付けられており、ホースや、空の植木鉢がいくつも隅に片づいていて、庭仕事を日常的になさっていたことがうかがえた。何年も放ったらかし、などとはすぐには思えなかったけれど、道具たちがそのままうっすら埃《ほこり》を被《かぶ》り、うたた寝をしているような雰囲気も確かにあった。その空間でだけ、時間が不思議なたゆたい方をしていた。立ち去ろうとして、足止めをくっている、というような。そのとき、私の頭の片隅では映画を見るように一つのビジョンが浮かんでいた。ようやく空が白み始めた明け方にこの同じ庭の同じ場所を、一つのことをずっと考え続けて逍遥《しょうよう》する老いた学者の姿が浮かんだのだった。カール・バルト、という内的な呟《つぶや》きと共に。思わず出てきたその名前を、私は奇異に思った。カール・バルトだなんて、何年ぶりだろう。きっと、学者、という情報をＡさんから入れられていたので、それで私の脳が勝手に作り出した幻聴とビジョンに違いない。けれど、他に学者もいるだろうに、なぜバルト？　ぼんやり浮かんだ疑問をそのままに、私はＡさんの車へ戻った。

　スズランが、きれいに咲いていましたよ。Ａさんに声を掛けた。そうですか。Ａさんは興味がなさそうだった。まあ、無理もない。とてもいい、落ち着いた生活の気配があるおうちですね。私は表札を見る。Ｍさん。このときはそれほどそのことに拘泥《こうでい》しなかった。

　これを潰してしまうなんて、そんなこと、許されないことのように思いますが。Ａさんは苦笑しつつ、でも、潰して更地にして二分割にして売り出します。そうしないと高すぎてすぐには買い手が付かないんです。それはそうだろう。私は、その更地にして二分の一にした上での値段を聞いても、とても無理、と思っていたのだから。けれど、この家を潰すなんて、あってはならないことのように思えてきていた。この慎ましく奥ゆかしい家が潰されて、のっぺらぼうの更地になり、細かく区切られ洒落《しゃれ》た洋菓子のようなこれ見よがしの新しい家が建つなんて。

中を、見せて頂けませんか。今、銀行の所有になっているので、鍵がないんです。潰すことだけ考えて、中を見るってことが頭になかったので。でも、今度日を改めて鍵を借りておきます。Aさんはその銀行から委託を受けている不動産業者なのだった。

家の前の道路から、午後の陽の光が森を照らす雰囲気がとても好ましく見えた。その気配がずっと私を捉《とら》えていたので、その数日後、近くに所用があったとき一緒だった、Sさんについこの家のことを話した。不思議に惹《ひ》きつけられる家なの、なぜだか知らないけど。近いから、これからちょっと寄ってみませんか。ええ、是非、と彼女も乗り気になり、駅から公園を横断するような形でその家まで出かけた。

いいおうち。何だか懐かしい気がする。しばらく佇《たたず》まいを眺めた後でSさんが言った。ね？　華美でもなければ人を威嚇《いかく》することもない。質素で慎ましくて、住んでいた人の人柄が偲《しの》ばれる。

テラスの向こうを回ったお勝手口の隅に、片付けられた木戸のようなものがあり、そこに戸主の名前がフルネームで記してあった。私はどこか引っかかるところのあるその名前を胸に刻みつつ、そうでしょう、今度家の中にも入れるんだけれど、そのときもいらっしゃる？　と彼女に訊《たず》ね、彼女は、ええ、是非、と答えた。

帰宅後、その家のもとの持ち主であるMさんのことを調べようとインターネットを使った。調べ始めた手が止まった。Mさんはカール・バルトやフォイエルバッハの翻訳もしていた、宗教哲学者だった。

これは偶然というものだろうか。けれどこういう類《たぐい》のことはよく起きることだ。私の人生に何か後ろからトントンと指で軽く肩を叩《たた》いてくるような仕方で注意を促してくるある「事象」に、集中して耳を傾ける、そういうことがこのささやかな人生をわずかなりとも豊かにする道だと分かってきていたので、私はそのまま古本屋で手に入るMさんの本を数冊注文した。

私が昔、神学を真剣に専攻することを諦《あきら》めたことの一因に、カール・バルトがあった。弁証法神学の第一人者である。「信仰」という、私にとっては未《いま》だ基盤さえいい加減な土台を、「これ以上ない強固な礎《いしずえ》」として壮麗な伽藍《がらん》を打ち立ててゆくような彼の論文は、私の仕方による reading では、まるで歯が立たないのだった。内省的な著述にただただ惹かれる、それだけを手がかりにしてそれまでごまかしごまかしやってきた、そのそもそもの神学スタートの怪しさが、いよいよごまかしようのないところまで来たのだった。文化プロテスタント主義、そこまでの流れは何とかついていける。だがその次、カール・バルトの出現は、私に彼我《ひが》の境を強烈に感じさせた（今にして思えば、なぜそこからティリッヒの方へ行かなかったのかと、若い日の自分に問い質《ただ》したくなるが）。他にもっと自分にあった道があるような気がし、カール・バルトに象徴されるような知の在り方に圧倒された勢いで、私の志向は他に向かっていった。いわばカール・バルトは私の人生の節目を作った人であり、挫折《ざせつ》の記号でもあった。

それはそれとして、と私は惹かれ続けている家のことを思った。あの、亡くなって十年にもなりながらまだ、そこに住まいしていた人の生活を物語るような家の在り方というものはどうだろう。Aさんのように、或《ある》いはSさんが言うように「大方の人にとってはみすぼらしく潰すしかないような家」。けれど思索的で、物思いに沈んでおり、かつ端正な生活の跡が偲ばれる家。M氏は、そしてその奥様はどんな方だったのか。

数日後、M氏の本が届いた。学術書と、それから一般向けに書かれた説教集のような本。後者を開くとすぐ、その口絵にM氏と奥様が紛れもないあの庭に立って、こちらに向かって微笑《ほほえ》んでおられる写真が眼に飛び込んできた。M氏は、まったく想像していたとおりの、やせぎすで物静かな老学者という風情だった。同じくやせぎすの奥様が隣で控えめに微笑んでおられた。思わず、先日は突然おじゃましまして、と挨拶《あいさつ》をした。

M氏と、カール・バルトとのかかわりは、単なる翻訳者、紹介者ということではすまされなかった。M氏の思想の骨子はバルト神学に深く影響を受けていた。そのことを知れば知るほど、私があの庭で聞いた呟きは、私の側だけに原因を求められるものとは思えなくなっていった。

それから起こった不思議な出会いの数々の、もしかしたらこれらが筆頭に挙げられることなのかも知れない。けれども、私の聞いた呟きはともかく、たまたま興味を持った学者の著書を注文した、その最初に開いたところが彼の写真だった、などということは、ことさら騒ぎ立てするようなものでもない。それを契機にそれから静かに、私の中で彼との対話が始まった、ということの方が、本当は私にとっては大きなことだった。

その頃、どの道何《いず》れ来る引っ越しに備えて、昔からある数多くの段ボール箱を整理しなければならない、という事態に直面していた。これも共時的と言えばこの上なく共時的なものだった。引っ越しは私にはよくあることだったが、それまでは以前の家と同じくらいの広さか、それよりは若干広いところへ移動する、というものだったので、今回のように荷物の三分の一は整理しなければどうにもならない、ということは初めてで、大半が学生時代から続く「性懲《しょうこ》りもなく書き散らしたもの」で埋め尽くされているはずの、その段ボール箱のほとんどは当然の如《ごと》く処分の対象としなければならなかった。それで、今まで四半世紀以上（結果的に）封印していた段ボール箱の中身に、私は向き合う羽目になった。これは思いの外消耗する仕事だった。この四半世紀、自分が全く同じ事に囚《とら》われていて、ほとんど進歩がない（！）という事実に打ちのめされた。若気の至りそのままの不遜《ふそん》で独善的な書きぶりは、さすがに穴があったら入りたい、というものだったけれど。なぜこんな段ボールを後生大事に抱えて人生に付き合わせていたのか。なぜ今になってそれに向き合う羽目になっているのか。

わけが分からないながらにそれは私がM氏に語りかけ、M氏の著作からその返答をあぶり出すような形で対話を続ける、更なるきっかけになったのだった。連綿と続く対話は、例えば次のような「気づき」を私に与えた。

当時の葛藤《かっとう》はきっと、「信仰」というものに対する、私の惹きつけられ方とそれと同じ強さでの拒絶が問題だったのだろうということ。だからそもそも、バルトを読もうとする「態度」が備わっていなかった。その頃（そして今もずっと）私が模索していた「高みに向かう霊性とそれが日常性に開かれてある道筋」のためには、宗教哲学より神学の方がまだフィットするような気がしていた。それは神学の方がより実践的であるように思えたからである。が、その実践性は特定の宗教団体の宣教活動に仕えることに由来していた。考えれば当たりまえのことなのに、当時の私にはそのことがはっきりと分かっていなかった（その頃在籍していた大学の学部が、その分野ではとてもリベラルなところだったせいもあるだろう）。私が欲していた「揺るぎなさ」は日常性を持つものであり、そのために信仰が必要というのなら、いつか自分の中にそれが芽生えてくるのを待つしかなかったのだが、神学はすでにある信仰の、どこまでもその内実に即して思考してゆく学問であったのだった。勉強したからと言って、信仰が身に付くわけもなかった。活《い》きた信仰に立脚しない神学こそが、机上の空論、大伽藍なのだった……。

Mさんの家から感じられたのは、まさしくその日常の「揺るぎなさ」だった。

それからしばらくして、私は内部を見せてもらうため、Sさんと共に三度目のM氏宅訪問をした。着くとすでにAさんは窓を開けるなどして待っていた。そこに行くまでに、私は念のため銀行に電話して、万が一にでも私がその家を入手できる可能性がないか確かめていた。訊けば、足りない分を貸すという。太っ腹だが明らかに無謀な決断だ。私にも分不相応な借金だ。けれど、さあ、これで全く不可能というわけではなくなってきた……。

——腕のある建築家がつくった家だと分かります。建築物として、どのくらい手を加えたら住めるようになるかを測るための専門家——Aさん呼ぶところの「棟梁《とうりょう》」——が奥から出てきてそう言った。上がるとすぐに中廊下に並んで二つ、ドアがあった。外国の学生寮の一室のようなその二部屋の窓からは、庭の草木がよく見えた。それぞれの部屋に作りつけのタンスがあり、そしてしきりの壁の天井に沿ったラインには、細長い木枠の入ったガラス窓があった。空調のため、でしょうか。あ、ほら、ここに。私たちはその壁の真ん中ほどに、小さな覗き窓があるのを発見した。面白い、これ。でも何のために？ それぞれの部屋が独立しているんだけれども繋《つな》がりは保っている、そんな感じ。タンスの中を開いて良いかしら。少しの逡巡《しゅんじゅん》のあと、作りつけの構造を見せて貰《もら》わなければ、と思い切って開けた。そこには、小柄な紳士用のコートが、M氏のコートがずらりと掛かっていた。地味だが質の良い、そして手入れの行き届いたコートが。思わずその袖先《そでさき》に触れ、その毛織りの風合いを私の指先がつかみ取ったそのとき、M氏の実在がくるりと身を滑らすように私の内部に入ってきたのを、私は確かに感覚した。

部屋の中には、まだ荷物が残っていた。大部分は書籍で、その一番上に「感謝」とかかれた小冊子が複数積まれているのを、Sさんがめざとく見つけた。表紙に、奥様の名前が記されている。たぶん、没後に親しい人たちに配られたものだろう。私がM氏に「普通ではない」惹かれ方をしているのを知っていたSさんは、これ、いただいていったら？　でも、ここを出られるとき、全部処分なさるつもりで出て行かれたのでしょう。人目に触れることなど、考えていらっしゃらなかったでしょう。Aさん、どなたか責任者の許可を取ってくださいませんか。そこでAさんはどこかへ携帯で連絡し、ＯＫが出て、私はその冊子をバッグに入れたのだった。

その部屋を出た、中廊下の突き当たりは、なんとバスルームだった。戦前からある外国のホテルのように床が少し歪《ゆが》んだタイル張りで、長いバスタブと、トイレ、手洗いがついており、バスタブの向こう側は光採りの窓が、植物の植わった庭に向けて開いていた。本当によく考えてありますよ、この家。光とか風とか。庇《ひさし》のちょっとした長さとか窓の位置とか。Aさんが感心したように言う。それは二階の吹き抜けの横に付けられた、階段と二階の部屋を仕切る窓についてもそうだった。風の道の調整が出来るようになっていた。さりげないけれど、つくった人はただものじゃない。私たちはそう嘆息した。これを、潰すって言うわけね。私がにらむようにしてAさんに言うと、彼は苦笑していた。

M氏は東京女子大学の学長やフェリス女学院の学院長などを歴任されていた。そんな要職にあった方のお住まいとは思えない、質素で。Sさんが呟いた。家全体が、彼の人格のオーラで覆《おお》われている。私がそう言ったのは、後から思えば実に正しかったのだ。「人格」という言葉は、彼にとって特別な意味を持つ言葉だった。そしてその人の死後、「渡った」跡に、「人格」がこのような「気配」を残すなどと、自分が体験しなければ決して実感できないことだっただろう。

けれどね、とSさんがリビングの窓越しに庭を見ながら言った。もしも梨木さんがここを買ったとしたら、ここは梨木さんの家になってしまう。うん？　つまり、私たちがこんなに感銘を受けているMさんの気配は消されてゆく……。

冊子「感謝」には、様々な人々がM氏の人となりを伝えていた。謹厳実直、けれどユーモアを忘れない、気品のある挙措、企《たくら》むことのない話しぶり、どんなときにも真《しん》摯《し》に学生の質問に答えていた、「対話」ということをとても大切にしていた……等々。教会のため、大学のため、学生のため、誠実に尽力していたご様子が手に取るように伝わってくる。その「感謝」の中で、M氏宅は帝国ホテルを建築設計したライトの弟子、遠藤新《あらた》の次男が建てた、という文章を見つけ、調べるとそれは遠藤楽《らく》さんという建築家だった。数年前に亡くなっていた。ご自身もアメリカに渡り、父の遠藤新氏と同様、ライト最晩年の弟子となっている。つまり、親子二代にわたってライトに学んでいるのだ。その遠藤楽氏の作品集が出版されているのを知り、取り寄せる。パラパラとめくり、彼の建てた家の写真を見て、ああ、間違いなくあの家を建てた人だと思う。特徴的な大谷石《おおやいし》の使い方。奇をてらわぬ心地よさと品位。

氏の文章からいくつかを抜粋してみよう。

「住宅の本質はその内部空間にある」。「常に目的とされるのは『内部』であり、この空間の形状が自然に外部の形をかたちづくるのである。住居とは、その中に住むためのものであり、見せるためのものではない」。「現代でもきびしい大自然の中で生きぬこうとしている人たちは、外観のための外観を作らない」。「現代のように商業主義優先の社会条件の中では、特にこの間違いをおこしやすい。建築の場合、建物が巨大になればなるほど『外から内へ』という、全く逆な考え方におちいりやすい」。「そして、この内部空間をいかに外部に延長させてゆくかが、次の段階で必要となる。したがって、建築家が建物を設計する時には室内空間から考え起こしてゆくことが大切であり、頭の中に完成された建物をえがき、その内部空間に自分自身が入り込み、その中でくつろいだり、歩いたり、楽しんだり、という空想が出来るようになる必要がある」。

そのコンセプトはあの家にも充分に生きていた。常に人間とその生活の根本に立脚した発想から出発している、有機的な建築というライトの思想をその本質において受け継いでいた。そしてその建物は、M氏の生活と人格と思想の「容《い》れもの」として、その建築家亡き後も、その主《あるじ》亡き後も、忠実にそして誠実に、まだその「中身」を保持し続けているのだった……。

M氏の著作を通じて、私は再びバルトの周辺を巡ることになった。けれどそれは、学生時代と全く同じものではなく、年月が私を、あの頃よりは少しは見通しの良い場所に立たせ、そして偶然の事ながら当時の自分の葛藤の記録を再読する機会も得たおかげで、自分がそもそもどこにぶつかっていたのか、それが次第にクリアーになっていった。バルト神学は、つまり、教会運営のためのものであり、羊の「群れ」という組織のため、というのがそもそもの始まりなのだった。

昔から私には「群れ」というものに、用心する癖があった。「群れ」「組織」というものへの疑問と生理的な拒絶、しかし無視できない吸引力、慕わしさのようなもの――そういう、繰り返し繰り返し立ち返る自分自身の深い問題意識が、いつも「集団」というものを前にして私を立ちすくませる。そういう自分自身のことが、この年月の間によりはっきり分かってきていた。私が初手からバルトにはねつけられたように感じていたのは当然だったのである。若かった当時、まだ自分自身ですらはっきりと自覚できていない私自身の問題がまずそこに横たわっていたのだから。そう言えば、「組織神学」という言葉にさえ、うっとうしい欺瞞《ぎまん》を感じていたのだった。ゆとりがなかったと言えばそうなのだが、未熟すぎた。

M氏自身の生き方は、大学の中で、教会の中で、さらにはYMCAの中で、と常に組織と共にあるものだった。M氏がバルトに大きく影響を受けたのはその後の生き方からしても間違いのないことだった。しかも、彼は「群れ」の中にあって、どこまでも「個人」で在り続けようとする。

もうずっと長いこと、日本人全般に「個人」という意識が根付くことはないのではないか、と思い続けていた。結局はキリスト教の契約概念によって、我と汝《なんじ》の関係性が骨身にしみていなければ、「個人」というものは人間の中で確立しないのではないかと。そんなはずはない、他に道があるはず、とずっと探してきたような気がするが、八方ふさがりで思考に何の進展もなくなっていた。「絶対的な他者による絶対的な否定」を個の礎とするM氏とのパーソナルな対話は、その辺りが長く焦点となった。そもそもなぜ私は「個の確立」ということにこんなに長い間引っかかっているのか、しかもこんなにも不器用に……。

これは再び先の、遠藤氏の文章からの抜粋。

「……昭和三三年に私は、日本に戻った。—略—（当時日本は）荒っぽくいえば、古いものを壊せば、新しいものが生れてくる、五年たって、それが古くなれば、建て直せばいいといった、使い捨て文化の発想につながる考え方が主流だった。

私は、帰国してからは、知人の紹介から紹介という形で、個人住宅の建築の仕事を主に引き受けていた。その時、一番問題になったのは、これからの日本人は、どういう生活のスタイルになっていくのか、ということだった。そこが見えてこないと、住居の発想も見えてこない。当時の個人住宅の発想は、空間を、いかに区切るか、ということだった。

持ち慣れないプライバシーに、日本人が振り回されている絶頂にあったというべきか。――略――(その使い捨て文化は)やがて、少ない面積から、いかに利益をあげるかという商業主義の先鋭化の中で、帝国ホテルのとり壊しにもつながっていく……」

遠藤さんの文章が弾みになり、M氏との間断のない対話が私の中で続けられているのに並行して、外側ではあまりにも対極的な金銭にまつわる現実が決断を迫ってきていた。

不動産業者Aさんに早く返事をしなければならない。

Sさんから言われた一言も私を考え込ませていた。私はあの家に充満しているM氏の「気配」に惹かれているのであって、それと、それを「所有」するのはまた違うのではないかということ(もっとも彼女は私のためにA氏に値引き交渉までしたのであったが)。それから、自分の現世的な処世の在り方として、そこまで借金を背負って分不相応な土地家屋を入手することへの逡巡。誰か、あの家ごと買ってくれるって人はいないのかしら。それか、あの、もう少し値が下がるってことは? 無理です。実際の話、あそこに土地を買うような人は、あんな古い家で満足しませんよ。新しい家を建てることを考えても、更地にして二分割。銀行はびた一文値引きすることはないです。あの辺りの土地はとにかく出たというだけで奇跡に近い。引く手あまたですから。

資産価値、路線価、実売価格、坪○○万円、そういう単語で組み上げられている世界があり、こちらがちょっとぼんやりしていると、足元を見られていつのまにか少しずつ値が上がっていたりする……。同じ土地家屋を見ていても、錯綜《さくそう》するいくつもの価値観があることが、感に堪えない。私はこの家を諦めはじめていた。何よりもこの家は遠藤さんが「学究を中心に据えた老学者とその妻、二人のための家」として、建ててあるのであって、私のためのものではなかった。

2

その三度目のM氏宅訪問から帰ると、住まいにしている都心の集合住宅の一室（荷物の大部分は関西に残して、私は両方を行き来していた。今回やろうとしている引っ越しはその荷物の移動でもある）でビラを見つけた。いつものように片付けようとして、手をとめた。それは歩いて数分ほどの、ごく近所にある教会での、講演会の知らせだった。講師の写真を見て驚いたのだ。大学卒業以来（年賀状等のやり取りは別にして）会ったことのない教授の写真だった。

大学に籍をおいたまま、英国へ渡った。今から四半世紀以上前のこと。同じ頃西ドイツのテューービンゲン大学に、私の古典ギリシャ語と新約聖書の師でもあったその教授が研修に来ていた。英国という島を出て、ヨーロッパ大陸をひとり旅する機会があったとき、彼のいたテューービンゲンを訪ねた。ヨーロッパはどこも大雪で、体感温度マイナス数十度という数字が連日発表され、ハイデルベルク旧市街の広場で、ああ、今日は暖かいなあと思って温度計を見たときがマイナス五度であった。テューービンゲンは家々の赤い屋根と石畳の美しい中世の大学町であるが、その屋根も石畳も雪で覆われ、小高い場所から見たテューービンゲンの町は、時が止まったように静かな雪景色を呈していた。私はそこから電車で近い、シュトゥットガルトという都市に宿泊していた。確か、次の場所へ移動するのにも交通の便が良かったのである。テューービンゲンもシュトゥットガルトもハイデルベルクもみなネッカー川河畔にある街だ。ネッカー川河畔に沿って旅をする、というのもそのときの目的の一つだったように覚えている。

一日町を案内していただいたあと、夜更《よふ》けのテューービンゲンの古い駅舎の待合室で、電車を待ちながら話し続けた。薄暗く天井の高い待合室は閑散としていた。中央に小さなストーブがあり、その周りに電車を待つ人たちが数名いるだけだった。夜も遅かったので皆疲れているのだろう、いずれも黙ってうつむいてただ電車が来るのを待っている。窓からは闇《やみ》の中にぼんやりと白い雪が見える。その中で、何を話されたのだったか、教授の関西弁が辺りに響くのを、とても不思議な思いで聞いていた。日本語も韓国語も、いわんや関西弁なんてこの人たちにはすべて同じ、ただの耳障《みみざわ》りなアジアの言語としか聞こえていなかっただろう。周囲の光景とあまりに合っていなかったのでかえってその場面が強く記憶に残っていた。

私はそのとき、何を話したのだったか。たぶん、その旅行の直前にしばらく滞在した、シュタイナーの教員養成学校の寮（友人がいた）での生活のことだっただろう。付属の農場で星の動きに従って牧畜をし、畑作をする、その農産物を使った食事や、シュタイナーの建築の思想に沿ったそれぞれの棟、羊毛を刈り糸を紡《つむ》ぐところから始める染織に携わる人との出会い、ストーリーテリングが基本になる昼間の授業の話、等々について。生活と思想が一体化している暮らしのこと。そのころはすっかり気持ちが神学から離れていたのだ。

そのビラはだいぶ前にポストに入っていたのを、いったん見もせずに片付け、そしてまた偶然私の目に入ったのだった。講演会は翌日だった。

なぜ、このタイミングでこういう機会が訪れるのだろう。いつもキリスト教のことを考えているわけでは決してないのに。

何か不思議な気持ちで、翌日私は教会へ出かけ、講演を聴いた。さまざまなことが話されたが、強く印象に残っているのは、世界が当時急速に原理主義的になり始めた、そのことを彼がとても憂《うれ》えているということだった。キリスト教は、もともと、幅広い解釈を許してきた、というようなこと（私の今抱えている問題のため、さまざま話された中でそのことが特に強く響いたのだ。この上さらに誤解や記憶違いがあったら申し訳ないので、彼の名は一応伏せておく）、それにまつわる聖書の話。

もし、あのテュービンゲンの夜更けの静かな待合室で、彼が今のような話を――キリスト教の醍醐味《だいごみ》はそのブレにある、あったはず（彼はこういう言い方はしなかった、と思う。私のバイアスがかかった記憶だが、いずれにせよ、その闊達《かったつ》さはいかにもあの大学らしい、百年ほど前にアメリカン・ボードとの間に激しい軋轢《あつれき》を生んだ、あの大学の神学の流れの裔《すえ》らしい、とそのとき懐かしく思わず口もとが緩んだ）、というような話を――していたら。教会を出て午後の日が伸びる夏の舗道を歩きながら、この年月を反芻《はんすう》しつつとりとめもなく思った。私の進路は今とは違ったものになっていただろうか。

その教授の言葉は、私とM氏との間に吹く風のように感じられた。M氏のストイックで求心的な論理の持って行き方に、少し行き詰っていたところであった。一人の人間と夜昼ない対話を続けるとしたら、どうしてもそういう時期が来ることは避けようがないことなのだった。M氏の文章をここに引用するのをためらっている。キリスト教から遠い人の中には全く理解不能で共感できない、と読む人がいるかもしれない。M氏の写真の、あの穏やかな外見からは考えられない激しい信仰なのだ。激しく、強固な信仰なのだ。だが、「開かれて」いるのである。決して糾弾しようとする文章にはならないのだ。

混沌《こんとん》の宇宙に光が射《さ》したところから、世の中が始まる。「光」の主な「しごと」は「影」をつくることだ。「光」自身が意識するしないにかかわらず、それはどうしてもそういう効果を生む。生んでしまう。世界はそういう風に、先へと進む動きをつくる。M氏は「光」のただなかに自身をゆだね、どこまでも真摯に、また丹念に論を展開しようとする。私はそこへ入っていけない（だがこれが彼の文章の不思議なところで、私はそこで疎外感《そがいかん》を持たない。読み手が何びとであろうとも、キリスト者であろうがなかろうが、読み手との間にも我と汝の関係性が自然発生するのだ)。光の側に立ち位置を持つ者がいて、それのできない者がいる。それぞれがその性《しょう》に従って立ち位置を決めるのだ。しかし光のただなかに飛び込んだとしたら、辺りに影の見えないことは当たり前だ。つまり、そういうことなのか、このM氏の「揺るぎなさ」は。

手持ちのM氏の著作を読み終えたとき、さあ、これからどうしよう、と思った。私にはまだ対話を続ける必要があった。もう少ししたら最初から読み返そう、と漠然と思っていた矢先、いつも外からの仕事の窓口になってくれる編集者から連絡が入った。ある大学の附属図書館から講演依頼が来ている、という。私はとても不器用なので講演準備にふつうでは考えられないくらい時間がかかる。それでたいていはお断りしなければならない。けれど、そのとき、その大学名に引っかかった。

——フェリス？

M氏が学院長をなさっていた大学だった。それで思わず、M氏のことをご存知の方が残っていらっしゃったらお話が聞きたいのだけれど、もし、そういうことが可能なら。じゃあ、その旨《むね》、お聞きしてみますね。しばらくして再び連絡があった。M氏が学院長をなさっていた時からいらっしゃる先生が見つかったそうです、夏休みに入ったけれど、ちょうど今ならお時間がとれるとおっしゃるのですが。私はなんだか不思議な気持ちがして、お会いしましょう、すぐに、と承諾した。これもまた、なんというタイミングだろう。

最寄駅は緑園都市駅。夏休みのプラットフォームはがらんとして人影もまばら。この大学がここに施設をもつようになったのは、M氏の退任以後の話だから、彼がこのプラットフォームを使っていたはずもないのに、なぜか電車から降りるそのときから傍らを先導して歩く彼の背中を感じていた。ほら、こっち、こっち、というように。初めての場所ではあったが迷うことなくその図書館までたどり着いた。

そこで出会ったお二人の教授のうち、鈴木美南子《みなこ》さんはM氏没後にまとめられた追悼文集のなかにも文章を寄せられていた方であった。学問的には、さまざまな宗教思想が（特に日本や英国の）近現代化過程とどうかかわりあったか、それが政治・経済や女性解放、教育の場にどのようにあらわれたかという、私にとっても思わず身を乗り出したくなるようなテーマを研究していらっしゃる方であった。

もう一方の三田村雅子《まさこ》さんは（「家」というものをしばしば重要な道具立てとする）拙著をお読みくださっていた由《よし》で、私が「家」に惹かれる、ということの心情的な成り行きにとても理解を示してくださった。『源氏物語』を深く読み込んだ専門家で（「新潮」誌に「〈記憶〉の中の源氏物語」を連載していらっしゃった。二〇〇八年に単行本化）、話の流れがM氏の家の庭の植物に及んだときだったか、『源氏物語』の中に出てくる植物の象徴性について話してくださったが、それは私の生来の興味に深く響いてくるお話で、自分でも思わずアンテナがきりきりと立つのを感じながら、拝聴した。彼女のお祖母《ばあ》さまはまた、少女の頃、植村正久夫人を家庭教師にもった方であった。

植村正久は、明治大正期の神学者、牧師として草分け的な人物である。その思想的な立ち位置もまた、常に「教会」を離れなかった。M氏が深く敬愛し、影響を受けた高倉徳太郎は、一九〇六年（明治三十九）植村牧師に洗礼を受けている。

鈴木美南子さんはM氏が学院長だった時期に、新任の若い教員として、M氏に接しておられた。「対話」ということをとても大事にされた先生でした。大学は一人一人が真理に出会い、人格的に交わる場でなければならないと考えておられたのです。学生紛争の折にも、実に忍耐強く、柔和でありながら真剣に対応されていました。そういうときも、毎日の礼拝には欠かさず出席なさっていらっしゃいました。ご自宅にお電話すると、必ず奥様がお出になって、用件の旨、お聞きになってそれを先生にお伝えになるんです。先生がそれに対するお返事を奥様にお伝えになる。そして奥様が私にまたそれを伝えてくださるんです。奥様は控えめな方でしたが、芯《しん》の強さを感じさせるところがありました。M先生のお言葉を、そうではなかったでしょう、とやんわり訂正なさったり……。先生もまた楽しくそれをお認めになったりして。確か、京都のご出身のようにお聞きしています。

ああ、そうだったのか、と心中深くうなずくものがあった。M氏の家の二階には書庫と納戸《なんど》のほか、十畳ほどの和室があった。東側と南側に向けて窓がある、心がしんと落ち着く、畳の部屋だった。南側の窓は隣家に向かい合っている。が、座ると、木々がとてもいい具合に視線を遮って、近隣と隔絶もせず、べったりと同化もせず風通しもよく、というバランスが保たれていた。階下の西洋風のたたずまいを見たあとでは、その和風は意外な感じがするのだが、簡素な潔《いさぎよ》さは両方の階に共通するものだった。そこの床の間に使われているのが北山杉だった。私は長い年月を京都とその周辺で過ごしてきたので、その地方の人々の、床の間に北山杉の磨き丸太を使うことへのこだわりをよく知っていた。だがその北山杉の、自然というよりはもっと人の手のかかった生い立ちは、ライトの思想とはまた違うものに思われた。二階に上がってそれを目にしたとき、建築された遠藤氏のテイストとは異なった何かを感じて、漠然と疑問に思っていたのだった。

ああ、そうでしたか、奥様は京都のご出身でしたか、と私はうなずき、そして京都出身の奥様の生活のありようのあれこれを楽しく想像した。そういえば階下の台所の棚の一隅には、まるで書類入れのようなトレイ立てがあった。それ自体はまったく日本の文化とは違うものだったのだが、その中に残された小さな丸盆の何枚かは、言わればまさしく京都の人々の生活スタイルになじんだものだった。片手でも持てるような薄手の丸盆に番茶やほうじ茶をいれた湯呑《ゆのみ》を載せて、日に何度も、台所を往《ゆ》き来《き》するのだ。遠藤氏は勝手に自分流を押し通してあのような西洋風の台所を作ったのではなく、家財の数々を見たあとで、その収納場所にも腐心したのだとわかってきた。

このご縁で（という仏教用語をここで使うのも不思議な気がするが）、いま私の手元にはM氏自らが大学に寄贈されたものをはじめとする著作の数々がある。図書館がご厚意で部外者の私に貸してくださったものだ。いくつかの本は普通では決して手に取ることのできないものだった。そしてその中にはまさに私が必要としていた文章もあった。さまざまな偶然や不思議が私を導いてここまで来たのだったが、それはまるでお亡くなりになったそのあとも、M氏の教育者としてのスピリットが働き続けている証《あかし》のようだった。私に鈴木さんや三田村さんをご紹介くださった、そのことまで。

私は不動産屋のAさんに、今回はあきらめる、と連絡していた。それからすぐに次の買い手が決まったと、Aさんから連絡があった。あの家がどうなったか、想像しないようにしていたのだが、やはりきちんとその顚末《てんまつ》を見届けなければ、と、約一ヶ月後、私はその場所へ行ってみた。きれいさっぱり、という言葉があるけれど、本当にあっけらかんと、そこには何も、なくなっていた。家屋はもちろん、あの丹精された草木のすべてに至るまで。更地になった敷地には、若干のコンクリート片と、それからすでに草が生え始めていた。エノコログサ、タケニグサ、セイタカアワダチソウの芽生え、等々。それらは荒れ地に生える草々だ。あの草木たちがテリトリーを守っていたころにはそういうものたちの出現は考えられない。この植生のあまりの変わりようを見た瞬間、胸に迫るものがあった。

ここを訪れた最初、スズランが花盛りだった。そのことをフェリス女学院の鈴木さんに話したとき、ああ、M先生が山手のフェリスにいらしたころ、構内の、ちょうど先生のお部屋の外にスズランがいっぱい咲いていたんですよ、と語られた。それを懐かしんで、この地にも持ってこられたのかもしれない、とそのとき思った。見届けよう、今、何が生えているのか、どう変容しているのかはっきり確認しなければ、と敷地の中に入ると、後ろから声をかける人がいた。ここに引っ越してこられる方ですか。いいえ。できることならそうしたかったんですけど、都合がつかなくて。あら、そうだったんですか、それは残念。

年配のそのご婦人は、隣家の方だった。たまたま(!)、どこかから帰っていらしたところだったのだそうだ。私は庭のことをお聞きできる相手が見つかったのでほっとする。

私が最初に内見させていただいたときは、スズランが満開、次に来たときはヤマボウシが咲いているところでした、あのお庭は白いお花ばかりでしたね(ホワイトガーデンを、丹精なさっていたのだ、きっと)。生垣のところのも、柑橘類《かんきつるい》のような厚みのある花びらで、白いとても品のいい花でしたが、私、あの木の名前が分からなくて……なんて言うのだったのでしょう。ああ、あれね。あれは十数年前、とても流行《はや》った木で……名前ねえ、さあ、それは何と言ったか覚えてませんねえ。(ああ、残念)。梅もありましたけどあれも……。ええ、あれも白梅でしたよ。そうね、言われてみれば白いお花ばっかりでしたね。いいお庭だなあ、と拝見させていただいていたので、今日来てみてちょっとショックを受けていたんです。ああ、ねえ、とご婦人は悲しそうな顔になる。朝、突然ブルドーザーがきて、ここを根こそぎ始末したんですよ、ええ、本当にあっという間。でも土台のコンクリートだけはなかなか大変だったって、ね、ほら、少し残ってるでしょう。

このとき私は以前、この家の中に入ったときのことを思い出した。Aさんが連れてきた棟梁に、白蟻《しろあり》はだいじょうぶかと訊いたとき、家を検分していたその棟梁は、床をめくり、こりゃすごい、こんなにきっちりコンクリートで固めてある。白蟻なんか問題じゃない、と言った。その後、遠藤氏のエッセイで、

「……建物の床をコンクリートでつくり、このコンクリートを窓下の腰にまで立上げる。──略──この方法も十年以上前から実行してきたものだが、土台の腐蝕《ふしょく》や白蟻の被害もなくなり建物の寿命のため著しく有効である」

と書いてあった部分を読み、ああ、そういうことかと納得したのだった。耐久力、増せよ、と願いを込めてつくられた土台だったのだ。それはきっと、必死でブルドー

ザーに抵抗したことだろう……。使い捨ての文化に、激しく異を唱えた遠藤氏であったのに……。

頭の片隅でそんなことを思いながら、ご婦人の話を拝聴する。彼女は昭和三十年代前半、M夫妻らとともに土地を購入した。M先生はとても穏やかな、静かで温厚な方でしたよ。その当時はタヌキやキツネが出るような田舎で……。引っ越した当初はまだ水道もきていなくて、井戸だったんですよ。そのあと、すぐに水道が引かれたんで、そのこと、すっかり忘れてたんですけどね、この間、更地になった次の日の朝早く、なんとまあ水が噴き出たんです。井戸のあったあたりからだったんだけれど、水道管が傷ついたのかもしれないって、裏の方が水道局に電話してくれたらしいですよ。裏の人、若くて井戸のことなんか知らないから……。

詳しい状況は分からなかったけれど、この家がなくなったその翌朝、井戸のあった場所から水が湧《わ》いてきた、という事実、そしてまたそれが偶然、私に知らされるという事実に粛然とした。

ご婦人に礼を言って、私はしばらく更地になった敷地を歩き続けた。それからふと、三宅島の噴火後、以前はそこになかったユノミネシダがかなりの数生い茂っているという話を思い出した（ユノミネシダは熊野地方にカヤックのため訪れたとき、湯の峰で見たことがある。温泉のガスに包まれているような小さな町だった。きっと硫黄分のあるところで元気に育つタイプなのだろう)。それから、サハリンで山火事が起きたあと、まずヤナギランやシラカバが生えてくるという話も。それが生えているから、そこが荒れている、というのではなく、おそらく植生のサイクルの最初に戻っているのだろう。この更地の、この状況も。

新しく始まるのだ。

新しくこの土地に家を建て、家族の歴史を始める人たちがいる、ということなのだ。死と再生はいつでもセットでやってくる。

そう思うことは、私をとても慰めたが、しかしやはりこの喪失感はかなりのものだった。しかし、会ったこともない人を「喪失」するとは。

たぶん、こういうことなのだろう。M氏は「あらかじめ失われた」師として私の中に出現された。その存在は、空間をくり抜いた影のように、実在する家の中に確実に存在していた(そのイメージのために、私は彼の名を実名表示せずイニシャルで表そうと思ったのだった)。そしてとうとうその家ごと、現世を「渡って」しまわれたのだ。

この夏（二〇〇七年）は河合隼雄氏が亡《な》くなった夏でもあった。

今回河合氏の著作を再読しているうちに、私は河合氏の言う、「日本には西洋的な意味での父性はなかった」というまさにその意味でのキリスト教的な厳しい父性（元来が遊牧民族のものであるそれは、過酷な自然環境の中で群れが生き抜くため、屠《ほふ》るべき子羊を自ら選別し、切断する圧倒的な存在である）こそ、M氏が思想上激しく追い求めていたものなのだと気づかされた。氏の「揺るぎなさ」はその絶対性に基盤を持つものだったのだ。なんと私がずっと惹かれ続けていた、残り香のようにあの家に漂っていた揺るぎのない日常性は、私の漠然と（どちらかと問われれば当然こちらの系譜のものだろうと）考えていた包み込む「母性」や慈《いつく》しむ「女性性」とは違う出自のものだったのだ（これに気づいた真夜中、このタイミングで河合氏の著作を再読することの不思議をまた思った）。

そしてそれに気づいたことは、行き詰っていた自分の物語の地平に、まだどういうものとははっきりとは分からないながらも、遥《はる》から差してきた、細い、けれど確かな光のようなものに感じられた。

キリスト教的父性の持つその激しさ厳しさ（河合隼雄氏は今それをそのまま日本人

に適用すべきとは決して言っていない。第三の道を探るべきと言っているが）を、正しく受け入れられる土壌は（加速度的に西洋化していっているとはいえ）日本にはない。M氏はずっとそのことに気づいていたのだろう。宗教哲学の観点から日本人のこれからを常に心にかけておられた方だった。氏は「我と汝」という神との関係を、対人関係へも敷衍《ふえん》しなければならない、しかし、日本人は「我ともの」という人間疎外の方向へ社会を追い込んでいきつつあるのではないか、とも憂えていた（これは、現代人の悩みの多くが「関係性の喪失」という様相を呈するようになったという河合氏の言葉と、同様の危機を指し示している）。

M氏没後十年になるこの社会はしかし、その危機をも、うねりの中に負のエネルギーの一つとして取り込みながら、ただの「大きな我」に収斂《しゅうれん》しようとする激しい渇望《かつぼう》を密《ひそ》かに育《はぐく》んできたように思えてならない。それは日本のみならず、世界的な傾向として、大きく、どんどん大きく。融解した個の集合体であるただの「大きな我」と、それ以外の「もの」に。

失うものの多い夏だった。あの家に初めて出会ってそれの消失を確認するまで、二ヶ月足らずの間に起こったことを考えると不思議な思いに駆られる。

この連載（「渡りの足跡」）は、私なりの「ネイチャー・ライティング」をやりたい、という思いで始めたものである。この章の対象は今までのそれとは違うが、根本を流れる思いは共通している。存在の、「渡り」ということ。この夏に出会ったあるキリスト者の「足跡」について、その家の「渡り」について、それから私自身の「渡り」について、他の対象と同じく、記録したく思ったのだった。

それはその三者が絡《から》み合ってどうにも分かち難く、一つのみ抜くこと能《あた》わず、「つらつらと私事を書きつづる厚かましさへの恐縮」を克する覚悟を、「個人的で sacred な営みを不特定多数の目にさらす」勇気を、私に迫ったからである。

生まれいずる、未知の物語

まだ、生まれてはいないけれど、もうすぐ、そこに来ている何か。
その色や、形や、手触りを、どこかで予感し始めた人がいる。
それは、既存の思考の枠組みでは決して捉《とら》えることのできない、
柔らかで、繊細で、常に変容し続けるものだ。
未知の「何か」を、物語という手段を使って織り上げる、
作家、梨木香歩さんにお話をうかがった。

（聴き手　河田《かわた》桟《さん》）

すべてを一度ひっくり返す

――『沼地のある森を抜けて』を読ませていただいて、ものすごい作品だなとちょっと衝撃を受けました。読んでいる間、頭の中で電球がピカピカ光るような感じでした。この作品は、これまでの世界中のあらゆる著作物とまったく違う流れを持っているような気がしています。

そういう風に読んでいただいて光栄です。昔から、今そこに見えているもの、聞こえてくるもの、感じられるものを、言葉という道具立てを使って表したいという思いが、強くありました。感じ取れるものが物語であるならそれを。それが文学であるかどうかということすらあまり考えなかった。「顕《あらわ》す」ために、既存の方法で使えるものは使った、その先に見えている目的のために迂回《うかい》もした、この作品は特に、先へ先へと視線を送っていった、たぶん、そのせいで良くも悪くもこういう質感のもの、にたどり着いたのではないかと思います。

――哲学にしろ、科学にしろ、スピリチュアルなものにしろ、「こうすればこうなる」「こうすればよりよくなる」というある種のヒエラルキー的なロジックがあり、そういう同じ線上をたどる流れはもう限界に達しているのではないかと感じていました。

同じコンテキスト（文脈）の上で織られているものをすべて一度ひっくり返して、もっと次元の違うところに立たないと、もうここに至っては、次に何の可能性も無いような気がしますよね。こうしてこうすればこうなる、という予定調和的な流れではなく、ごつごつしていてもいいし、流れが悪くてもいいから、とにかく確実な手触りがあって、「この流れの悪さは何？」と、自分自身じっくり立ち止まって眺め、そして読み手からも眺めてもらえるものを作りたいと思ってきました。

それは思えば最初から一貫していて、『裏庭』の時でも、いろいろな神話や物語のモチーフやパターンをひとつずつ確認しては覆《くつがえ》していっているつもりでした。とりあえずわかっていることは押さえ、でもその次、このコンテキストを外れたらそこに何が見えるんだろうと。既成の流れには乗らない、外れたところから進む新しい次元はどういうところだろうということをいつも探してきたような気がします。それが成功しているかどうかはわからないんですけれども、書き手の気持ちとしてはそういう姿勢でやってきました。

ある方に、以前の作品には「般若《はんにゃ》と菩薩《ぼさつ》」のような二項対立がテーマとしてあったのに、『沼地のある森を抜けて』にはそれがなかったと言われて、ああ、そういうふうな流れでも読めるのかと思いました。「般若と菩薩」とか「光と闇《やみ》」というものは、秩序を前提としてからの話なんです。私が『沼地のある森を抜けて』でやろうとしたのは、そもそも、そういう二項対立ができる前の混沌《こんとん》、そこに光が現われるその一瞬までの話です。だから、ベクトルの向きがまったく違うのですね。一度そこを書いておかないと、どうにも先に進めないような気がして着手したのですが、そう考えるのと、それが、作品として完成するというのとでは雲泥《うんでい》の差があって、完成に漕《こ》ぎ着けるまでには時間がかかりました。

境界は伸びていく

――梨木さんの作品には「境界のゆらぎ」のようなものを感じます。リアリティだと思っていた境界がふっと曖昧《あいまい》になったり、知らないうちに超えてしまったりする。境界というものをどのようにとらえていらっしゃいますか？

境界というのは、今、自分ががんばっている延長線上を突き抜ければ、次の段階に行けるということでは決してないと思うのです。同じコンテキストで動いている限り、ずっと同じものが続くのではないでしょうか。

ボイジャーという、NASAが一九七七年に打ち上げた無人惑星探査機があります（注：ボイジャー1号は、二〇〇六年、太陽から約一四七億七七八〇万キロメートル離れたところにいて、地球から最も遠くにある人工物となっている）。ボイジャーは、太陽系の外に出ようとして一所懸命飛ぶのだけれども、その航行速度より、太陽の波の速度のほうが速いものだから、いつまでたっても太陽系の向こう側に行けないと聞いたことがあります。太陽の動きが活発だと、コロナの爆発から生じた波がものすごく速くて、太陽系の境界がどんどん延びていってしまうらしいんです。もしかしたら、今はもう突破しているのかもしれないけれど、つまり、境界というのは何かそういう感じがあって、あそこまで飛び抜けたら境界を超えられるというものではないと思うんです。まったく違う何か、それこそ自分の細胞を変容させて、違う生き物になるような感じでないと、向こう側には行けないのではないでしょうか。

でも、私は、無理に境界を突破する必要はないと思うんです。だって、それは命懸けのことですから。変わりたいとか変わりたくないとかいう話ではなくて、もうこのままでは生きていけないという絶望的な状況というか、蝶《ちょう》に変態する前のサナギのように、身も心も変わらざるを得ないようなところまで来たら、初めて変わるということについて真剣に取り組めばいいのではないかと思います。

――むしろ、意図的に境界を突破しようと考えること自体が、ボイジャーと同じコンテキストの中にいる、という感じでしょうか。

そうです。いろいろなシチュエーションがそのようになってきて、「もう、いよいよこれは」と自分でもどこかでわかって、望む望まないにかかわらず、そう成らざるを得ないということが運命として見えてくる、そういう時があるような気がします。道はそこしかなく、他のどこにも伸びていない。

――自分から能動的に突破しようとするのではなく、変容が起こる事をまるごと受け入れる覚悟をする、と。

そう、腹を据えるというか。元々自分の意志で生まれてきたのではない、被造物であることを諦《あきら》める、というか。

――境界と言えば、時間も、過去↓現在↓未来と順々に続いているのではないような気がします。

本当にそうですね。生きている瞬間瞬間によって、その人の魂のどの部分が活性化しているかというのは、どんどん変わっていくような気がします。たとえば今、その人の魂の戦国時代を生きているのかもしれないとか、東アジアの一部族を生きているのかもしれないとか。それこそ胎児が魚から哺乳類《ほにゅうるい》へどんどん変わっていくように、その個人の中に流れている時間は、普通の順当な流れとは別の形であるのではないでしょうか。

だから物語を書く時も、順当な流れで書くと、かえって嘘《うそ》っぽくなるような気がするんです。起こっている事に一番近いリアルを書こうと思えば、あちこち飛んで当たり前だし、おばあさんがその人の中に出てくるかもしれないし、夫婦や恋人二人で相対しているつもりでも、実は向こうの両親とこっちの両親と六人で相対しているみたいなことになっているかもしれない。もっと多いかもしれない。部族対部族みたいなことになっているのかもしれない。本当にリアルなことを書こうとしたら、どうしてもそうなってしまうんです。

人間はキノコみたいなもの

――梨木さんは、この先の未来がどのようになればいいと想像しますか?

それはすごく難しい質問で、答える立ち位置によってがらりと変わってくるものです。私は、種としては人間ですし、日本人でもあるし、個人でもあるし、それからそういうものをすべて越えた別の視点も自分では持っているつもりです。その立ち位置で答えは全部違ってきます。日本人としての私は、たとえば憲法九条のことか、教育基本法のことか、共謀罪のことか、気になっていることがいっぱいあるし、それができるだけ悲惨な結果を呼ばないように着地して欲しいと思う、そして種としては、あまり希望的観測を述べられないのが残念なんですけれども、滅びに向かっている道だとしても、どれだけそれを味わい深く、充実して過ごせるか。もうそこしか、人間の精神の自由は残されていないような気が私はします。

――種を超えた視点からはいかがでしょうか？

もうそろそろ、この種が終わりに近づいて、新しいリセットが始まるのではないかというような気がしています。根っこは同じだけれども、まったく違う形の生命というか、まったく違う精神性を持った何か、個でありながら全体であるというような、地球が生まれてこの方連綿と続いてきた喰うもの喰われるものの関係性に立脚しない、そういう私たちからは想像もつかないような何かが生まれてくれば、これはもう宇宙全体にとって、ひとつの進化かもしれません。

──梨木さんの作品から感じられるもうひとつの鍵《かぎ》として、「関係性」というものを感じます。人間は単純にひとり独立してあるわけではなく、すべては関係性によって成り立っているし、その境界はいつもゆらいでいる、というような。

『沼地のある森を抜けて』にも出てきましたけれども、最近、菌類にものすごく興味があるんです。地面の下にはいろいろな菌類がうごめいていて、始終、切磋《せっさ》琢磨《たくま》して、栄枯盛衰があったりするんです。菌類は、何もなければそのままどんどん増えていくのだけれども、たとえば冬に向かうとか、夏になって急に暑くなったりとか、気候の変化などのストレスがかかった時、そのままの増え方ができなくなるんですね。それでキノコになっちゃう。だから、キノコというのは極度にストレスのかかったときの異常事態の産物なんです。彼らのスタンダードな状態は、私たちの目には見えない地下の菌糸です。

人間というのも、このキノコみたいなものじゃないかなと最近思うんです。地下でみんな繋《つな》がっているんだけれど、たまたま何かの異常事態によって外に出て生きている。

そう考えると、死ぬということも、キノコがまた菌糸に戻るように、「ひとつ」に戻っていくことかもしれない。ただ、この「ひとつ」の概念というのが難しくて、ひとつであるんだけれども、なんて言うのかな……。ちょっとまだこの辺が上手に表現しきれないです。

――その微妙なところがおもしろそうですね。

もうちょっと待ってくださいね。そのうち何か書けるかも……（笑）。

――神話や宗教でも、一番初めは「ひとつ」だったと表現するものは多いですが、「元はひとつなんだったら、なぜ、今、人間としてあるのか」「人間としているからには何をすればいいのか」と思ってしまう部分もあります。でも、梨木さんの作品を読ませていただくと、具体的な答えではないのですが、何か腑《ふ》に落ちるような感覚があるんです。「なぜ」ではなく、「どのように」というような。

意味というよりも、意味の向こうにあるものをぐいっとこちらに引き寄せたいという感じですよね。ものすごく奇蹟《きせき》的な均衡の上に今という時間があって、世界が成り立っている。それこそ関係性というのは、菌糸のネットワークみたいなものですね。その中で、何をこんなに一所懸命にやっているのかと時々思います。よりよい菌糸になりたいとかそういうことなのかな（笑）。キノコだって、日々変容しているんです。どんどん形を変えていって、それで最後には土になる。人間も同じで、あの時ああいう風に考えた「私」を常に持っていられるわけではなく、同じ個人に見えるかもしれないけれども、実はどんどん変わっているのだと思います。

最近、私は、生物が歳《とし》をとると、なんとなく輪郭がぼやけていくような気がするんです。クリアな個から、だんだんぼやけていって、「ひとつ」になる準備をしているのかな、と。そう考えると、たとえば認知症の老人も、個としての進化の最先端にある気がします。キノコで言えば、また元に戻っていこうとしているという状態。だから、彼らが異常であり、可哀相《かわいそう》というのは違う。大きな変容のひとつなんだと。

物語を書くということ

――『エンジェル　エンジェル　エンジェル』という作品は、そのあたりに触れていらっしゃいますね。可愛《かわい》いタイトルからはちょっと想像できない中身でしたけれども（笑）。最後の終わり方が、とても良かったです。

ありがとうございます。過去も現在も、そしてそれぞれの個人も重なって混沌としていって同一表面上にある感じが出せればと思っていました。あれは、「神様にごめんって言ってもらえたらどんなに救われるだろう」というある方の呟《つぶや》きが最初にあって出来た小説です。おまえたち、こんなふうにつくってしまって、ごめん、と。さっき、立ち位置によって答えが全然違うと言いましたけれども、作品を発表する立場としては、読む人にとって生きることに資する何かであってほしいと思うんですね。やはり受け手があって読んでくれて、初めて物語は完成する。そしてそこから紡《つむ》がれていく何かがあると思うのです。新しい菌糸が伸びてゆくというか。だから、少なくとも自分の書いた物が読んだ人の中で一部になったり、いい土壌になったりして、何かうまいこと分解していってくれればいいなと思っています。『沼地のある森を抜けて』で一番難しかったのもそのことです。あの状況で生きることに肯定的であるにはどうしたらいいか。それを最後の最後まで考えていました。私自身が本当に心の底からそう思えないと書けませんでしたから。

——言葉を違うところに行って取って来たみたいな感じかもしれませんね。まだ誰も到達したことのないクオリティに触れて、それを表現するというのは、本当にたいへんなことだと想像するのですが、物語を書く人として自分があることを、どうとらえていらっしゃいますか？

こういうところで言うのはちょっと気恥ずかしいのですけれども、時々、本当に真っ裸のまま、徒手空拳《としゅくうけん》で荒野の中に立っているような気がすることがあります。宗教でも心理学でも自然科学でも、アウトドアの活動ですらそのとき面白いと思ったものは何でも摂取してきた、そして使いもしてきた、けれどもそれらのコンテキストの中で使っているわけではないので当然の事ながら守りもなく隙《すき》だらけです。それが通用するというのが物語の強みでもあり、また弱みにもなります。専門分野の枠の中で専門用語を使って展開させていける、ある種の「暗黙の了解」の「守り」がない荒野。それは選んだことなので仕方がないですけれど、自分でつくづくドンキホーテ的だなあとか思ったりします。でも、そういう風にしか生きられないのだから、そこからやっていくしかないいんですよね。良くも悪くも、蟹《かに》は自分の甲羅に似せて穴を掘る、掘るしかない、ということなのでしょう。

——他のジャンルでもそうですけれども、まったく新しい何かを開拓しようとしたオリジナルな本には、変なものが混じっていたり、ちょっと歪《ゆが》んでいたりするけれども、ものすごい力がありますね。その後、どんどん洗練されて、きれいになって、わかりやすくなったものがたくさん出てきますが、やはり最初のものが一番おもしろいと思います。

それこそ原石みたいに圧倒的なパワーがあるのでしょうね。何物になるともわからないちょっと不気味ですらあるパワー。洗練されていくと、カットは美しくなり型も決まってくるかもしれないけれども、パワーは失われてしまう。私が一番気持ち悪いと思って、そこから離れたいと思っているのは、安易なプロになってしまうことです。

自己模倣して同じようなものを繰り返し書くと、作業にも慣れて楽になり、洗練もしてゆくでしょう。そういうのを熟練の技のようにいい、プロ化することがよいことのように思われていますし、読者にとってもその方が読みやすいのかもしれませんが、同時にどんどん何かが壊されていくような気がします。できることならいつまでも素人《しろうと》っぽい、ごつごつした感触を残していきたい。そういうことにエネルギーを注いでゆきたいと思ったりします。でも、気がつけば流されている自分もいる。毎日が、おっとっと、という感じです。

——梨木さんの代表作として、『西の魔女が死んだ』を思い浮かべる方も多いと思います。今回の『沼地のある森を抜けて』は、どう受け止められたと感じていらっしゃいますか?

『西の魔女が死んだ』は、予想外の評価をいただいて、本当にたくさんの方に読んでいただきました。でも自分としては、「それはおかしい。この本がこんなに売れるはずはない」と思ったりもするんです(笑)。私が本当に意図していたものとは別のものが一人歩きしていくということに対するジレンマというのは、実は発表した当初からありました。もともとこの作品について、私自身は、すごくいびつな魂の子の話だと思っているんです。普通だったら妥協するような怒りとかそういうものを、偏屈だから持ち続けていて、だんだんたった一人の理解者であったおばあちゃんすら許せなくなってしまう。そのいびつな魂の持つ、変な緊張感みたいなものがあるからこそ、最後のカタルシスを生む話だと思っているんです。ジャム作りとかラベンダーのシーツとかのモチーフが映えて見えるのは、全体にそういう緊張感があるからなのですが、世間的には、ほんわかした話だと思われているところもあるようです。

他の作品もそうですが、私の本を、植物とかハーブとか、そういうモチーフで読んでいただいていた読者の方も多かったのではないかと思います。そういうことを『沼地のある森を抜けて』では意図してほとんど書かなかったので、簡単にはわかってもらえないだろうと思っていましたし、これを受け容《い》れられない、嫌悪《けんお》感《かん》すら持つ読者も多いだろうという覚悟はありました。

でも、きっとどこかで誰かがふっと感応してくれる、物語にはそういう力がある、とも考えています。

――梨木さんのクオリティは、それこそ人間の種を越えるような感じなのに、物語で紡がれていくのはごく身近なものですね。プラクティカルな普通のことと、狂気みたいなものが同時に存在しているところが、すごくおもしろいと思います。

魂にとって本当にプラクティカルなものを書きたいと思っています。現実的な事とか、身近なごちゃごちゃしたこととか、結局そういうもので人間は成り立っているんだと思うんですね。だからいつも、自分を自分という肉体の中にそういうごちゃごちゃをきちんと収斂《しゅうれん》させて、今という時代の中で自分を織り込ませるように歩いていく事が大事だと思っています。まあ、それしかできないというか。

たとえば、日常の中で、私の精神をかき乱すようなことが起きたりします。誰かが無遠慮な侵入をしたと感じた時には、ものすごく腹が立ったりするんです。その時、「この感じは何だろう」と立ち止まって考えてみると、相手の中にあるものが自分の底にも確かにある、とわかってくる。それを手づるにして、やっと全体が見通せるのですね。自分の中でなんとか相手を理解したいという思いがあって、そこに至るちっちゃな石ころを見つけようという努力が、自分の平静を取り戻す道になります。日々そうやって、くだらないことでいちいち慌《あわ》てたり怒ったりする。そういうビビッドな感情は、生きているからこそそのものだと思うんです。そこで変に悟ってしまうのではなくて、思う存分こちらも楽しませていただく。楽しむ、って誤解を与える言葉かも知れませんが、つまり、現場で発生するもの、その臨場感の中を生きる、そうすることで、自分がつい陥りがちな観念的な思考をも、自分の立っている足元にくりつけて、歩いて生活できるような気がします。

行き止まる同一線上のコンテキスト

――ちょっと社会論的な話になりますけれども、現代の文明や価値観は、この二千年くらい、どちらかというと論理的というか、男性的なもので成り立ってきました。もう、そういうコンテキストでは無理がきているとして、だからといって単純に女性的という言葉を使えばよいというわけでもないという気がします。

すごくよくわかります。これは本当に曲者《くせもの》で、女性とか男性という言葉以外の何かがないかなといつも思うんですけれども。男と競合したり、同じ土俵でやりあっていたのでは、決して質的変換となりません。でも、太陽というよりは月というか、絶対的な強さではなくもっと柔らかいもの、もっとひたひたとしたもの、なにかそういうものに人が価値を求めて、そちらの方を指向するようになったらいいなと思いますね。だから最近、女性化する男性が増えているというのも、悪いことではないと思いますよ。むしろこれから多くなるのではないでしょうか。

——日本の少子化なども、本当は自然な流れなのかもしれません。成るべくして成っているような。他の国では、どんどん生まれているわけですし。

現在地球は非常に危機的な温暖化にあるわけで、とりあえず絶対数を減らしてCO²の調整をしようという、生物としては、ごく真っ当な調節機能が働いているとも言えますよね。日本は特に、人口が増えたせいで宅地開発などどんどん野生動物植物の居場所を奪い取ってきたわけだし。それでもまだ自分の所属している家系の繁栄、地域の繁栄、国の繁栄みたいなものに沿って動いてしまうのはどうしてでしょうね。いまだにテレビをつければ、「日本も核武装か」みたいな、あっけにとられるようなレベルでしょ。本当にしょうがないなと思うんだけれども。やはり男性は、どうしても戦って獲得するという使命みたいなものが、DNAに入っているのかもしれませんね。もういい加減そこから外れようよ、という気がします。

——そういう変化は、表向きにははっきりとした形で、スローガンによって出てくるものではなく、知らないうちにじわじわと変わっていくしかないものなのかもしれません。

そうそう。私は、今、かなりいい線いっているんじゃないかな、と思ったりすることもありますよ。最近、若者に覇気がないとか、フリーターやニートが増えたとか、問題視する風潮がありますよね。私は、そんなに嘆くべきものではないんじゃないかと思うんです。彼らは、今の社会に自分達は要らないんだということをどこかでわかっていて、予備要員として控えているという感じがあります。もし、社会を再興する必要に迫られた戦後まもなくのような時代だったら、彼らは目的意識を持って働くと思うんです。かつてのように、良い会社に行って、ばりばりやって、社会的な地位を築いて、という欲求がそれほどないこと自体、賞賛すべきことだと実は思っているのです。まるでそれを覇気のない病的なことのように言われてしまうのが、ちょっと可哀相かなという気がしますね。

――感受性がある程度高かったら、当然そうなるだろうなという気がしますね。「モラトリアム人間」という言葉が流行《はや》ったことがありましたけれども、結果を出さないで責任を先延ばしにする世代という、ネガティブなイメージがありました。たしかに責任を取らないという駄目さもあるのですけれども、答えを出さないことで常に変わり続けていられると見ることもできます。

昔、「逃げて逃げて逃げ切る方法」みたいなことをある作家の方が言われていました。仕事が来たら、とにかく逃げられるだけ逃げてみる。徹底的に逃げて逃げて、それでも逃げ切れなかったら、それはその人の本当の問題だから、その時はじめて引き受ける。逃げ切れるということは、それだけの重要性しか無かったんだという尺度です。

――「常によくあるべき」「常に進歩するべき」という強迫観念は、現代のコンテキストのひとつですね。

実は私にもそういう強迫観念があります。そこから自由になろうと意識していても気が付けば、そういう枷《かせ》の中に自分があることに愕然《がくぜん》としたりします。その枷と対峙《たいじ》しながらよく考えることなんですけれど、一人の人間がその知力体力共に最盛期に進む時期、というのはその人の人生のほんの一瞬です。一人の作家を全集で読む、というやり方がありますけれど、作家でも何でも、その人が最盛期を過ぎて、溶けかかったキノコみたいに自滅の道をたどって消えてゆくみたいな事になっても、そういう変容の仕方、過程を最後まで見届けることでしか、人間の本質はわからないと思うんです。途中で「ああ、この人はこの程度のものだな」と思って諦めてしまえば、人間性というものの一番奥にある真実を味わう貴重な機会を逃してしまう気がする。その人が一番光り輝いているときは、そこからちょうど折り返し地点なのだと思って最後まで付き合いたい。そこまで看取《みと》らないで、途中でうんざりして引くようであれば、その人を理解しようとする態度がそもそもなっていなかった、人間性そのものへのリスペクトに関わる問題であり、それを途中で放棄すれば、結局、自分の中にも何も残らないという気がします。

たとえば、若い頃、天才的と言われた人であればあるほど、後でわけのわからないこと、この世の言葉でない言葉を操る様になってきて、なんとなく消えてゆく。その過程も最後まで見守っておくべきかなと思ったりするんです。遠くからでも。

――天才的なスポーツ選手が、瞑想《めいそう》とか精神性などを言い出したとたん、駄目になっていくこともありますね。

それは一種の自己防衛なのかもしれません。ああいう活躍というのは、ある種の異常性があるからこそ輝いている状態ですよね。そこには歪みや無理がありますから、そこがならされてくるといずれ崩壊が起こってきます。本人がそのことに気づいた時、衰えていく自分を受け入れるためのひとつの手段として、無意識のうちに精神性というものを言い出すことを選ぶのかもしれません。朽ちてゆく方向に加速する感じは、キノコ的生活からすると真っ当な生き方ですけれども。最盛期のキノコの、凛《りん》とした美しさだけがすべてではないんですよね。

――以前、嗜癖《しへき》とコントロールの関係について考えたことがあったのですが、優秀な人ほど、コントロールする力が強くて、その反作用としての嗜癖度が高まっていくような気がしました。

ある種の神経伝達物質的な快を求めるという意味では、モラリスティックなことでも、モラルの無いことでも、同じコンテキストになってしまうんでしょう。社会的にはまったく反対に見えていたとしても。

それは何か、キリスト教的なものかもしれないし、どこかで資本主義的なものに繋がっているかもしれない。いわゆる「プロテスタンティズムの倫理」に関係しているような気がします。キリスト教の功罪はいろいろあるけれども、秩序という点では、これまでかろうじて機能していたのかもしれません。でも、アフリカのフツ族などの民族紛争のすさまじさは、どこかでキリスト教文明に対する何かであったような気もしています。

この間、ペンシルバニアでアーミッシュの殺人事件がありましたね。あれは、ものすごくアメリカ社会を象徴しているように感じました。殺された女の子は、年下の子を逃がそうと「自分を先に撃って」と殺人者に言ったという。そしてアーミッシュ達は、殺人犯を許したという。感動的な話ですけれど、私はそんなに簡単に許せるものではないと思うんですよ。人間というのはそんな風にできていないですから。「許す」という行為には、相手から蹂躙《じゅうりん》された自分のプライドを、相手より人間的に優越することで回復させる機能もあります。だから絶望的な状況で、傷ついたプライドを回復させる唯一《ゆいいつ》の手段として人がそれを、つまり「許すこと」を選んだとしても、不思議ではないし、もちろん責められることもない。アーミッシュの場合がそれだとは言いませんが。けれど、日常生活の延長線上でごく当たり前にそれが出来ていたとしたら、つまり、「許す」という態度ではなく「受け容れる」という姿勢で、ということですが、本当はそれが一番貴いことのように思います。

普通ではなかなか出来ないような犠牲的精神の発露は人を感動させるけれども、同時にそこに麻薬的な陶酔感も発生して、それがやがてどう変容してゆくかということを考えると、あまり無防備に感動ばかりもしていられない気がします。国家体制にすかさず利用されたりもして。アメリカは、素晴らしいものはものすごく素晴らしくて、素晴らしくないものはものすごく素晴らしくないという両極が常にある世界ですよね。もっと他に道はないものかと思います。個人がその個人の全体性を損なわず無理なく融《と》け込んでゆく調和の道が。

田舎にある闇

――すばらしい理想の元に人々が集まってコミュニティを作ったりする時も、やはりコントロールが根底にあるという意味では、同じコンテキストと言えるのかもしれません。

本当に難しいことです。何かをしようと志す、そのこと自体にものすごい罠《わな》があるような気がします。いわゆる有害なことって世の中にいっぱいあるけれども、それを避けて生きるということにも、たいへんなエネルギーがいるわけです。それにずっと耐えていれば、やはりストレスが溜《た》まってくる。いいことだから頑張って力を尽くしてやりましょうというのも同じコンテキストなんですね。

たとえば、あらゆる宗教を受け入れて、謙虚であることを旨《むね》に、私物を持たず、大自然と生きるというようなコミュニティがあったとします。それはすばらしいことなんだけれど、だんだん、それを行っているということに、変なプライドとコンプレックスが入り交じった、自我肥大みたいなものが起こってくる。

「村おこし」なんかでも、素朴さとか人々の優しさとかを売りものにしようと思った瞬間に、何か嫌なものがうごめいてきますね。人が何かの方向に向かって意識的になった段階で、すでにそれとは別のものが一緒に動いていくところがあるような気がします。

——日本でも田舎暮らしを志向する人が増えてきていますが、なんだか最近、日本の田舎にとてつもない恐《こわ》さを感じることがあるのです。

それ、すごくいいセンスだと思いますよ。なんだろう……。こういう言い方をしたら誤解を受けるかもしれないけれども、何かすごく豊饒《ほうじょう》であり、かつ不気味なものがうごめいている感じがあります。不気味、というのは、エネルギーのすさまじさ、という意味でも。

——都会の歪みについては、ある程度、想像の範囲内に収まる気がするのですが、田舎の恐さというのは、簡単には表現できない、もっとおぞましいものというか。これからは、都会よりも田舎の方が、残虐《ざんぎゃく》な事件が起こってくるような予感がしています。

私もそれはすごく感じます。実を言うと、私は原始の森というのが恐いんです。里山なんかより、もっとずっと恐い。人間に対して本当に悪意があるんじゃないかというくらいの気がする時があります。それこそエイズウィルスみたいに、原始の森の奥でうごめいていたものがだんだん外に出て来るような感じ。

これも一部のプロテスタントに象徴されるような、「優越意識に裏打ちされた倫理観」に関係している気がするのだけれど、かつては薄ぼんやりした智恵《ちえ》の中で、人間は生きてきたように思えるんですね。薄ぼんやりした光の中で、こういうときはこうしたらいいんじゃないかという、漠然とした、排他的にならない、他との一体感が自分の中で働いていた。それが、圧倒的な光が来たことで同時に圧倒的な闇がやってきた。田舎の恐さというのは、そういう原初の闇に通じる道を感じさせる何か、その圧倒的な闇の本質を感じさせる恐さだと思うんです。普段使っている言葉のコンテキストが通用しない、理性のコントロール不能な何か。私が原始の森が恐いというのも、自分の中にある暴力的なものをそこに感じるからなんでしょうね。

ゆるやかに、したたかに

――梨木さんが、世界の中で未来の可能性を感じさせる国はありますか?
行ったことはないのですが、コスタリカという国に興味があります。コスタリカは、自分を生存させるために他者を攻撃することから一切手を引いて、別の道を模索しようとしている。エコツアーなどを中心に国を成り立たせようという方向性に切磋琢磨していますよね。ただやはり、それを声高に宣言した瞬間、なにか別のものが動いていくんじゃないかという気がします。理想を掲げるんだけれどもいろんな問題が次々起こっていき、そのたびに困ってる、その困っている試行錯誤の感じが等身大の個人レベルの葛藤《かっとう》を思わせて、思わず見つめてゆきたい気持ちにさせられます。

——たしかに中南米には、現在のコンテキストに組み込まれていない感覚がありますね。あの混沌というか、何でもありの世界というか、魔術的なリアリズムみたいなものというか。

南米の、大地とのエロス的な関係というのは、本当にキリスト教的なものとまったく違う世界です。それこそ、時間も直線的でなく、当たり前のように伸び縮みするような。たまたま、南米の文学を続けざまに読んでいたら、やみつきになってしまいました。日本人にとっても、あのアニミズム的な世界観というのは、まだわかりやすいような気がするんですよ。ただ、私自身は、ああいう個が飲み込まれていくような、すさまじいエネルギーに耐えられるかなという気はするんですけれども。

——南米の感覚も、現在のメジャーな世界観を壊していくまでの力があるかというと、そうでもないような気もします。「未来」という感じとも少し違いますね。

そうそう、ただ、何かがすごく強靭《きょうじん》。ここに可能性があるかとか、そこに未来があるかとか、そういう私たちの考え自体が、もうすでに同じコンテキストの延長線上なのかもしれませんね。こういうことを考えていても、やはり私自身の中にもプロテスタント的なものがまだあるなと感じることがあります。

——「そういうものがあるかもしれない」と同時に思う、その微妙な感覚が大切なような気がします。

ある種の「とらわれ」の中に自分がいる、それが意識できているかどうかということなのでしょうね。センサーをキリキリ鋭敏にさせて、判断するときは自分の「とらわれ」を入れた、「遊び」の部分を含めて、その間でバランスを取るというか、いい加減さを見積もりつつやっていくというか。

今あるものを全部更地にして、一から始めようと思っても、やはり無理がありますから、そうではなくて、今あるシステムはもうガタガタだけれども、機能するところは使いながらやっていく。それこそ、ガウディの建築みたいな感じで、増殖していく細胞のような、ゆるさというか、したたかさというか、いい加減さを持った、まったく違う方法があるんじゃないかなと思うんです。中央集権的なシステムでなく、何となく伸びていった先に小さなセンターが出来て、そこからまたいろんな方向に伸びてゆく。あるセンターとその周辺がだめになっても他の所に逃げ場がある。どこかが極端に支配的になることのない……。

――いろいろなものが混じり合っていていいわけですよね。そういう微妙な感覚を言葉で表現するのは難しいですね。

難しいです。エッセイだと自分の考えが主体になってしまって、なかなかうまくいかないことがありますね。だからこそ、物語を書くのだと思います。物語では、いろいろな価値観が並び立っている世界を、同時に、同一平面上で書く事が可能ですから。

『沼地のある森を抜けて』も、「抜けて」からが本当の始まりです。

――あれだけのものを書かれた後、いったいどんな風に続くのか。楽しみでもあり、ちょっと危険な気もしないでもありません。どきどきしながら、新たな物語を待ちたいと思います。今日は、本当にありがとうございました。

こちらこそ。とても楽しかったです。

河田さんとの対話

このインタビューから、もう十二年が経《た》ったが、昨日のことのようにそのときの空気を覚えている。良くも悪くも十二年という年月の後の、変容した世界のなかで、もう一度同じテーマを語り合いたい気もする。河田さんとお会いしたのはこのときが初めてで、インタビュー後、河田さんが漏らしておられたように、(正確な言葉ではないが)遠慮会釈《えしやく》なくあらゆる分野に渡って火花のように話題が飛んだ。このインタビューにそのすべてが網羅されているわけではないが、確か二十六ページにも渡る長さになったのは、そのときの空気感を再現しようと努めてくださったからだと思う。ただものではないな(というと偉そうだが、突き詰めると、リスペクトを込めてそういう表現になる)、私はそう思い、それから時に長いインターバルを挟みつつも、「分かり合える感じ」は今でも互いの心の深い層で点滅し合い、交信が続いている。彼女がその後、与那国島《よなぐにじま》で馬飼いになったと聞いたとき、心からエールを送ったし、そして彼女は、まさにそこ、心の深い層から、世界に発信しようとしているのだった。彼女の言う「はしっこ」、与那国島で。

自分自身の、深みを見つめて、何らのごまかしもないひとだ。インタビューから八年後、私は彼女の出版した本への書評を書いた。結局彼女とこの十二年間、再会したことはないという事実に、私は、感慨を覚える。

上も下もないつながり

――『はしっこに、馬といる　ウマと話そうⅡ』（河田桟著　カディブックス）書評

これまでに類を見ない「動物との付き合い方」の本だ。大抵の「〇〇の飼い方」に共通しているのは、原則として相手に「なめられない」こと。出会って最初にこちらの方が圧倒的に上、と刷り込んでおくことが、その後の問題を回避するための第一歩とされるのである。特に（犬や馬など）、群れで生きる動物の場合。

著者の河田さんは「本にまつわる仕事を（たいていは机に向かって）東京でしてい」たが、あるとき与那国島でみなしごの牝《めす》の仔馬《こうま》と出会う。カディと名づけたその仔馬と暮らすため、与那国島へ移住し、馬飼いとなった。愛情と信頼で馬とつきあいたい、と当初考えていた彼女はやがて壁にぶつかり、「既存の方法」を試してみる。それは確かにうまくいくことが多いが、「うれしさがある反面、どこか、ざわっとする感触がありました」。類《たぐ》い稀《まれ》なる彼女のアンテナは、「この快感には、ちょっと怖い

成分が含まれているぞ」と彼女に告げ、それは「支配とコントロールにかかわるなにか」だと警鐘を鳴らす。「わたしは、『圧力をかけて、自分が上だと主張する』ということが、苦しくて苦しくてしかたありませんでした」「パワーゲームというのは、どちらかが力を強めれば、相手もさらに力を強める、そして、それが際限なくくりかえされる、という、終わりのないプロセスです。このまま行っても光は見えない、と感じていました」

彼女は自分が「強くならない」ままで、馬とつきあいたいと願う。そしてただそばにいて「なにもしないヒト」になることを決意する。

それから何が起こったか。

この「ものすごく豊かな世界」を、本書でのぞいてほしい。そして、「ただ見ているだけ」のかかわり方が、どれほど風通しのいい関係性を築いていくかを。馬とのつきあい方を通して、自分自身の「世界との関係の始まり」に立ち返っている。課題山積の現代、存在同士の「つながり方」の多様性に、救われていく思いがする。

＊河田桟著『馬語手帖《てちょう》　ウマと話そう』が二〇一二年に刊行されている。

I

森に潜むもの

一

ウメ、モモ、サクラの花盛りも終り、万博記念公園の森は新緑の輝く時期に入っていた。この土地に足を踏み入れるのは、万博開催時以来（！）だから、ずいぶん久しぶりだ。跡地が森になっている、というのは知らされていたので、そのこと自体には驚かない。

人為的な森ならではの様々な工夫に出会うこと、例えば森の西に位置する、木材で組まれた細い歩道橋のような空中観察路に上がり、地上からは見られない新芽の輝きや、それが展開していく様子などを目の前で見られるのは、全くの自然の森に入るのとは違う楽しさがある。ハウチワカエデの新芽は濡《ぬ》れたように艶々《つやつや》で、まるで合掌した手の先から開いていくようだ。その、端のところだけを生まれたての赤ん坊のように赤く染めているのも初々《ういうい》しい。よく見れば、多くの木――ウバメガシやアラカシなどのいわゆるカシ類、ケヤキなどのニレ科等々――が目立たない花を咲かせていることまで分かる。数ミリの小さな小さな花が、ある木では花房になり、また別の木では密集してひそやかに咲いているのだ。そういう花々はほとんどが目立たない薄緑色なので、サクラなどのように、咲いたらすぐに分かる、というようなものではないのだが、一旦《いったん》気づくと、辺りの景色が一変するような感動がある。実は今、一年のうちピンポイントでたった「今」、もうむせかえるような花盛りなのだった。

ビオトープの池にはおたまじゃくしが犇《ひし》めいていた。ニホンアカガエルの子どもたちらしい。自然観察学習館のガラスケースの中で、思索に没頭しているかのようにじっとしていた、端正なアカガエルの姿を思い出す。この数が全《すべ》てカエルになったらどうなることかと思うが、彼らは皆、池に留まることなく、森の中に散っていくのだという。多くがサギなどの餌《えさ》になるとしても、この森の中の、枯葉の下に、石陰に、または木の洞《うろ》に、あのうつくしいアカガエルが物思いに耽《ふけ》りながら潜んでいると考えるのはうれしいことだ。

二

森の中には、不思議に記憶に残る小さな池がいくつかあって、今、頭に浮かんでいるのは、ふたご池である。近くに見晴らしのいい緩やかな丘があり、そこが人で賑《にぎ》わっているせいか、その近くのふたご池の辺りは、実際にはそれほど人通りがないわけでもなさそうなのに、ひっそりと寂しく感じられた。池には鯉《こい》がいて、人が来ると水面近くに上がってくる。水面には、岸辺に立つヤマモモの木の枝が、長く差し掛かっている。実がなる季節になったら、きっと、水の中にぽたぽた落ちていくのだろう。

そう想像したのは、熟し切った実が次々に落ちて、地面に濃い紫色の染《し》みをつくっている、そういうヤマモモの木のある風景を知っていたからだ。よく通う九州の山小屋近くである。地面に落ちるとそのまま微《かす》かに発酵し、イノシシの一家が夜、それを食べに来ている、と近くに住む人が教えてくれたことがあった。イノシシには毎年の饗宴《きょうえん》なのだろう。

水の中に落ちたヤマモモの実は、やはり甘酸《あまず》っぱい成分を水中に散らすのだろうか。鯉は、毎年それを楽しみにしているのだろうか。それとも水中に落ちたヤマモモの実は、ただただ降り積り降り積り、それを毎年繰り返しているのだろうか。この森の地下に横たわっているという、アズキ火山灰層が出来たときのように――それは、今の九州大分県の耶馬渓《やばけい》付近にあった大火山が、九十万年前に噴火したときの灰だというのだ――降り積り降り積りして、層をなしていくのだろうか。

もちろん、そんな貝塚のようなことはなく、他の多くの有機物と同じように土に返り、静かに埋もれて行くのだろう。昨今のような暑い夏には、特に枝にあるときから発酵が促され、水中では溶けて跡形もなくなって、けれどその直前には近くを通りかかった鯉を、少し酔わせたりもするのだろうか。そういう、人の目にふれぬ密《ひそ》やかな営みも、森はどこかに抱きかかえ、誰にも言わずに隠し持っているのだろう。

沈黙が、森の厚みを増していく。夏。

三

その道を通ったのは、もう日もだいぶ傾いた頃で、だから木々の落とす影も長く、乾いた腐葉土の上に飛び飛びに落ちる木漏れ日も、セピア色の風合いを帯びていた。歩いていると、まるでひと気のない郊外の山のなかにいるような錯覚を覚える。もう十年も経《た》てば、辺りはさらに鬱蒼《うっそう》とした森になるだろうことが予想された。道路脇《わき》に立ててあるプレートは、神社の立て看板よりもっとさりげなく目立たないので、急ぎ足で歩いていると見落としてしまうだろう。どれどれ、とその一つを覗《のぞ》いて、アメリカ館、と書かれているのを発見したときの驚きは、何に喩《たと》えたらいいだろう。そこは万博開催当時、アメリカ館のあった敷地跡だったのだ。

私はおよそ四十年前、展示された月の石を見るため、この辺りで五時間も並んで待った一人の小学生だった（そのようにしてやっと見た「月の石」であったが、その展示の仕方には、子ども心に違和感があったのを覚えている）。人気のあるパビリオン（なんと懐《なつ》かしい響きだろう！）はどこも長い行列待ちができ、テレビは連日その話題を伝えた。初めて見る動く歩道やモノレール、近未来を彷彿《ほうふつ》とさせる建築群、密集した人の波のつくる熱気。会期中は六千四百万人以上の人が訪れた、まさしく非日常の異空間だった。

昔は田んぼ（或《あ》るいは森、畑）だったのに、今こんなビルが建ち並ぶ都会になって、という言葉はよく聞くが、その反対は滅多にない。聞けば万博後、撤去できなかった自国の館の瓦礫《がれき》を、そのまま置いていった国も多いという。そういう瓦礫は、かつての敷地だった場所にそのまま埋められているらしい。木々はその上に植えられ、そして育った。

しんとした森で、木々の呼吸のなかに、人々のかつてのざわめきや、描いた夢が、陽炎《かげろう》のようにゆらめくさまを想像する。まるで当時の夢を抱きしめる遺跡のように、静かに地中で眠る瓦礫。

これもまた、森が忠実な番人のようにひそかに守り、抱え続ける記憶の一つなのだろう。

四

「万博記念公園の、表通りの樹木は葉を落としましたが、森の中は暗く、常緑樹が多いことを実感します」、と先日、スタッフの方が連絡のついでに伝えてくださった。

それで思い出したのだが何年前になるのか、栃木県のある美術館を訪ねたとき、周囲の森の、葉を落とした明るさ、風の吹き抜ける感じが、すっかり北国のそれであるのにとても驚いたことがあった。東京の山まではまだ照葉樹も結構多く、西日本との差異をそれほど感じたことはなかったのだが、栃木県は北関東になるのか、まるで東北の森のようで、植生的にはもうここから東北が始まっているのだ、と感激した。もっと北の、北海道に住む知人の鳥類学者が、冬場は鳥が見やすいので鳥の観察が楽だと言っていたことがあった。それはある程度、日本全土で言えることだろうが、北海道ではほんとうに、ずっと向こうまで見通せるほど、視界が歴然と良くなるのだ。日本の森、といってもほんとうに様々だ。

一年中同じように見える常緑樹の森でも、ヤブツバキの深紅の花がつや光りする葉の照り返しを背景にひっそりと咲いている様に遭遇すると、なんだかぞくぞくするようだし、それなりに冬芽を蓄えて冬支度している木々もたくさんある。カシ類の、硬い鱗《うろこ》のような鱗片《りんぺん》をてかてかと光らせている冬芽は、いかにも春になったら一仕事してくれそうだ。常緑ではないけれど、森の仲間、アカメガシワは野趣のある、鹿《しか》の袋角みたいなコートの冬芽、アオダモはメタリックな銀灰色、ホオノキなどモクレン科の冬芽はいかにもモクレン科らしい高級そうな厚手のコートと、寒さに備えて個性ある万全の構えが頼もしくも愉快だ。

ここまで冬支度を発達させてきた、その背景に、守りたい生命の営みがあることを思う。そしてそれは気が遠くなるほど連綿と続いてきた、森の意志でもある。

確実に一歩一歩力をため、やがては時を得て爆発するような生の横溢《おういつ》を見せる生命力が、森の至る所に潜んでいる。森に出かけよう。

透き通るような野山のエッセンスを

ヨーロッパの民家の写真に、窓辺に咲き誇るゼラニウムの花を見ることがよくある。先日、清里の清泉寮に宿泊した折、同じように咲いている花があって、よく見るとナスタチウムだった。ナスタチウムはゼラニウムより葉も花も薄目で色調は明るい。葉は、サンドイッチをつくるとき挟み込むとマスタード代わりになり、とてもおいしい。手巻き寿司《ずし》に巻き込む人もいるらしい。花びらも食べられるし、実は酢漬けにするとケッパーの代用にもなる。

そういうことを、昔小説に書いたことがある。主人公の少女は、祖母の家に暮らし始めた当初、そのぴりりと辛い葉が食べられない。こっそりサンドイッチから抜き取る。が、最後の方では何となくそれを食べている、そういう設定で。

清里に行ったのはその拙著『西の魔女が死んだ』のロケーション見学のためだった。話がそういう筋なので、舞台となる「おばあちゃんの家」の前庭にはナスタチウムが見事に咲き誇っていた。原産地が高原だから、清里の風土が性に合っていたのだろう。思わず数枚葉っぱを取り、口に入れた。ついでに隣にいた映画のプロデューサー、Tさんにも渡した。一瞬空気に妙な緊張が走ったが、すぐに覚悟を決められたようで、口に入れ、おいしいですね、と呟《つぶや》かれた。それは少し、気になったものの、私の目は辺りのおいしそうなハーブに釘付《くぎづ》けである。

食用になる（ような気がする）葉は何でもすぐ口に入れてみる癖が私にはあり――野山のエッセンスが体内に入り、彼らと同化するような喜びがあるのだ――それだけなら誰にも迷惑をかけないでいられるのだが、困ったことに隣に誰かいるとついその人にまで勧めてしまう。先日は実家の母といるとき、庭の桜の木に寄生しているイワガラミのツルからおいしそうに透き通った黄緑の若葉が出ているのを見て、あ、これ食べられるのよ、とすかさず母の口に入れた。イワガラミの若葉は天ぷらにするとおいしい。「あなたといると何でも口に入れられる」と母はこぼし、そしてそのとき母の口から出た息が、まるでカメムシの臭《にお》いのようなのに気づいた。私自身いつもそれを生で食べておきながら、今まで迂闊《うかつ》にもそのことを知らなかったのである。母には黙っていたが、イワガラミは生で食べるものではない、ということを、そのときしっかり胸に刻んだ。

ところで昨今、全国的にシカが増えている。畑と言わず庭と言わず入ってきて作物を食い尽くすその貪欲《どんよく》な食欲にはどこも頭を悩ませ、清里もその例にもれず、ロケのためにせっかく植え込んだハーブを夜中にやってくるシカに食べられてとても困っている、ということだった。「ハーブにはお金を掛けたのに」と関係者の方はぼやいておられたが、もしかしてTさんがあのとき一瞬緊張なさったのは、生えている草を口に入れるという行為に対してではなく、これはとんでもなく食いしん坊のシカを、知らずに招いてしまったのではないかという、そのショックのせいだったのではと、今にして申し訳なく思っている。

旅にあり続ける時空間——伊勢神宮

旅をすることの、何が一番好きですか、と訊《き》かれたことがある。

目的地があってそこへ移動する。目的地に着き、荷解きをし、見聞が目的ならばそれを果たし、また荷をまとめ、次の移動の手段を確認し、そのための手段を講じ、また移動の途に就く。それの繰り返し。荷は勢い必要最小限のものになり、余分なものを所有しようと思わない。移動が最大の目的になるので余計なことを考えなくて済む。

旅をすることの一番の魅力は、シンプルな目的があって、それに向かって動くことだけに集中していればいい、そういう精神的な清潔感が持てること、確かそう答えた。思念が澱《よど》まずに済む。今でもそう思っている。

伊勢神宮はほぼ四半世紀ぶりだった。

一日目、午後から外宮《げくう》を参拝した。前回の印象が、敷地内の「心地よい緊張感」だったので、今回も何となくそういうものを予想していた。それが実際足を踏み入れてみると、拍子抜けするほどの明るさと軽快さで、私の記憶にある伊勢の森とは全く違った。

これはどういうことなのだろう。森を歩きながら、ずっとそのことを考えていた。私が感じていたのはある種の「気配」で、それが消えたというのだろうか。それとも問題は私の側にあるのだろうか。

この四半世紀の間、世界中のさまざまな森を体験した。原始の森、数百年人間と共生してきた森、猛獣や毒ヘビも棲《す》む、人を寄せ付けないような荒々しい森……鬱蒼とした、得体のしれない濃密さが充満した森の中でアンテナを張り巡らせ、その気配を味わってきた。今にして思えば、得体のしれない不気味さ、降り積もる時の「澱み」こそがたぶん、そういう森の醍醐味《だいごみ》であったのだ。知らない間に、そういう「澱み」を読み解くアンテナの立て方を身に着けてしまっていたらしく、伊勢神宮の森のあまりの「軽やかさ」に、最初面くらい、自分自身をチューニングするのに時間がかかった。この「屈託のなさ」は何なのだろう。

伊勢神宮は今、数年後に迫った式年遷宮《しきねんせんぐう》の準備の真っ最中である。

その昔、持統天皇が始めたという、この制度の発明は画期的だ。すべての宮が敷地を（例外はあるものの）東西に分け、二十年ごと、その半分しか使わない。建築に使われる用材を始め、中に納める宝物の類《たぐい》まで、一切を新しくして、隣半分の敷地に遷《うつ》る。だから、私が訪れた四半世紀前から、すべてが刷新されていたことになる。

二十年という長さの絶妙さ。

納める品々を作る職人達の技術の伝承も、これ以上長ければおぼつかなくなり、短ければ経済的にもひずみを生み、人の心も落ち着かない。伊勢という、黒潮の恵みをたっぷり受けた、湿潤な土地柄での生きとし生けるもの——菌類に至るまで——の生命力は旺盛《おうせい》だ。たった二十年の間に、宮の茅葺《かやぶ》き屋根には苔《こけ》が積もり、下の方は朽ちようとしている気配が見える。二十年前には切り出されたばかりの檜《ひのき》の香りで辺りが満ちていただろうに、今はどの宮も、一様に黒ずんで落ち着いた風格を醸《かも》し出している。この辺りを限度として、また一から新しくする——おそらくそれが、時空間に「澱み」を生まない最大の理由なのだろう。そういう二十年ごとの「引っ越し」だけではない。

毎朝新しく火をきりだすところから始める、神々の朝夕の食事の準備。忌火《いみび》屋殿《やでん》に立ち上るその煙を見ていると、神々の日常を滞りなく遂行するための日常、つまり、繰り返す、そのことに生半可ではない努力が注ぎ込まれていることが分かる。繰り返して倦《う》むことを知らない、決して澱ませず清浄を保つのだという強い意志がこの明るさ、清《さや》けさを生み出しているのだろう。そして次の二十年後の引っ越しの準備もまた、その日常に組み込まれている。

宮川の支流、一之瀬川の流域にある御料地では、そのための茅も栽培されている（九十九ヘクタール、実際に茅が植えられているのはそのうち六十八ヘクタール）。斜面一面、晩秋には黄金の波のように枯れた茅が風にそよぐ。毎年、それを刈って二十年ごとの茅葺き屋根の必要に備える。檜等、他の用材もまた同様である。シンプルな目的があって、それに向かって動くことだけに集中している。

伊勢という時空間は、日常が、旅そのものなのだった。

二日目は、日の出前から内宮《ないくう》に入った。五十鈴《いすず》川の流れを見、風日祈宮《かざひのみのみや》の奥の森に立ちすくむ鹿の親子と出会い、正宮から下ってきたときのこと。そこでようやく朝日が上ってきたらしく、森の息遣いが僅《わず》かに変わった。

陽の光が射《さ》してきた途端に、木々の葉がきらめき、シジュウカラ、コガラ、メジロ、ジョウビタキ、ツグミ、シロハラ、鳥たちの声が一斉に高らかに響き渡った。何かの合図がなされたかのように、すべてが甦《よみがえ》り、日々が、この上もなく新しく更新されていくのが分かる。清《すが》しさが満ち渡っていく。

ああ、そうか、と、今更のようにここに祀《まつ》られている神の名を思い出した。

ただ渦を見るということ　国生みの舞台、淡路島へ

鳴門《なると》海峡を見下ろす、高台にあるホテルの朝の四時。窓から見える外の景色は徐々に白み始め、雲で覆《おお》われている梅雨の空は、日の出が近づくにつれ乳白色に明らんでくる。鈍色《にびいろ》の海峡を時折漁船が行き来する。海峡のこちら側とあちら側の、まだ黒々とした山々を大鳴門橋が繋《つな》いでいる。大鳴門橋は海面からの高さが四十五メートル、こちら側、淡路島の山々は、それとほぼ同じ高さで連なっている。乳白色の雲は次第に垂れてきて、もうほとんどその山頂に達せんばかりだ。橋はすでに向こう側から見えなくなり、下りてきた雲はやがて山の上部と接触、また離れ、を繰り返しながら、橋とともに山全体をゆっくり呑《の》み込もうとしていた。垂れ込める雲と這《は》い上がる霧は境をなくし、空と地は密やかな交合を繰り返す。

日本の古代の神話で、「こおろこおろ」と力を合わせるのは、イザナギとイザナミ

である。まだ形の成らない混沌《こんとん》とした世界をかき混ぜ、天と地とを確かなものにしていく。

雲はその後いよいよ暗さを増し、七時過ぎにはついにどしゃぶりになった。だが、出発時刻の九時になるとそれもほとんど止《や》み、時間通り、取材スタッフとともに車で山を下り、路地を入りこむようにして見つけた伊毘《いび》港に車を止め、そこから船で沖合へ向かう。六時間ごとの干潮・満潮時に、鳴門の渦潮は海峡に現れる。ちょうどそれが見られるように予定を組んでいたのだ。

大鳴門橋を斜め上に望みながら、船は渦に近づいていく。渦はいたるところに出来ている。鳴門の辺りは海底の地形も複雑で、太平洋と瀬戸内海の海水が行き来する、ちょうど堰《せき》のようになっており、このときは瀬戸内海側の海水が太平洋側に流れ込む時刻だった。渦は大きいもので直径二十メートルにも達する。激しく渦巻く、という形容の、まさにそのものが、しぶきを上げ、ただならぬ求心力をもって生成していた。

是《ここ》に天《あま》つ神　諸《もろもろ》の命以《みことも》ちて、伊耶那岐命《いざなきのみこと》・伊耶那美命《いざなみのみこと》二柱《ふたはしら》の神に、「是《こ》のただよへる国を修理《つく》り固め成せ」と詔《の》りて、天《あめ》の沼矛《ぬぼこ》を賜ひて、言依《ことよ》さし賜ひき。故《かれ》、二柱の神、天《あめ》の浮橋《うきはし》に立たして、其《そ》の沼矛を指し下ろして画《か》きたまへば、塩こをろこをろに画き鳴《な》して、引き上げたまふ時、其の矛の末《さき》より垂り落《したた》つる塩累《かさ》なり積りて島と成りき。是れ淤能碁呂島《おのごろしま》なり。

まだしっかりと踏みしめる大地もない頃、天つ神一同の意向で、イザナギ・イザナミの二柱の神々が国をつくることになった。本格的な国生みにかかる前、まず、基点になる島が必要だった。それで、なんだか中空に浮いているような「天浮橋《あめのうきはし》」に二人して立ち、天の沼矛を持って「こおろ、こおろ」とかき回したのである（この「こおろ、こおろ」は、製塩の過程で聞こえる擬声語だという説が有力らしいが、「凝おろ、凝おろ」、つまり、「固まれ、固まれ」という意味のようにも思える）。その沼矛を引き上げると、塩が滴《したた》り落ちて、自然と島が出来上がった。それをおのころ（自凝）島と呼んだ。

淡路島周辺には、ここがそのおのころ島だとされる場所が数ヶ所ある。

鳴門の渦を見た後、その中のひとつ、島の南部、三原《みはら》平野にある、おのころ島神社へ向かった。車を降りると、今朝のどしゃぶりなどまるでなかったかのように晴れ上がり、どこかでヒバリの鳴く声が聞こえていた。今でこそ住宅地になっているが、数十年前までは見渡す限りの田畑だった、というこの平野部が、なぜ、島と語り伝えられてきたのだろう。不思議に思って社務所で訊くと、どうやらこの辺りは昔、海の入り江になっており――つまり辺り一帯は海面で――神社のある丘の部分が海に突き出た島になっていたという伝承があるらしい。近くには、「天浮橋」だとされる遺跡が残っており、「葦原国《あしはらのくに》」跡だと言われる遺跡もある。

おのころ島神社は、ひっそりとした鎮守の森ならぬ鎮守の小山といった風情《ふぜい》の、つつましやかな、けれどどこか重みのある神社だった。頂上（？）にある社の裏手に立つと、確かにここが「高台」であることを実感する。住宅の屋根屋根が見え、その合間に稲田が広がっている。しばらく風に吹かれて、それから再び参道を下り、社務所で教わった方向へ、「天浮橋」と「葦原国」を目指して歩いた。

強い日光が早苗《さなえ》に降り注いでいる。水田地帯の真ん中にある「葦原国」遺跡には、木々に混じって茫々《ぼうぼう》と葦が生えていた。沼地があるわけでもなし、生えている、というよりは、残っている、という葦の風情に惹《ひ》かれた。

神話で初めて葦という植物が言及されるのは、イザナギ・イザナミの二神が世に現れる前のことだ。すなわち「天地《あめつち》初めて発《ひら》けし時」高天原《たかまのはら》に「天之御中主神《あめのみなかぬしのかみ》」「高御産巣日神《たかみむすひのかみ》」「神産巣日神《かむむすひのかみ》」の三柱の神が成り、その後、

次に国稚《わか》く浮べる脂《あぶら》の如《ごと》くして、くらげなすただよへる時、葦牙《あしかび》の如く萌《も》え騰《あが》る物に因《よ》りて成れる神の名は、宇摩志阿斯訶備比古遅神《うましあしかびひこぢのかみ》、次に天之常立神《あめのとこたちのかみ》。

混沌とした世界を表すのに、「クラゲのように漂っていた」、というのは、とても感覚的で分かりやすい。葦牙の「牙」は、「芽」と同義だそうである。何かを突き破って出てくるもの、というイメージなのだろう。世界に現れ出た最初の生命体は、葦（のようなもの）で、それに寄生するように「成れる」神が、宇摩志阿斯訶備比古遅神であった、と古事記は語っている。水辺と陸地の境界のような場所で、逞《たくま》しく生きている葦に、古代の人々は原初的な力を感じていたのだろうか。

葦はその前日も、思わぬところで見ている。これもまたおのころ島伝説のある、沼《ぬ》島《しま》へ渡ったときのことだ。沼島は、淡路島の南にある土生《はぶ》港から、船で十分ほど沖合に行ったあたりにある、人口六百人ほどの島である。

その日は最初に船で沼島を一周してもらい、荒れる海の上から島の海岸沿いにある、一億年ほど前の地球の皺《しわ》、と言われる鞘型褶曲《さやがたしゅうきょく》などを確認した。鞘型褶曲は、ここ以外、フランスとカナダの二ヶ所で発見されているだけ、という、地質学的に希少価値の高いもので、まるで中心を何かでぐるぐるかき混ぜたかのように何層にも同心円を描いた渦のような跡が岩に残っている。その同じ海岸線には、上立神岩《かみたてがみいわ》と呼ばれる、高さ三十メートルにもなる矢じりの形をした岩が、海面から屹立《きつりつ》している。ドラマティックに荒れる海、という背景も影響したのだろうか、そこにそれが存在するというだけなのに、周囲を圧倒するような迫力があった。アイヌの、神威《カムイ》という言葉を思い出す。これが「天の御柱」だとされるのも分かる気がした。神話が生まれる「場の力」、物語を喚起せずにはおかない存在というものは、確かにあるのだ、と明らかに気圧《けお》されながら思った。

船が一周して島の入り江に入ると、今まで荒れていた波は途端に穏やかになった。そのまま簡素な港に着岸すると、揺れる甲板から直接上陸し、すぐ近くの山の頂上にある、おのころ神社を目指した。藪《やぶ》のように生い茂る、シシウド、ドクダミ、サルトリイバラ等々、鬱蒼とした植物の力が今にも参道を呑み込みそうで、梅雨どきの湿った空気が、さらにその勢力に加勢しているようだった。その藪の中に、葦が混じっていたのだ。水辺ならともかく、こんな山の森の中に葦が生えているなんて、とこのときも、この地方一帯での、葦の生命力の強さを改めて思い知らされた。

淡路島本島では、道すがら山のあちこちで自生しているらしい枇杷《びわ》の木が小さな実をつけているのを見たが、この参道や境内でも、ナワシロイチゴやヤマモモがたわわに実をつけていて、小暗《おぐら》い森の中では、タチバナの仲間らしい木が、厚ぼったい白い花弁を持つ花を咲かせていた。

その昔、垂仁《すいにん》天皇は、多遅摩毛理《たじまもり》に常世国《とこよのくに》へ行って「ときじくのかくの木の実」を取ってこい、と命じた。艱難辛苦《かんなんしんく》の末、彼はようやく常世国と思われる国からその実を取ってくる。が、時すでに遅く、天皇は亡《な》くなっていて、多遅摩毛理は嘆き悲しむ。


其の木の実を擎《ささ》げて叫《おら》び哭《な》きて白《まを》さく、「常世国のときじくのかくの木の実を持ちて参上《まゐのぼ》りて侍《さもら》ふ」とまをして、遂《つひ》に叫び哭きて死にき。


このときの「ときじくのかくの木の実」は、今のタチバナの原種の実だと伝えられている。

神話の時代、人の思いもその力も、今とは比較にならないほど激烈で、生命力が渦を巻いて世界を覆っていた、とすれば、その跡と言われているところもまた、人の心の奥深くに古代から眠っているものと感応するような場の力を持っていたとしても不思議ではない。遥《はる》かな年を経ても、その共鳴音のようなものは残響のようにそこに存在するのだろう。そしてそれを受信した人間は、どこか不穏な、何かが搔《か》き立てられるような思いと向き合う。搔き立てられる思いは一様ではなく、それぞれが生きてきた人生なりの響きを、きっと奏《かな》でるのだ。それを鳴らされると、人はただ呆然《ぼうぜん》としてしまう、そういう共鳴音。

鳴門にはまた行くだろう。ただ渦を見る、そのことだけのために。

淡路島の不思議な生きものたち、そしてタヌキのこと

明石の港からフェリーに乗って淡路島に着いた。島の神話にまつわる場所を訪ねるという旅だったので、さっそく港を出てすぐの場所にある、絵島《えしま》という昔からの名所に向かった。

絵島は一応島ということになっているが、一分もかからずに一周できるぐらいの、いわば大岩である。そこへは淡路島本島（！）から、小さな橋を歩いて渡ることも可能だ。

淡路島本島の周辺には、イザナギとイザナミが神々を生み出すときの拠点としたという「おのころ島」の候補地が数ヶ所あり、ここもその一つだった。

気の遠くなるような年月がかかっているのだろう、不思議な色合いの曲線が、異形のバームクーヘンのような存在感を生み出している印象的な岩だった。ああ、あれですね、と見ていると、どこからかセキレイが飛んで来て絵島（岩）の平たい部分に着

地し、尻尾を振りながら歩いた。この偶然に、つと足を止める。神話には、おのころ島に降り立ったイザナギ・イザナミの前に、セキレイが現れる、という言い伝えがあるのだ。

「この旅の最初にセキレイが現れた、なんて言っても、わざとらしく聞こえるでしょうね」

と、私はそのときいっしょだった編集のMSさんに呟いた。

セキレイは、リズミカルに尻尾を振って歩く姿が特徴的な鳥である。神話の言い伝えは、国生みの最初、子どものつくり方が分からなかったイザナギとイザナミに、おのころ島に飛んできたセキレイがそれを教える、というものなのだ。世界中、どこへいっても大抵、この手の話を相好を崩してうれしそうに語る爺《じい》さんがいるものだ。言い伝えのこの件《くだ》りも、おそらくそういう無邪気な爺さんによって付け加えられたものだろう。大昔から、人間のタイプというのはそうそう変わらないのかもしれない。そう思えば太古の昔を妙にリアルな、親しいものに感じ、納得が生じる。多少の脱力感とともに。

「だいじょうぶです、私が証人になります」

と彼女が言ってくれたので、ここにこうして今回最初に登場した動物が、鳥のセキレイだったことを書き記す。ほんとうに、絵島にセキレイが来て尾を振ったのだ。でもあまりそういうことに固執するのはやめよう。

その日はそれからレンタカーを借り、これも「おのころ島伝説」のある沼島へ行くため、淡路島の南にある土生港へ向かった（そのときカニも見ているのだが、これは後述しよう）。土生港は小さな港で、待合室や付属の建物の軒下にはツバメの巣が並んでいた。親ツバメが近くに飛んできたと見るや、いっせいに口を開ける雛《ひな》の口が、なんとも恐《こわ》いように大きく、内側は真っ赤だった。ぴいぴいとわめき立て、激しくアピールしたものに餌が与えられる。アピールの小さな子どもは、体も小さく弱々しい。親も、同じ雛ばかりにやっているということが分かっていないわけではなく、きっと、生命力の強い元気な雛に餌をやった方が、遺伝子を伝えられる可能性が高いと本能的に分かっているのだろう。子ツバメの方も、エネルギーのロスを避けるため、親ツバメが去ったと見るや、すぐに口をしっかと閉じる。無駄なことはやらない。自然界に生きるものは現実的だ。

土生港から漁船に乗り、十分ほどで沼島へ着く。島で一番高い山の頂上にあるおのころ神社への参道は、港のすぐ近くから始まっていたが、参道というより登山道と呼んだ方がいいような、両側から迫ってくる山の藪に呑みこまれそうな坂道だった。照葉樹の多い森は小暗く、私たちは総勢四人、すさまじい藪蚊の攻撃は、主に無防備に半袖《はんそで》を着ていたカメラマンのTさんへ集中した。写真を撮るためにじっと動かずにいるときが多いので、蚊にとってはそれもまた好ましい条件となったのだろう。一番若い編集のMSさんは、たぶんその若さが理由で、やはり蚊に好かれていた。気の毒だったが、如何《いかん》ともしがたい。

そのうちに不思議なことが起こった。上る先に、猫がいて、こちらをじっと見ているのである。私たちが近づくと、さささっと上っていく。途中、二股《ふたまた》に分かれている箇所がいくつかあり、どっちか迷うようなとき、猫は一方の道の先にいて、じっと私たちを待っている（ようにしか見えない）。「こっち、ということなのかなあ」と、不安げに言うと、「こっちだと思う、絶対。猫が教えてます」と、ドライバーS（土生港までは彼女の運転するレンタカーでやってきた。本業は編集者）は自信満々に上がっていく。

今でもしっかり覚えているのだが、最後の曲がり角の手前で、先を行くその猫は、もう一度止まって私たちの方を振り向き、念を押すようにこちらをじっと見つめ、それからその角を曲がって消えていった。私たちがその場所へ着くと、そこから先は、神社の境内まで続くまっすぐで急な勾配《こうばい》の階段、まごうかたなき参道になっていることが分かった。

「あ、やっぱりこの道でよかったんだ」と言い合ったが、「あれ、猫がいない」。

あの猫はもうどこにもいなかった。境内にも、それから麓《ふもと》に下りる途中も下りた後も。沼島では何匹もの猫に出会ったが、どれもあの猫ではなかった。そう断言できるのは、あの猫が、なぜかシャム猫だったからである。

ひと気のないおのころ神社の境内には、風雨に晒《さら》された素朴な社殿が一つあり、信じられないほど大きいナメクジが中で一匹、所在なげにしていた。

沼島から土生港へ帰り着くと、止めてあったレンタカーに乗り、すっかり暗くなった山道を、その日宿泊予定のホテルへと急いだ。

何しろ初めての道なので、正しく走っているかどうかわからない。レンタカーにはカーナビも付いているのだが、そんなものに百パーセントの信頼は置けないので、あっちだこっちだと、同乗者総参加の総力戦で、車のヘッドライトに浮かび上がる山道の先を見つめていた。ハンドルを握るドライバーSは、その朝東京駅で私と乗る予定の新幹線に遅れそうになり、顔も洗わずに駆けつけた（ゆえにろくにものを食べていない)。彼女の疲労と空腹と焦《あせ》りは察するに余りあった。MSさんとTさんはずっと瀬戸内の旅を続けていて、私たちと明石で合流したので、その前に昼食はちゃんととったらしいが、そこからしても、けっこうな時間が経っている。つまり、皆、大なり小なり空腹だったのだ。

すると、前方の暗闇《くらやみ》に、夜目にもうっすらと白く、大きな建物が浮かび上がった。屋根には巨大な鯛《たい》が踊っている。「あ、鯛の看板」「あれだ、あれに違いない」と皆で頷《うなず》き合ったのは、そのホテルでの夕食が鯛料理だという情報を事前に得ていたからだったかもしれない。「まるで『かに道楽』のかに看板じゃないですか」「いやだなあ」「遠くからでも分かりやすくするためじゃないですか」「まさか動いてはいませんよね」「だいじょうぶ、動いてない」

で、その建物は正《まさ》しく目的のホテルであったし、鯛料理もおいしかったのだが、翌朝全てが明るくなって判明したことは、そのホテルの屋上には踊る鯛の看板などどこにもない、という事実だったのだ(強いて言えば、避雷針のようなものが数本立っていただけだ)。なのに四人が四人とも、すっかり踊る鯛を見ていた、ような気になっていた。

それが分かったのは、私たちが車でホテルから出るとき、道の左右を間違えたからだ。途中で間違いに気づき、慌《あわ》ててもと来た道を戻る格好になったとき、改めて建物の全貌《ぜんぼう》が見え、唖然《あぜん》としたのだ。けれど、もし、あのとき左右を間違えなければ、私たちはそのままホテルを後にし、振り返って建物を見ることなどなかっただろう。つまり、昨夜の鯛の看板が幻であったことには気づかなかったのだ。

島内の全ての行程は、初日に借りたこのレンタカーでこなした。私はただ助手席に座って、ずっと窓の外を見ていた。くねくねとカーブして、アップダウンを繰り返しながら山裾《やますそ》に至ると、まずため池があり、両脇に水田が広がってき、収穫されたタマネギの干してある小屋が右手に見えてき、やがて四つ角に出る。そういう光景が幾度となく繰り返され、私は、「あれ、前もここ通りませんでしたか？」と何度も声を上げた。まるでタヌキにでも化かされているようだ、と内心思っていた。そしてこのときもまた。

強烈な磁場で磁石が狂うように、自分の中の感覚機能が少しずつおかしくなっていく、少しずつ、視野狭窄《きょうさく》に陥り、少しずつ、判断が甘くなる、昔からそういうことを起こしやすい「場」があり、それが「タヌキに化かされた」事例をつくっていったのだろう。「島」というのはそれ自体がそういう「場」なのかもしれない。

翌日は島の南部、田園風景の広がる三原平野へ、これもまた「おのころ島候補地」の一つ、おのころ島神社を訪ねた。近くには、「葦原国」跡だと言われる遺跡もある。おのころ島神社自体は、ひっそりとした慎《つつ》ましい風情の古い神社で、ただ、巨大な鳥居が不釣り合いに道路に面して屹立していた。それを避けるようにして脇から入り、木蔭《こかげ》になった古い石段を上った。上り詰めたところの真ん中に、高さが七、八十センチほどの石柱があり、「百度」と書いてある。すでに女性が一人いて、奥の社で祈っては、その石柱のところまで戻り、ぐるりと回り、もう一度祈りに行く、それを延々繰り返していた。それでその「百度」が、いわゆるお百度参りのことだと分かった。その真剣な営みの横を、恐縮しつつすり抜けるようにして、社の後方に回り、のどかな三原平野を望み、また表へ出て上ってきた石段を下りようとしたとき、植え込みの陰に、脱いだスニーカーがきちんと置かれているのが目に入った。え？ と、思い詰めた表情でまだ「百度参り」を続けている女性の足元を改めて見た。彼女は素足だったのだ。

その「思い」の強さに、なんだか粛然としながら、住宅街を「葦原国」遺跡へと歩いた。「お菓子の製造販売、○○製菓」の前を通ると、店頭に「嫁菓子 受け承ります」という表示の看板が立っているのが目についた。嫁菓子？ 興味をひかれ、店で何か買うことにする。「お茶、買いましょう、ここで」。

店内に入り、ペットボトルのお茶を買った後、「嫁菓子」について訊いた。それは淡路島独自の婚礼の風習で、大きめのビニール袋に、何種類ものお菓子を詰め、嫁ぎ先の近所の人たちや親戚《しんせき》の人たちに配るためのものなのだそうだ。何種類詰めるかは、時代の景気や家の経済力によって微妙に変わる。世間的には家格も関わる。その嫁菓子用のビニール袋は、島内で印刷販売されているのだそうだ。昔からの風習が、まだ生き生きと根付いている、そのことに圧倒されるような思い。礼を言って店を出る。

子どもが元気に走り回る、保育園の横を歩いていると、給食の匂《にお》いが漂ってくる。住宅街から水田地帯へと抜ける。「葦原国」遺跡は、水田地帯の真ん中にある。

日差しは強く、田植えが終わったばかりの水田には、まだひょろひょろと心もとない苗が等間隔に整然と並んでいた。ここの田んぼのオタマジャクシはどんな種類だろう、トノサマガエルはいるかしら、などと思いながら、田んぼの縁を歩いていると、ふと、カーキ色の、まるでウーパールーパーのような面白い動きをする、見たことのない生物を見つけた。ゲンゴロウ、ではない。タガメ、でもない。私の知っているどの水生昆虫でもなかった。じゃれあっているもの、ひたすら孤独に田んぼの泥をかき混ぜているもの、ただただ幸せそうに背泳ぎだけを続けているもの……。何の不安もなく、自分たちの世界を完全に確立しているらしい様子にすっかり見惚《みと》れた。

写真を撮ってもらおうと、Tさんを身ぶりでこちらへ呼んだ。Tさんはゆっくりやってくる。「昨日のことがありますからね」近くまで来たTさんが小声で言う。昨日、ドライバーSがレンタカーを借りる手続きをしている間、のんびり外を散歩していた私は、水路で見つけた、柿右衛門《かきえもん》の朱赤色をした、うつくしく立派なカニを撮っていたらおうと、同じように離れた距離からTさんに声をかけた。しかし彼が駆けつけてくれた瞬間にカニは隠れていったのだ。そういうことがあったので、前回の轍《てつ》を踏むまいと、私は声を出さずに身ぶりで呼び、Tさんは、被写体に緊張感を与えぬよう、さりげなさを装《よそお》いつつ静かにやってきたのであった。「何でしょうこれ」。「分からない」。皆で首を捻《ひね》りながらも、しばらく彼らに見入った。

帰宅してから調べると、それは「カブトエビ」という甲殻類だった。どうも色や姿形からして、在来種のアジアカブトエビらしい。

カブトエビは名まえこそカブトガニに似ているが、体長が五十センチ以上は優にあるカブトガニとは違う生きもので、三、四センチと小柄である。とはいえ同じように「生きている化石」と言われ、風貌も、似ていないこともない。一年のうち、初夏の一ヶ月ほどしか姿を見せないのだそうだ。貴重な遭遇だったのだ。乾燥した卵の状態で何年も過ごすことができる、古代生物だった。三億年ほど前に、進化することをやめてしまっていたのだ。繰り返すが、幸せそうだった。

この三原平野に来る前、鳴門の大渦を見に行き、観覧船の船長から渦にまつわるいろいろな話を聞いていた。その中の一つに渦に引き込まれた遺体が、海中深くのどこかで永久運動のようなメカニズムに入り込んでしまい、永遠に上がってこられなくなるというものがあった。

そのように、それぞれの島には独自の風習に彩《いろど》られた時間の流れがあって、一旦《いったん》その内側に入り込むと容易には出てこられない。それは太古の昔から渦を巻きながら、ずっと変わらない求心力なのかもしれない。

仁徳《にんとく》天皇の時代には、この島に湧《わ》きでる清水を汲《く》みに、朝夕大阪側の本土から船を出したと言われている。古代から、人はすでにこの海の潮の流れを熟知し、島を行き来していたということだろう。その名水の名を、御井《おい》の清水というのだそうだ。

その日の午後、今に残るその御井の清水を求めて、海岸線を車で走っていたときのことである。ドライバーSの携帯電話が鳴って、急遽《きゅうきょ》、路肩に車を止めた。これは本業の方の緊急の用事のようだった。

気を遣った同乗者三人は、外に出て、ちょうどそこが何かを祀ってある場所だと気がついた。町内のお稲荷《いなり》さんを少し大きくしたような鳥居があり、ただ祀ってあるのはキツネではなくタヌキだった。柴右衛門《しばえもん》というタヌキらしい。なんだろう、それは、と不思議に思いながら由緒《ゆいしょ》書きを読んだがよく分からない。

ドライバーSの電話は長く、確認しに行く都度、まだ話しているので、そのたびにタヌキのところへ戻った。その間、柴右衛門タヌキに関する疑問の念はどんどん膨らみ、帰宅してから調べてみると、それは淡路島に住む、日本三大タヌキの一匹に数えられるほど、霊力の強いタヌキのことだったのだと分かった。昔から、よほど化かされた人間が多かったのだろう。いや、これは、島という場の、求心力の強さの話なのだ、やはり。

やっとドライバーSの長い電話が終わった。やれやれと車に戻り、中に入ると、彼女はこちらを見て微笑《ほほえ》み、

「何か、面白いものがあったんですか?」

と、『(戻られるのを)長いこと待っていましたが、そんなこと、私は全然気にしていませんよ』と言わんばかりのさわやかな顔で訊かれたので、タヌキが面白くて、とつい答えた。

帰途、明石海峡大橋を通って対岸の明石市に渡り、駅のプラットフォームで電車を待っていると、突然、そのドライバーSがキツネにつままれたように目を丸くして叫んだ。「私が見てたのはまさしくあれです！」

彼女が言う、「見てた」ものとは何か、すぐに分かった。線路越しに、明らかに暗い山道で四人が見たと思われる、「踊る鯛」の大きな看板があった。この明石駅にしても、最初から決めていたわけではなく、西明石駅にするか垂水《たるみ》駅にするか、迷った末に、何となく決めたのだ。幻の鯛看板のホテルを出たとき、左右をなんとなく間違えたのと同じように。

「私が見たのもあれです。まちがいありません」「確かにあれですね」「なぜ、あれがあんなところに」はっきりした答えは出ない。タヌキの霊力が、まだ効いているのかもしれない。

記録しないと、消えていく　『家守綺譚《きたん》』朗読劇公演

大型の台風が西日本を襲おうとしていた。

その日、佐々木蔵之介《くらのすけ》さん、市川亀治郎《かめじろう》（現・四代目市川猿之助《えんのすけ》）さん、佐藤隆太さんの朗読劇が大阪であるというので、編集者氏二名と共に東京から現地へ向かうことになっていた。天候は関東地方でさえ前日からすでに怪しく、明日だと新幹線が出ないかもしれない、出ても途中で立ち往生するかもしれない。そう危ぶみながらも、それぞれ仕事を抱えている身、楽しみにしていたイベントとは言え（お三方と面識があるわけではない。たまたま拙著『家守綺譚』が原作になっていたのだ）、一日早めに出立《しゅったつ》、ということにも踏み切れない。はらはらしながらテレビの台風情報に神経をとがらせる。予定では当日午後三時過ぎの新幹線で十分間に合うはずだった。そうこうしているうちに当日の朝になり、七時には起きていたものの、なにしろ台風の速度が遅い。予定の新幹線が出る午後三時過ぎには近畿地方が暴風域に入る気配だ。けれ

ど、みんなで早朝東京駅集合、というのも、ものものしい。万が一その新幹線が立ち往生したら、みな、大阪へ行けない。地震、大水、きょう日何が起こるか分からない。それよりも、ばらばらに出て、一人でもたどり着く可能性にかけたほうがいい（我ながらなんだかすごい覚悟だ）。それぞれ無理のない範囲で早めに出、連絡を取り合うことになった。

と、ここまで当日の天候のことについて書くのは、それが結局は朗読の行われる「場」の醸成に、少なからずかかわった要因の一つではなかったか、と今にして思うからだ。幸いなことに私たちは三人とも無事に会場にたどり着く。

約千の客席数を擁するイベント施設だった。数少ない私の経験から言って、一番朗読しやすいのは二、三十人の集まりの場、二百人くらいがぎりぎり、五百人近くになるとかなりのエネルギーで集中しなければうまくいかない。千人だなんて、どういうことになるのか見当もつかない。けれどプロの役者さん、三人。「どういうことになるのか」もうすぐ分かる。子どものようにわくわくして待つ。

舞台の設《しつら》えは、縁側が一つあるだけのとてもシンプルなもの。そこへ書生袴《ばかま》も凛々《りり》しいお三方が下駄《げた》履き、一列縦隊で登場。それぞれ縁側に置かれた平べったい座布団《ざぶとん》の上に座る。冒頭に、嵐《あらし》の夜の場面が出てくる。ここを朗読されたのは佐々木蔵之介さん。最初に発声されて、ご自身で違和感を感じられたか、すぐにチューニングして難なくホール全体になじむお声にされた。

実はこの本は拙著の中では一番多くいろいろな方に朗読されてきた本で、蔵之介さんはラジオでこの本を朗読してくださった最初の方であり、私にはそのときの印象がとても鮮烈だった。けれど、そのご朗読を「見る」のは初めてなのだ、とこのとき気づいた。そもそも、朗読「劇」とは何だろう。

効果音も最小限に抑えた演出で、役すら正確には定まっていない。章ごとで違う。彼らも座ったきり、目立った動きをするでもない。が、役者が舞台にいるだけで、それは「劇」になりうるのだ、とこの後しみじみ実感する。

それぞれの声の力だけを生かし、そして客はその声だけを頼みとして彼らの導く場に入っていく。思わず知らず、受け手の側の五感も鋭くならざるを得ない。

「それ」が起こったのは、最終章「葡萄《ぶどう》」で、主人公の貧乏文士、綿貫征四郎《わたぬきせいしろう》が、夢の世界から現実に戻る、ほんとうにラストの場面だった。蔵之介さんが朗読しているときだったのだが、それまでずっと正座して、足を崩すでもなかった市川亀治郎さんが、初めて袴の膝《ひざ》を動かした。そしてそれに対応するように朗読している蔵之介さんが心もち体を隣の亀治郎さん側に開いた。私ははっとした。次に彼の発する台詞《せりふ》を知っているっていたからだ。それは眠っていた征四郎が、枕元《まくらもと》の高堂《こうどう》（すでに鬼籍に入っている征四郎の親友、有り体に言えば幽霊）の存在に気づく場面。蔵之介さんは続ける。

「……小倉袴の膝が見える。――高堂だ」

視覚がまず「袴」を捉《とら》える、それを追うようにすぐさま聴覚が「袴」を捉える。この一連のこと――亀治郎さんの袴の膝が動く、次の瞬間「小倉袴の膝が見える」と蔵之介さんの声が響く、この一連のこと――が、一枚の葉っぱにたまった露が、下の葉っぱに落ちて、二枚の葉っぱが微《かす》かに揺れている、そんなひとつながりの出来事のように、「連環」として生じたのを見た、と認識したとき、「世界」がいよいよ濃い、別の次元の場へ変わっていったように私には思えたのだった。視覚と聴覚、色味の違う、二枚のセロファンが重なったとき、そこから見る世界が濃くなっていくように。

舞台上で、場が次元の違う深みへと醸成されるきっかけは、こういう役者の意識や無意識、果ては天候のような人間の力ではどうにもならぬ偶然までもがいくつも絡《から》み合った瞬間、それを受信しようと感覚を研ぎ澄ましていた観客との間で奇跡のように生まれるのだろう。個々の観客の個人的な事情でも（例えば私であれば立場上台詞が分かっていた、とか）奇跡の生まれる箇所は違い、それが会場の空間であちこち、閃《せん》光《こう》信号のように無数に生まれては消えていっているのだろう。

今回の朗読劇は、東日本大震災のチャリティー公演で、初日を含め、三回しか上演されていない。私も後の二回で、これと同じことが起こったのかどうか知らない。が、ずっと正座していた亀治郎さんが思わず無意識に膝を動かしたのかもしれないという可能性も含めて（そうであればなおのこと）、このとき起こったことは、私には貴重なものに思えた。

当公演については、もっと他に記さなければならないことがある。佐藤隆太さんの、存在自体から発せられる力にあふれた誠実さ、蔵之介さんの、常変わらぬ余韻ある口跡の清々《すがすが》しさ、亀治郎さんの、尼に化けたタヌキが変化《へんげ》する化け物を、圧巻の声色で演じ分けた実力。それぞれの自在な過剰と抑制。構成と演出を担当された長部《おさべ》聡介《そうすけ》さんがパンフレットにお書きになっていたように、この朗読劇自体が震災への「優しい救い」を目指して意識されたものであったこと、突貫工事のような開演に向けての、スタッフの皆さんの尋常ならぬご努力も。

だが、偶然生じた露、あるいは死者を悼《いた》む花火の一つのように、あのひとつながりのことは、うつくしく儚《はかな》く、文字にして記録しないと消えていく気がして、こうして書いている。

読書日記　二〇一五年猛暑八月

八月三日

今年初めて庭でツクツクホウシを聞く。去年より六日ほど早い。礒崎陽輔《いそざきようすけ》首相補佐官が、安保法制に関連して「法的安定性は関係ない」と発言した問題がなかなか収まりそうにない。午後から『ヴァイマル憲法とヒトラー』（池田浩士《ひろし》　岩波書店）を読む。「新しい時代にはまた、イタリアのファッショやドイツのナチズム、日本の天皇制などとも違う形のファシズムが現れる。新しいファシズムを察知する感性を育てるために、過去の事例を学ぼう」という著者の提言。ナチズムが台頭してきたとき、当時もっとも民主的な憲法と言われていたヴァイマル憲法は、なし崩し的にないがしろにされた。憲法九条は？

八月六日

『岸辺のヤービ』の校了日。数日前からずっと最後のチェックをしていた編集者のO

さんから、最終確認の電話が入る。間違いのチェックというより、ブラッシュアップといった感じ。作った本はどの本もいとおしいけれど、特に今回は読者層を小学生からに広げているだけに、早く読み手の方々のもとへ届けたいという気持ちが強い。わくわくする。重苦しい時代の私たちの期待を小さなヤービの一身に荷なわせているようで気の毒な気もするが、あの子（ヤービ）ならだいじょうぶ、という安心感と確信があるのが、我ながら不思議。

八月十二日
奥秩父《おくちちぶ》登山。三峯《みつみね》神社の奥宮のある妙法ヶ嶽《たけ》に登り、さらに雲取山《くもとりやま》を目指そうとするが、どうも大気の具合が不穏で、白岩辺りから引き返す。三峯神社宿坊泊。お犬さま信仰の山で、宮澤賢治もここに一泊している。実はもともとそのことがあってここに来たのだが、宮司の中山高嶺《たかね》氏の著書、『三峯、いのちの聖地』（MOKU出版）を境内の売店で入手、寝る前に読了、この神社が近年パワースポットと騒がれていることを知る。そういえば山奥だというのに参拝客が多かった。その喧噪《けんそう》もおおらかに受けとめられ、かつ神々の深遠な静寂も守ろうとする御姿勢がいいなあと思う。

八月十四日
ようやくサルスベリがちらほら咲き始めた。去年も一昨年《おととし》も、今年は咲かないのかと諦《あきら》めた頃になってようやくぽつぽつと咲き出し、お盆過ぎて満開を迎える、というパターンが続いている。今年、あまりに暑いので、せめて緑陰で外気温を下げたいと思い、植木屋さんに手を入れてもらうのを九月まで待ってもらっている。それで伸び切ったサルスベリの枝先が二階の窓にペッタリと張り付いたまま花が咲き、子どもがいたずらして硝子戸《ガラスど》に顔をぴたっとつけたような風情だ。期せずして昔書いた、サルスベリが「入れておくれよう」とせがむ世界になってしまっている。再稼働《さいかどう》した川内《せんだい》原発が送電を始めた。朝から『クロニクル　日本の原子力時代　一九四五～二〇一五年』（常石敬一　岩波書店）を読む。その年に発表された原子力に関する声明、見解などを切り口に、一年ごとの政府の原子力政策が同時代の識者の懸念《けねん》とともにわかりやすくかつ俯瞰《ふかん》的に展開される。非常に読みやすく、またしみじみと「来し方《こかた》」が腑《ふ》に落ちていく著書だ。「行く末」についても。《原子力安全神話》って、ほんとに人を馬鹿《ばか》にしている。いやいや人はおろか、地球を大切に思う視点がまるで欠けている。天変地異が起きてもおかしくないほどに。

八月十五日

桜島噴火警報がレベル４に。

ほら！　とヤービが叫ぶ。

その土地の本屋さん

基本的には出不精な質《たち》だが、日本人の平均よりは旅をする方かもしれない。旅の途中、必ず寄るのがその土地の本屋さんである。近頃では、地元発の本のコーナーを設けている書店が多く、見つけると、必ず数冊は買い、ときには段ボール一箱分買って、宅配便で送ってもらうはめになることもある（これは、古書店の場合が多いが）。自分の興味の範疇《はんちゅう》と重なる本揃《ほんぞろ》えをしている店を見つけたときは、金鉱を掘り当てたような気分になる。

私が生まれたのは、南九州の比較的大きな地方都市だったが、それでも当時は今ほど書店が多くなく、町には書店というよりは本の取り次ぎもしてくれる文房具屋さん、といった風情の店があり、そこによく本を頼み、それが届いたかどうか、毎日のように子どもの足で、てくてく歩いて確かめに行ったのを覚えている。読みたい、と思い詰めるとそれ以外考えられなくなるのは今も変わらない。暇だったこともあるだろう。

一人で市電に乗れるようになると、繁華街にある書店まで通った。春苑堂《しゅんえんどう》という本屋さんで、あるとき、そこで実に瀟洒《しょうしゃ》な、掌《てのひら》にのるほどの大きさの雑誌を手に入れた。一九七三、四年の頃だったと思う。小ぶりだが厚みはあり、真っ白の表紙に小さく「UR」とだけ書かれ、大事な小箱を包むように透明の厚手ビニールのカバーがかけられていた。開くと、目次には当時活躍しておられた作家の方々の名前が並び、宮澤賢治の未発表原稿と銘打たれた短編もあった。その雑誌の存在全体が何となく秘密結社めいた妖《あや》しさと不思議な熱を帯びており、当時の私の小遣いからすると、それほど安くもなかったと思うのだが、迷わず買った。次号の広告もあったので、それから春苑堂へ顔を出すたび、新刊が出ていないか確かめ、数冊は手に入れたと思う。が、いつか事実上廃刊になってしまった。

それから三十年以上が経《た》ち、私は物書きになっていた。もちろんその雑誌のことはすっかり忘れていた。作品の取材のため、あちこち足を運んでいるうち、唐突に李昇《りしょう》潤《じゅん》という人物が浮かんできた。なんとも不思議な人物で、話を訊《き》きたいと思い、彼の行方を捜した。島尾敏雄《としお》氏に私淑されていたという話だったので、共に取材に回っていた角川書店（当時）のDさんが、島尾氏のご子息の伸三氏に（彼女は氏と旧知であった）李氏のことを尋ねてくれた。その情報によると、李氏は若い頃、「うる」という雑誌を出していたという。電話口でそれを訊いたとき、衝撃で眩暈《めまい》がした。そう言えば確かにUR(うる)には、島尾氏の名前があったし、伸三さんのイラストレーションもあったのだ。忘れていたが、李氏の名前もあった。あの本は、彼の編集によるものだったのだ。それで私は、もう何十年も前のこと――ごく個人的な嗜好《しこう》だと思い、誰にも話したことのなかったその雑誌のことを、Dさんに話した。彼女も驚き、自分は当時も今と同じ職に就いていたのに、そういう雑誌の情報を全く知らなかった、なのに(URが作られた)東京から遥かに遠く離れた町の本屋さんで、中学生がそれを手にしていたなんて、というようなことを感慨深げに呟《つぶや》いた。

そういうことは、起こるのである。今から思うと、そこが島尾氏と縁故の深かった土地柄だったせいかもしれないし、弟子筋にあたる李さんのために、島尾氏が奔走されたのかもしれない。ほかのどこでもないその土地ならではの歴史や紡《つむ》がれた事情で、絶対にそこにあるべき本、というのが存在するのだ。旅をしていて、そういう本に出会えたときの至福は喩《たと》えようもないものである。

が、それにしても私には個人史を貫くような出来事だった。李さんはまだ見つかっていない。当時のことを知っておられる方があったら、お訊きしてみたいと思う。

ハリエンジュとニセアカシア

新年ならぬ新緑の頃、県立図書館へ行った時のこと。

ここの緑は、駐車場から本館までのアプローチがことに美しい。道は二通りあって、プラタナスの並木道と、林の中を縫うようにして緩やかに曲がって行く小径《こみち》。どちらもいいのだが、どちらかというと林の中の方を好んでいる。特に新緑の季節は。緑のグラデーション、風とともに揺れて差す木漏れ日、運ばれてくる芽吹きの香り。

図書館で用事を済ませて、帰途、小径の方へ入って行くと、後ろの方から「あのう、すみませーん」という声。振り向くと館内でもちらちらとお姿を拝見していた、派手でない花柄のジャンパースカートを軽やかに召した小柄な年配の女性。髪はショートで白髪がかっている。

「その道を行くと、どこへ行くのですか」。「駐車場の近くで、そっちの本道と合流します」。「じゃあ、道の方へ出るのですね」

道、というのが国道を指しているらしいとふんで、「そうです。こちらの道の方をおすすめします。緑がきれいなので」。「ああ、緑！　私、緑が大好きなんです」。「あっちのプラタナス並木の感じもいいですけれどね」。「そう、そう、私、二年ほど前にこちらに来たばかりで……」

瞳《ひとみ》が少し茶色っぽい。年配なのには違いないのだが、その瞳とピンと伸びた背中のせいか、木々の中にいらっしゃると年を感じさせなかった。「あれ、何でしょう」と植物の名を訊かれるたび、知っている名は答えてゆく。

小径がいよいよ、両側から木々の枝が差し掛かる緑のトンネルに入る。「これは、ハリエンジュ」と、私はまだ訊かれてもいないのに、今度は確かな知識と勇んで指さす。豆科のような小さな葉をさわやかにつけた白い房の花は、見ているだけで気分を明るくする。

「あら、まあ、ハリエンジュ、というの。私たちずっと、あれのことをニセアカシア、と呼んでいました」私は少し狼狽《うろた》える。

「え、そうなんですか……そうかも」。「いえ、私たちがそう思いこんでいたのかも」。「いえ、私も自信がなくなってきました」

小径を抜け、敷石の敷かれた広場に出、やがて敷石が階段状になっているところに差し掛かる。ここはちょっと見えにくい。思わず何気なく、「ここ、階段になっています。お気をつけて」と声をかけると、女性は一瞬黙り込んだ。あ、年寄り扱いしてと思われたかな、と懸念がよぎった。

「私、いくつに見えます？」。そう訊かれて私は益々《ますます》困った。女性は私の狼狽《ろうばい》を予想していたかのようにすぐさま、その質問から間をおかずに、「私、九十なの」と答えた。私は演技でも何でもなく、心底驚いた。

「ええっ。まさか」。「そうなの」。「とてもそんな風にはお見受けしませんでした」。

「今日も駅から歩いてきたの」。「ええっ」

駅からこの図書館までは車でも十分はかかる。しかもずっと上り坂である。「ずっと東京で暮らしていたの。でも二年前にこの近くに越してきたんですよ。こうやって、あちこち歩くのが健康の秘訣《ひけつ》」

残念なことにそこで駐車場が来て別れてしまった。送って差し上げたい、と思ったのだが、それが健康の秘訣と言われてひるんでしまった。

家に帰ってすぐに図鑑で確認したらハリエンジュの項に「別名・ニセアカシア」と書いてあった。

このことを伝えたい、と強く思ったが、住所も名前も聞かずに終わった。

II

忘れられない言葉　あの子はああいう子なんです

小学生の頃は憑《つ》かれたように毎日本ばかり読んでいた。どんなにボリュームのある本でも二十四時間以内には読んでいたので、家庭にある本ではとうてい足りない。幸い、通っていた小学校にはとても素晴らしい図書館があったので、その点は恵まれていた。昼休みに前日借りていた本を返しに行き、また新しく本を借りる。すぐに読み始める。帰るとすぐ読む。寝床でも読む。ここでたいてい読み終わるのだが、ときどき翌日に持ち越し、そういう場合は午前中の短い休み時間と、授業中先生の目を盗んで読み、昼休みまでには読み終える。テストのある日は嬉《うれ》しかった。さっさとすませてあとは思う存分読んでいられるから。

その日のテストもいつものように「さっさとすませて」本の続きに没頭していた。すると教室の後ろのドアが開き、数人のいかにも視察に来たといった風情《ふぜい》の恰幅《かっぷく》のよろしい方々が担任に案内されてきた。そのうちの一人が何か耳打ちしたらしい。担任の晴れやかな声が聞こえた。「ああ、あの子はああいう子なんです」

私は異様に敏感な子だったので、この一言で、テスト中に本を読むという行為が人に不審を抱かせるらしいということ、そして担任が私のことを信頼し、かつその異端ぶりを誇りにすらしてくれているらしいこと等を瞬時に悟った。丸ごと受け入れられている感覚。

あれはいいものだったと今でも思う。

世界へ踏み出すために　あの頃の本たち

人生のある時期に、どういう本を読むか、ということは、そのときどういうことに「惹《ひ》きつけられて」いるかということにストレートに影響されていると思います。（私の場合）そのとき書いている作品に、ほとんど生活のすべてが有機的に関係してしまいますから、もちろん、読書もそうなってきます（けれど、面白いのは、その作品と一見何の関係もない分野のものに異様な執着が出てくることもあるということです。例えば『沼地のある森を抜けて』を執筆している間は、シーカヤックに心身共に惹きつけられていました。作品自体の内容とは何の関係もないにも拘《かか》わらず、です。いえ、関係がない、というのは表面的なことだけで、その作品の主題であった、「宇宙にたった一つ浮かんでいた、そもそもの細胞の孤独の記憶」と、たった一人、大海原に浮かんでいる小舟の感覚、というものに、本能的に響きあうものを感じていたのだと、実は確信を持っています）。

それでは、直接的にはそういう「書くべき」作品を仕事として持っていなかった時期、例えば学生時代に、どういう読書をしていたかというと、やはり、そのとき「惹きつけられていたこと」の領域のものでした。

私の学生時代は、文化人類学とか、民俗学、記号論、ユング心理学等が、とても魅力を放っていた時期（なおかつそれらとどこかで通底するものがあるのか、書店では、今までになかった「精神世界」というような類《たぐい》にネーミングされた、なにやらオカルトっぽいコーナーまで現れてきたほど）でした。何だかよく分からないのですが、アクエリアス（水瓶座《みずがめざ》）の時代、というような言葉もあったと記憶しています。そういう精神性のようなものに覚醒《かくせい》しつつある世代、を自覚的にそう呼んだのではないかと思います。

ユング心理学関係では、やはり、河合《かわい》隼雄《はやお》さんのものがとても魅力的でした。『昔話の深層』は、後の時代に流行《はや》った、一連の下世話なゴシップめいたグリム童話関連（ずいぶん売れたようにきいてはいますが）とは較《くら》べものにならない、深い洞察力に裏打ちされた、読んだ瞬間に、ああ、こういうものがずっと読みたかったのだ、こういうことが知りたかったのだ、と直観的に「レベルが違う」ということの本質的な意味を悟らせてくれる本でした。『影の現象学』もそうです。それから、河合さんの著作で忘れられないのが『とりかへばや、男と女』です。人間性の深いレベルで働くジェンダーのことについてお書きになったものですが、あのくらいの深さまで筆が進んでゆくと、普通の書き手なら必ず自分の問題としてのジェンダーが、多かれ少なかれ——時には読み手が戸惑うほどの傍若無人さで——立ち現れてくるものですが、彼は見事にご自分の澄明《ちょうめい》な意識を保持したまま、「書き降りて」ゆくのです。私は彼のカウンセリングを受けたことはありませんが、これは、彼が、彼の文化庁長官としてまたは楽しい「日本ウソツキクラブ会長」として、世間で認知されている顔とは別の場所で、長い間、臨床家として誠実にクライエントと対峙《たいじ》してきた、そのことと無縁ではないと思います。どこまでも深く巻き込まれてゆきながら、どんなときでも巻き込まれないで在る——彼の本当の真価は、実は、誰も知ることのない、その、クライエントとの対峙の場においてこそ、発揮されてきたのではないか、私たちにはそのことを知る術《すべ》はないけれども、『とりかへばや、男と女』『紫マンダラ』という、こういう一連の著作によって、その「凄《すご》さ」の一端を偲《しの》ぶことができるのではないかと思います。

学生時代というのは、その後の自分の核を作るような、そういう読書ができる時代です。私の今の仕事の大部分は、当時の読書の蓄積があってこそ、と思います。大学生協書籍部には本当にお世話になりました。無理を言って取り寄せてもらった様々な分野の本は、引っ越しのたび私と一緒に移動し、今も折に触れて参考資料として活用しています。こうやって書いていて、いろいろなことを思い出してきました。当時のカウンターの職員の方の顔まで、うっすらと浮かんできました。自分が何になりたいとか、何をやりたい、とか、そんなことを考える余裕もないほど、世界は不思議に満ちた場所で、自分という存在のある場所のこと、そこから周囲へ踏み出すための自分なりの地図を作るのに夢中でした。読書は、もちろんそれ自体を楽しみとした、食事と同じように生活に欠かせないものでしたが、結果的にその「地図づくり」に必須《ひっす》のツールにもなりました。

その、わけが分からずぼうっとしている、という感覚は今も私のどこかに残っています。そして、私の作品は今に至るまで全《すべ》て、「とりあえず考えたんだけれど、世界は、つまり、こんな感じじゃないだろうか」という、当時から続く、「地図づくり」リアルタイム報告書ではないかと思うのです。

イマジネーションの瞬発力

　高校生の頃、当時仲の良かった友人と一緒に歩いていて書店の前を通りがかったとき、その友人が「ぎゃー」と小さく悲鳴を上げて胸を押さえるようにしたことがあった。びっくりして、どうしたの、と訊《き》くと「あれ」と指さすその方角にはPHP誌の特集の広告が出ていて、「こんな自分が嫌になる」と大書されていた。友人曰《いわ》く、いつも頭の中に浮かんでくる言葉を目の前に見せつけられて「心臓を射抜かれたような気持ちになった」、のだそうだ。

　私は彼女に「自分を嫌になる」なんて瞬間がよもやあろうとは思わなかったので、とても意外で驚いた（そのときその雑誌にいつか自分が書くときが来るなどということも、よもや思わなかったけれど）。彼女は私のように頭でいろいろ考えてその結果ようやく行動に移すことが出来るような「鈍い」人間ではなく、何も考えず何の打算もなくごく自然に相手のために行動出来るような人だった。「思慮深く」さえないのだった。今流行の言葉で言われる「天然」というタイプだったのだろう。その「巧まなさ」にはちょっと天才的なところがあった。さりげないエピソードはたくさんあるが、例えばその中の一つ。あるとき私はバスの定期が入っていた財布を家に忘れた。確か朝はたまたま車で送ってもらったので気づかなかったのだ。学校でそのことに気づいた私は、帰りのバス代を彼女に借りた。いいよーと、彼女は即座に私に貸してくれた。そのおよそ十年後、私は何かの偶然で、そのとき彼女が自分のバス代を私に貸し、自分自身は二時間近くかけて歩いて帰ったのだということを初めて知った。なぜ、そのことを言わなかったのだ、と責める私に、「うーん、まあいいか、と思って」。どこまでも肩に力が入っていないのだ。こういうタイプにはとてもかなわない。

当時若い私たち（彼女はそこに属さなかったグループ）の間では「優しいということは弱いということではない」とか、「（意志の）強さに裏打ちされた優しさ」などということでは、ステレオタイプになってしまった言葉がやたらに戦わされ、生きる指針作りに懸命だったが、人生経験の乏しい私たちにはいずれも実体を伴わない机上の空論に過ぎず、私はときに自己嫌悪《けんお》に陥り彼女の「天然」に憧《あこが》れたものだった。

なのに、そういう彼女が「こんな自分が嫌になる」という。確かに偏屈なところはあったけれど、ほとんど勉強していないにも拘わらず（それは進学校では豪傑の部類に入る域だった)、直観的な冴《さ》えで成績は良かったし、また身を飾ることには皆目興味がなかったけれど素朴な美しさがあった。他人の価値観に振り回されない意志の強さがあった。「こんな自分が嫌になる」などという彼女を私は意外で面白がったが、今にして思えば彼女は真剣にそう思っていたのだろう。それは思いやりとか優しさとかいう倫理的なことではなく、もっと切実な実生活に即した悩みだっただろうけれど。意志の強い人間の話を書いている作家が意志が強いというわけではなくて、むしろ本当に意志が強い人はそのことを真剣に考える必要も書く必要もないのだろう。意志が弱いからこそそうでない人間のことを憧憬《しょうけい》をこめて書けるのかもしれない。そういうふうに考えると、私にもそのことが少しは書けるかなという気がする。あれから信じられないくらい「優しくて強い」人にも会ってきた。彼ら彼女らは決してそのことを求めようと努力していた人たちではない。ただ、他人の抱えている事情に対するイマジネーションの力がとてつもなく強い人たちなのだ。考え込むより早く他者の身になってしまう。それは瞬発力と言っても良いかも知れない。あまりにも早すぎ強すぎて、ときとして彼ら彼女ら自身の利害を圧倒してしまうほど。(まず自分の保身を第一に考える)生物としては賢い生き方ではないかも知れない。けれどただ、無性に好ましく思う。

あわあわとしていた　こころにひかる物語

昔、バスの行き先の（つまりその路線の最終目的地となるような町外れの）寺から更に三十分ほど歩いた、もうこれから先、人家はない、というような場所に建つアパートに住んでいたことがあった。始発であり終点でもあるそのバス停から、アパート寄りに少し歩いたところに大きな病院があり、その調理場の裏あたりに野犬が出没しているのを目撃してからは、私たちはそのあたりをオオカミ谷と呼んだ。私（とその同居人）のアパートは、そこからまた山肌を削り取ったような道を上がったり下がったりしながら行くのである。なかなか冒険気分の味わえる道だった。

市内が晴れているときでも、そのあたりは雪が降っていることが多く、裏日本式気候はまさにこの道路から始まる、と確信したこともあった。夏は降るような蟬時雨《せみしぐれ》、けれど炎天下のアスファルトの上を歩くことを考えれば、高く道を覆《おお》う木々の緑と、そこから涼やかに吹き抜けてくる風は、たいそう心地よく、私は二十歳をいくつか出たばかりで、毎日がハイキング、といったようなバス停との往来を楽しんだ。途中、道が少し陰になり、若干傾斜しながらカーブしている場所に、野生のミツバが自生していた。それを摘んで食卓に供することが貧しい私たちの喜びの一つだった。野生のミツバは市販の糸ミツバに比べ、ずんぐりしっかりしており、いかにも誰の世話も受けずに自生している、という矜持《きょうじ》と逞《たくま》しさにあふれていた。歯ごたえもやわやわした糸ミツバなど遠く及ばず、おひたしにすれば昨今の柔らかいホウレンソウより遥《はる》かに嚙《か》みごたえがあり、香りも清冽《せいれつ》そのもの。

ミツバだけでなく、新緑の頃の若葉はあまりに初々《ういうい》しく、すべて口に入れてみたいような衝動に駆られ——実際、松の若葉の柔らかい針芽などは今でもよくそうする——いろんな植物を試してみたものだ。

昼間はそのように、目を楽しませてくれる喜びのさまざまある道だったが、夜はそういうわけにはいかなかった。街灯もない山道は暗かった。けれど、「漆黒の闇《やみ》」などという事態は実はそうそう起こらないものだ。どんなに頼りない照明で照らされた薄暗い場所であっても（例えば昔の田舎のバスの中のような）、人工の光というのは自然界では信じられないぐらいに明るい。それで、そこを離れて自然の闇の中に身を置くと、一瞬「真っ暗闇」という気がする。が、しばらくして目が慣れるとそれほどのこともない、というのがよく分かる。月明かりも星明かりも、それから遠く市街の人工的な明かりも、手もと足もとをほの明るくし、木々のざわめく陰影をことさらに暗く見せるほどには効果があるものだ。

昼には昼の世界があり、夜には夜の世界がある。同じ道でありながら、昼間の顔と夜の顔を両方知ると、とても同じ場所とは思えなかった。

ある初夏の夜、家路を急いでいると、すうっと目の前を横切る光跡があった。あ、とすぐさまアイルランドの妖精《ようせい》の話を思い出した。帰宅してすぐ、同居人にその話をすると、それはきっと蛍だという。アパートの裏手には清流が流れている。私も実は最初それを考えたのだが、まさか自宅近くの川に蛍が出没するなんて、と半信半疑だったのだ。それで、部屋の明かりを消して裏手の窓を開け、目を凝らした。しばらくすると、あっちにもこっちにも、微《かす》かな光が、けれども瞬間には強く、そして弱く、明滅を繰り返していた。しばらくうっとりと眺めていたが、(私と違って)行動的な同居人はすぐに裏に走り、手のひらに数匹、捕まえてきた。そしてそれを部屋の中に放した。蛍は天井の隅、本棚の本の隙間《すきま》、レコード(!)の間、と、簡素な私たちの部屋の中を移動した。蛍の光を集めたもので、本を読む、ということを中国の故事であったか何かで聞きかじり、それが本当にできるものかどうか、やってみようかと行動的かつ実験好きの同居人が提案したが、そこまで集めることの難儀を思い、私はそれに賛成しなかった。それが可能なようにも思えなかったし。

清流の流れる音。開け放した窓から出入りする蛍の明滅。生きている虫が発光するという不思議さと、そのはかなさ故《ゆえ》の哀感。蛍の光というものは、そこがどんなにみすぼらしいところでも、まるで天上の宮殿にいるように人を別次元の空間に誘《いざな》う。私たちは若く、何者にもなれるような気がし、同時にまた、何者にもなれないような気がしていた。

それから長い年月がたち、私も、当時の同居人も、今はそれぞれの仕事を抱えて、それぞれ自分が「何者」であるかを語れるようになった。けれど、例えば、イリュミネーションで華やかに飾られた街を通り過ぎるとき、一瞬目を奪われながらも、やはりあの暗い山道と貧しい部屋に走った蛍の光跡にはかなわないと思うのだ。もう二度と手に入らない、というそのあわあわとした幻想美において。

お下がりについて

私には兄弟はいるが血縁の姉妹はいない。小さい頃は「お姉ちゃん」のいる友人が羨《うらや》ましくてしようがなかった。早く母が姉を産んでくれたらいいと願っていたのは二、三歳の頃だったと思う。が、母が女の子を産んだとしてそれは自動的に自分の妹にしかならないということに（さすがに）気づき、愕然《がくぜん》とした。世の中にはどうにもならないさだめというものがあるのだと初めて思い知った瞬間だった。

けれど、兄弟にしろ姉妹にしろ、同胞《はらから》というものは、小さな頃は、親よりも一緒にいる時間が長い。同じ両親を持ちながら、こうも違う人間が生まれてくるのか、というほど兄弟姉妹、それぞれ違った性質を持っているように見えるケースもあるが、そういう場合ですらどこか――当人たちがどう思おうと――他人には「その家族らしさ」という共通項が見えるものだ。同じ家のトーンというものが、家庭内で響き合っているのだろう。結果的には同一の戦場で敵になったり味方になったりしながら、子供時代をともに作り上げていく戦友のようなものになっていくのだろう。たとえ自分と全く違うルールで生きている生物（女の子にとって男兄弟というのはそういうもの。男の子にとってもまたそうだろうと思う）であってもだ。

　前述した通り、私に姉はいないのだが、家族ぐるみで親しくしていた家の、私より年上の娘さん（私にとっては姉代わりだった）のお下がりをいただいたことがあった。その服たちは、元の持ち主の印象を強烈に持っていたので、最初は私にはそっけなく、自分の服という感じがしない。けれど、（衣服と）生活を共にし、幾つかの思い出をその服と共に作っていくようになると、だんだん自分のものになっていくような気がした。服には着ている当人の経験が染《し》み込んでいく。

　人間の経験知が引き継がれていくことの象徴として、衣服を貰《もら》い受ける、ということがあるとしたらどうだろう。人生の先輩からの経験知を引き継ぐことの儀式として、「お下がり」があるのだとしたら。そしてお下がりを踏み越えつつ、人は自分自身になっていく。

　短篇「コート」（『丹生都比売　梨木香歩作品集』所収）を書くにあたっては、そういう思いがあった。まったく同じデザインの服が、繰り返し繰り返し与えられるということで、その象徴性が際立《きわだ》つような気もした。

毎年毎年そういう儀式を繰り返してきた姉妹は、そういう経験のない兄弟姉妹よりも、おそらく精神的に深く結びついているのではないだろうか。

知人に、カナダに住む従兄《いとこ》を持つ人がいて、親同士が仲のいい姉妹であったらしく、小さい頃から一年に一回、クリスマスプレゼントと共に、知人へ向けてその年の「お下がり」が、ダンボール箱に入って送られてきたという。そのカナダの従兄の名はケンといい、知人は、

「自分の中に、いつも自分より大きいケンがいた。膝《ひざ》のところに少し傷がついたズボンとか、何度も洗って柔らかくなったシャツとか。最初に手を通すときに、その持ち主だったケンを感じるんだ。不思議なもので、たまに本物のケンに会うんだけれど、そのケンよりも、自分の心の中のケンの方が本物のような気がしていた」

といった。実在の「もの」が与えてくれる手触りや、気配は、実は私たちが想像するより「確かな」ものなのかもしれない。とすると、新品のコートを着るたび、また最初からやり直すのか、と嘆息した「コート」の姉の慨嘆は、その積み重ねてきた確かな手触りを手放し、人生を再び一からやり直さなければならないため息だったのかもしれない。

「コート」の妹は、自分の選ばなかった、あるいは選べなかった人生を生きる姉を、

どこかクールに見てきたが、それは姉を愛さなかったということではない。姉の方もまた同じである。女の子らしく可愛《かわい》らしい妹を自慢に思う気持ちもどこかにありつつ、積極的に肯定することもない。ベタベタした関係ではなかったが、それはベタベタする必要もないほど互いが互いの半身であったからだろう。言葉で確認しあう必要すらなかった。いわば空気のように、コートが二人を結びつけていた時代が終わると、それを象徴するかのように姉は遠い異国に旅立つ。妹の内界に、積み上げられたコートを残して。

新教材紹介『コート』

幼い頃から「私」と姉はおそろいのコートを着ていた。コート一枚ずつに、姉と姉のお下がりを着ていた「私」が共有した時間や思い出が、小さな跡として残っている。（『国語総合　改訂版　現代文編』）

マトリョーシカの真実

ロケ地見学へ行きましょうよ、と声をかけられ、そのときちょうど関西へ行く用事があったので、中央高速を途中で降りて、清里に一泊する計画を立てた。他のメンバー（出版社の人々）とは当日現地で会うことになった。

清里は数十年前に来たのが最後だ。当時はペンションブームで活況を呈していたころだった。あのときもバードウォッチングのために一人で寄ったのだった。

見学前日の夕方、清里に着いた。往時の喧騒《けんそう》はすっかり影を潜めていたが、山々の峰は同じように空を指しているし、清泉寮の、外国の質素な学生寮といった佇《たたず》まいも昔のままだ。フロントで、夕食はどうするかと問われて、いえ、結構です、と答えた。昼食が遅かった上に、その夜仕上げなければならない原稿があったからだ。そしてそう答えながら、そのとき数十年前の、ここのレストランでの夕食を思い出していた。今はどうなのか（結局行かなかったので）知らないけれど、当時はいかにも山荘の食堂といった感じの室内で、私が夕食のために入室すると、学生の合宿らしい楽しげな小グループがあちこちにテーブルを囲んでいた。私は一人で食事をする、ということにあまりこだわらない人間だったので、ごく当たり前のように窓際《まどぎわ》の空いたテーブルに座った。するとどこからか、同じ年頃の女子学生が忽然《こつぜん》と目の前に現われ、物おじしない闊達《かったつ》さと、ある種のデリカシーを湛《たた》えた瞳《ひとみ》で、

――お一人ですか。

と尋ねた。ええ、そうですけど、と応《こた》えると、ああ、そうですか、と嬉しそうに目を輝かせ、

――私も一人なんです。よかったら、ここに移ってきてかまいませんか。

もちろん、とうなずくと、彼女はそそくさと自分の席に戻り、トレイに食事中だったらしい料理を載せて、私の前の席に運んだ。

――よかった。一人の食事って、味気なくて。

私は日本であまりこういう「率直でいながら内気」な女性に出会った経験がなかったので、不思議な感じがした。まるで部外者が自由に宿泊のできる、（本来の学生たちが休暇中の）外国の大学寮で出会った誰かのようだった。話していくうちに、彼女の大学が私の大学とわりに近いところにあること、同じような趣味を持っていること

が分かった。だが、最後までとうとう互いの名は言わずじまいだったし、では翌日いっしょに○○へ行きませんか、という話も出なかった。みごとにその「食事のため」だけの即席のパートナーだったのだ。その互いの潔《いさぎよ》さがなんとなく清々《すがすが》しくて、私はそれからときどきこの夜のことを思い出すことがあった。同じ学生同士、とても近しいものを感じながらけれどそれ以上踏み込まない。彼女はもうすっかり忘れているかしら。

もし再びレストランを訪れたら、木造の少し暗い室内の窓際のテーブルで、何やらひそやかに話し込んでいる、数十年前の自分と彼女の姿に出会うような感傷的な気分になるかもしれない。それも気が進まなかった。若い頃の自分の亡霊と出会っても、胸が痛くなるだけのような気がした。

翌朝、メンバーのなかで一番早く到着した編集者のTさんに案内してもらい、ロケ現場へ行った。もう、いたるところカッコウとホトトギスの鳴き声でいっぱいだった。「おばあちゃんの家」は細部まで丁寧に作られていて、特に二階のおじいちゃんの部屋は私とTさんの絶賛を浴びた。鉱物・植物マニアのおじいちゃんらしいこだわりが随所に見られた。Tさんは、僕、ここの別荘番になりたい、と、控えめながら熱を込めて呟《つぶや》いた。あの部屋が映画の中ではちょっとしか映らなかったのがもったいなくて仕方がないけれど、でも上質の仕事って、そういうものだ。準備に準備を重ねて、発表されるものは氷山の一角。出会ったスタッフの方々の誠実さと情熱については他でも述べたが、俳優の方々も皆素敵で、紹介されるたび、うっとりした。

途中でサチ・パーカーさんがいらっしゃった。顔を合わせた瞬間から、まるで長年の知己のように、不必要な前置きは一切抜きで、彼女は、一番大事な核心の部分を的確に話し始めたのだった。魂が会話している感じだった。それについて触れると、何かそのときの空気を冒瀆《ぼうとく》する気がするので、詳しくは書かないけれど、話してくれたのは、この役が、彼女にとってどういう意味を持っているかということ。そして、どうして私がこういうこと（おばあちゃんのセリフのようなこと）を知り得たのか、とおききになった。その要を得た話しぶりから、私は彼女も、意識するしないにかかわらず、こういうことを「知っていた」のだ、と感じ、そう伝えた。

自分にはこういう祖母はいなかった、と彼女が自身のことを語ってくれている間中、私には、彼女の中の老人の魂が、同じく彼女の中の少女に微笑《ほほえ》み、その手で頰を包み、慈《いつく》しみ、優しく抱きしめているビジョンが見えた。そう、映画のあのシーンは、一人の女性の内界のシーンでもあったのだった。

一人の人間のなかには、八十歳の魂も八歳の魂も同時に存在している。ロシアの民芸人形マトリョーシカのように、自分のなかに過去の自分も未来の自分も入っているのだ。歳《とし》を重ねたかいがあったと思うのは、正しく扱われそこなった幼い自分に、声をかけられる自分を見つけたときである。

それにしても、さて、何で私は「レストランでの自分の亡霊」と会いたがらなかったのかしら。青春とは厄介なものだ。レストランでのことはともかく、若かった当時というのは自分のことながら思い出すだにうんざりすることも多い。うんざりするのはきっと、あまり本質とは関わらないところで右往左往していたからだ。八歳と八十歳の話の方がはるかに書きやすいのは、それが魂といつも近いところにある話だからだろう。

けれど、過去と未来は、年齢にかかわらず、本当はいつも会いたがっているのかもしれない。過去の自分の問いかけに答えてやれるのは、その問いかけが生まれた状況を本当に分かっている自分、それもすべてのことを俯瞰《ふかん》して見られる未来の自分しかいない。それを可能にするのも不可能にするのも、本当はきっと、今の自分次第で。

錬金術に携わるような

　絵本、というものには昔から惹かれていました。自分が絵本の創作に関係するようになってから、ますますその可能性に惹かれています。私は絵を描くことが、好きでないこともないけれどもそこは、やはりプロの絵描きさん達のレベルには遥かに及ばないものですから、最初にラフスケッチのような文章ができると、編集の方と相談して、この文章の世界と「有機的に結びつく」ような絵描きさんは誰だろう、と思いを巡らします。これがまた、一仕事でもあり、楽しい時間でもあるのです。その文章にぴったりの絵描きさん、というよりは、その人の感性がこの文章にどう反応してどんな絵が来るのだろう、とワクワクドキドキするような絵描きさんを探し出してゆく、その過程がまた楽しいのです。

　そして、二人の意見が一致して、この方にお願いしたい、と決まると、あとは編集の方のお仕事。私はひたすら、「どうか引き受けて下さいますように」と祈るだけです。

　運良く引き受けていただいても、私の仕事はやはり、絵が上がってくるまでは、「どうか○○さんの仕事がうまくいきますように」と祈るだけなのですが、もうこの時点では、まだ会ったこともないその絵描きさんと不思議な連帯感を感じています。彼もしくは彼女が、今、試行錯誤してさまよっている世界は、まさしく私がその数ヶ月前、同じく試行錯誤して迷っていた世界なのですから。

　絵描きさんのラフスケッチのようなものが決まると、今度は編集の方が、このページでこの文章では量が多すぎるのでもう少し削れないか、とか無理難題を言ってきます。できるだけ絵を生かしたい気持ちは私も同じ、でも、文章担当としては譲れないこともある。その折り合いをつける仕事がそれから続きます。

　それもやがては終わり、造本の方の仕事になり、しばらくするとそれは、息をのむように美しい、それぞれの仕事の結晶となって私の手元に帰ってきます。仕事とはいえ、私にとってその一連の過程は、錬金術に携わるような、嬉しく貴い経験でもあるのです。

はちみつ色の幸福に耽溺《たんでき》する

英国イースト・サセックスのアッシュダウン・フォレスト、すなわち『クマのプーさん』(A・A・ミルン著) の舞台となった百町森を、その頃ちょうど児童文学研究のために英国に滞在していたEさんといっしょに彷徨《さまよ》ったことがある。フットパスを歩き、牧場を抜ける柵《さく》越えをして、川に架かる有名な橋の上で「プー棒投げ」をした。「プー棒投げ」というのはプーさんたちの良くやる遊びだ。やり方を言おう。まず、橋の欄干から川上に向かって小枝を投げる。そして大急ぎで反対側の欄干へ行き、最初に流れてくるのが誰の小枝かで勝敗を決する。だから、それはあまり大きな川であってはならないし、欄干付きの橋が架かるぐらいであるから細すぎてもいけない。以前住んでいた家の近くにこの「プー棒投げ」にぴったりの川があり、本当にしょっちゅうこの遊びをした。これは結構面白いのだ。さっきまで自分の手の中にあった小枝が、あるときはとても時間を掛けて心細そうに、またあるときは自信満々傍若無人、全く他人の風をして、やがて自分の視界から遠ざかり新しい旅へと出発してゆくのを見送るのは不思議な感興を催す。だからその本家本元の橋でそれをやったときの感慨はひとしおだった。

石井桃子の仕事の中から『クマのプーさん』を担当することになったのは、もとより自分で望んでのことだったが、これほど思い入れのある作品を選んでしまったのは実は失敗だったのではないかと今少し悔やんでいる。どうも、きちんとこの名訳を検証しようというような冷静な文章になりそうもないのだ。久しぶりで読み返し、すっかり気分を持ってゆかれて、ああ、やっぱり好きだなあ誰が何と言おうと私はこの世界が好きだハチミツとコンデンスミルクのつぼのあるウサギの巣穴に入れたらもう一生そこから抜け出せなくたっていいやというおよそ分別や客観性からはほど遠い意識レベルになって、そこから抜け出せず、それでこうやって穴に詰まってにっちもさっちもいかないプーのように締め切りぎりぎりまで困り果てている、この幸福。前にも後にも進まない、進めない、たゆとう日溜《ひだ》まりの幸福。

もちろん世の中にはそういう幸福とはほど遠い子ども時代を送らなければならなかった人の方がむしろ多いかもしれないし、そうでなくても「子ども時代」というものは、傍からどんなにのんびりと太平楽に見えても実は日々内界になだれ込んでくる膨大な「世界」についての情報で溺れんばかり、そのときの手持ちの情報で、とりあえずの「世界観」をつくってはみるものの、それはすぐに流入する怒濤のような「最新情報」のせいであっというまに根底から覆される、激動の時代だ。

例えばある日のクリストファー・ロビンは北極探検に出掛けることを決意し、森の仲間に招集をかける（一九一一年にアムンゼンが南極点到達を果たしているので、クリストファー・ロビンは自分はそれなら北極点の発見を、と考えたのだろう。それから東極、西極、と考えたふしもある──自然な世界観である）。大人にとっては思わず頬がゆるむところだが、そんな風に微笑まれたのでは子どもはたまらない。石井桃子風に言えば「子どもの威厳をこの上なく傷つける」。屈辱だ。そうなる前に周到なクリストファー・ロビンはこっそり情報通のウサギに、自分がうっかり北極（ノース・ポール）のことを忘れてしまったと告白し、それが「どんなかっこうをしていたか」訊《たず》ねている。ウサギもたまたま「ちょっと忘れて」しまっていたのだが、ポールであるからには棒なのだろう、と推測する。

子どもの世界はこのように、つくっては壊し、壊しては積み上げる、挫折《ざせつ》と徒労感にまみれた日々である。それを耐えさせるのが「生まれたてのエネルギー」だ。

そういうエネルギーが全ての子どもの底にあるとしても、現実問題として子どもに無関心な親の元に生まれた子、忙しくてかまってもらえない子、かまってはもらえても虐待《ぎゃくたい》に近いようなかまい方をされては、どう考えても大人になって子ども時代を懐《なつ》かしむという気にはなれないだろう。

だがある種の児童文学には、具体的で個人的な諸々《もろもろ》の「子ども時代の状況」を飛び越えて（だから、思わず自分の辛《つら》かった子ども時代と主人公のそれとを引き比べ、嫉《しっ》妬《と》の感情を煽《あお》られることなく）、ストレートに脳の中の「生まれたてのエネルギー」野（そんなものがあるとして）に訴えかけるものがある。『クマのプーさん』はそういう児童書のひとつだ。「生まれたてのエネルギー」野が活性化されると、とっくの昔にあきらめた「万能感」（オールマイティの自我肥大の方でなく）の世界を丸ごと肯定できる、受け容《い》れ、また受け容れられてある感覚が賦活《ふかつ》化され、これがえもいわれぬ幸福感をもたらす。

例えば本書の最後の方に、プーとコブタの次のような会話がある。

「プー、きみ、朝おきたときね、まず第一に、どんなこと、かんがえる？」

「けさのごはんは、なににしよ？　ってことだな。」と、プーがいいました。「コブタ、

「ぼくはね、きょうは、どんなすばらしいことがあるかな、ってことだよ。」

きみは、どんなこと？」

プーは、かんがえぶかげにうなずきました。

「つまり、おんなじことだね。」


この会話が、加速する地球温暖化や飼い犬の老化や進まない原稿とかで、ともすれば鬱《うつ》になりやすい私の最近の朝を救っている。朝一番に考えること――今日はどんな素晴らしいことが起きるか！

また本書には今の子どもの聞き慣れない――子どもどころか大人にも――言い回しや言葉が多出するが、それが作品世界の堅固なつくりを担《にな》うすてきな素材の役を果たしている。大体、「子どもに分かる範囲」の言葉なんて、そもそも子どもは子どもだましと馬鹿《ばか》にする。言葉は時代と共に変容する生き物だ。だからこそ、久しく使われなかったそれが目に入り、口の端《は》に上ったとき、実に新鮮かつ魅力的に蘇生《そせい》する。そして作品世界の気品（これは石井桃子個人のもつ確固たる何かだろう）から読み手の言語世界の豊饒《ほうじょう》へと働いてゆく。その確かな感覚がまたそれぞれの「幸福感」を支えてゆく。

子どもに媚《こ》びるのでもなければ突き放すのでもない、絶妙な距離を保つ石井訳（象徴的なのは、タイトルに「プーちゃん」でも、「プー」でもなく、「プーさん」と入れたところ、など）でなかったらいったいここまでこの「幸福感」を行間から立ち上らせることが出来ただろうか、とときどき想像する。そして彼女が初訳に携わったことの読み手としての幸福をまた、しみじみと味わうのである。

追悼　佐藤さとるさん　叙情性漂う永遠の少年

佐藤さとるさんが亡《な》くなられた。コロボックルで有名な『だれも知らない小さな国』シリーズを始め、数々の名作を生み出し、読者からは「ファンタジーの神様」と称《たた》えられた方だった。

戦争中の一時期を別にして、終生を横須賀から横浜にかけてで過ごされ、その辺りの気風もあってか飄々《ひょうひょう》としてかつダンディ、決して軍国主義的ではなかったが、海軍士官だったお父様とその周囲の影響もあり、海軍的なリリシズムも漂わせていらっしゃった。それは作風にも表れて、読者を不必要に悲嘆にくれさせたり興奮させたりせず、淡々としながら深い幸福感に導いた。そういう美意識のひとだった。

創作の源泉は三浦半島の自然にもあった。生まれ育った家は谷地《やち》にあり、自伝的作品『わんぱく天国』では、子どもたちが敵味方に分かれて山野に陣を張った。その独特の地形は他の創作にもしばしば現れる。私自身、幼い頃から憧れていた世界だったので、昨年の春訪問する機会があった折、ご本人に直接行き方を訊ねた。すると最寄り駅から現地まで、まるで場面場面が目に浮かぶような詳細な説明とともに地図を描いてくださった（その後私はそこを訪れるが、地図が完璧《かんぺき》に正確だったことに驚いた）。ご自身の文章に似て無駄がなく、要所要所が押さえてあった。

彼の作品で私の一番好きな『てのひら島はどこにある』の主人公は、長じて測量技師になる。そのことを思い出した。だが、地図のなかに全く空白になっている箇所があり、「ここは？」とお訊きしても、「そっちは行ったことがないからわからない」と素っ気ない。自宅からそこまでは、さほど遠くない。もっとずっと遠い場所まで詳細に描かれているというのに。

あ、と閃《ひらめ》くものがあり、「さてはここは、敵の陣地だったんですね」と思わず口元をほころばせながら訊くと、「そっ！」と、破顔一笑された。九十歳近くになっても、佐藤さんの脳内地図では、わんぱく坊主《ぼうず》たちが陣を張って、山野を駆け巡っていたのだろう。海からの風のように爽《さわ》やかな、永遠の少年であられた。

アン・シャーリーの孤独、村岡花子の孤独

村岡花子という名まえは、私の幼い頃、本選びの際のブランド名のようなものだった。古き良き時代の欧米の生活が香り立つ訳文は、読むだけで見知らぬ異国の文化に浸ることができた。クリスチャンホームに生まれ、カナダ・メソジスト派の伝道師たちとともに寮生活を送った、という彼女のバックグラウンド抜きに、あの訳文の魅力は語れないだろう。

異国情緒だけではない。今にして思えば、キリスト教倫理の一番いい部分の一つ、他者に受け入れられて在る安心感を、それが必要な子どもたちに供給していたのだと思う。一時期は「村岡花子」に導かれるように読書街道を突き進んだものだ。

けれど、『赤毛のアン』だけは、ずいぶん大きくなるまで敬遠していた。なんだかけたたましさに辟易《へきえき》、という印象だったからだと、長い間思っていたが、最近になって、「アンの激しさの裏にあるもの」に子どもながら——実は子どもであったからこ

そ――気がついていて、身につまされ、いたたまれなかったのではないかと思うようになった。

「アンの激しさの裏にあるもの」――それは、孤独と悲しみである。

主人公・アンは、生まれて間もなく両親と死に別れ、孤児院で育つ。十九世紀欧米の孤児院の悲惨さはよく耳にすることであるが、カナダでも事情はさして変わらないだろう。詰め込まれた部屋、衛生状態の悪さ、食事の貧しさ……。アンは孤児院を出て、一般家庭に引き取られることを切望するが、念願かなって引き取られた家庭というのは、ただ労働力としてアンを必要としている、これもまた文化的にも経済的にも、また愛情的にも貧しい家だった。「うつくしいもの」を死ぬほど渇望《かつぼう》し、それがないと生きていけないくらいの繊細な感受性を持った女の子が、誰にも慈しまれることなく寒々しい環境で朝から晩まで働かされて育っていくのである。そこで抱えていた孤独の深さを思いやると、暗澹《あんたん》たる気分になる。時代の貧困、社会の貧困は、頑是《がんぜ》ない子どもが、太刀打ち出来るような相手ではない。

グリーン・ゲイブルスに引き取られるとばかり思っていたのが、そうではなかった、やはり自分は望まれてここに来たのではなかったのだと知ったときのアンの絶望は、だから、決して大げさなリアクションではない。ダイアナという腹心の友もできるが、彼女といくらなかよくなっても、生まれたときから愛情深い両親のもとで、仲のよい姉妹とともにすくすく育った美貌《びぼう》のダイアナに、自分の孤独や悲しみがわかるとは、アンは到底思わなかっただろう。しかし、そういう「影」の部分は表に出てこない。シリーズ中、唯一《ゆいいつ》それが出て来るのは、母親になったアンが、我が子に向かって自分の子ども時代のことを短く描写するときだけだ。誰にもわかってもらえない、誰もわからないだろう――その「孤独」は、彼女の中核をなしているはずなのだ。けれどそれがなんなのだ。生きているかぎり、「今」を目一杯楽しまなければ。

少女時代の彼女のとめどない饒舌《じょうぜつ》には、そういう圧倒的な不幸に打たれて終わらない、生命力のようなものが感じられる。自らの手で、運命を切り拓《ひら》いていくしかない、素の人間としての気概。

村岡花子もまた、少女の頃は家庭との縁が薄く、両親の意識レベルは高かったとはいえ経済的には恵まれなかった。その利発さで給費生として東洋英和女学校に入学を許され、授業料を免除され寮生活をしていたのだった。学生とはいえ、家庭教師もし、実家に仕送りもしていた。子ども時代を回想する女流作家たちとの座談会で次のような発言をしている。

「――略――
友達とはもちろんそういう風で合いません、合わないというより考えることがまるで違う、私が思っていることをありのままいった日には誰とも友達になれないから、いつもいい加減に人と合うようなことを言って、あとは自分だけ考えているといった風な非常に淋しい子だった。そういう気持ちが今でもあそこへ行くとまざまざと蘇《よみがえ》ってくるのです。もう学校そのものは全然変わっているのですけれども、だから母校を懐かしがる気持ちより、ああ思ったことがある、こう思ったことがあるという掻《か》きむしられるような感じの方が強く迫ってくるんですね。」

――座談会「私の母校を語る」『少女の友』一九三八年七月号より
（『村岡花子と赤毛のアンの世界』所収）

モンゴメリも同様に家族の縁の薄い人であった。母とは幼い頃に死別、厳格な祖父母に引き取られ、育てられる。十代の一時期、父の再婚家庭で過ごしてみるものの、しっくりいかない。彼女の書く小説の主人公たちのほとんどが、平均的な家庭（両親ともに健在で仲のいい兄弟に恵まれている）を持たない少女たちなのである。彼女が繰り返し書いて乗り越えようとしたのは、自分の少女期の孤独であったのではないだろうか。それが少女たちや少女を身のうちに抱えた女性たちの心をとらえるのは、彼女たちもまた、自分というものが浮き彫りになっていくときに生じる影、成長期の少女の孤独のなかにあるからであろう。

村岡花子は、アンの饒舌の裏にある深い孤独を感じ取り、これもまた深いレベルで共鳴していたのだろう。アンの物語を翻訳するということは、彼女の存在の核心に近いことだったに違いない。自分自身をかけて、戦中の言論統制、灯火管制のなか、戦火をくぐるようにして原稿を守り抜いたのだろう。

温かい愛情が与えられなければ、子どもは生きることがつらい。子どもでなくてもそうだ。『赤毛のアン』が私たちに与えてくれるものの中で、最も貴重なものの一つは、直接的な愛でなくても愛の代替になるもの、孤独を抱えたまま生きることへの励ましであった。モンゴメリや村岡花子が取り憑《つ》かれたようにアンの物語に向かい、そこで育《はぐく》んでいたのは――彼女たちが意識していなくても――自分自身の少女期でもあったのではないか。そのような一心不乱の真摯《しんし》なものでなくて、なぜここまで読者がつくだろう。

それぞれの孤独のさらに奥深くで、私たちは皆繋《つな》がっている。

永遠の牧野少年

ときどき、というよりは非常にしばしば、社会という群れの中で個として生きることを考えるのだが、牧野富太郎ほど自由に個人であることを貫いた人はいない。破格である。余人が彼の生き方を参考にすることなぞまずできないので、普段はあまり彼のことは考えない。けれど、原稿の依頼が来ればそれを理由に断ったりはしないから、やはり私は、彼の「破格さ」を語りたいのだと思う。経歴で目立つのは、何と言っても「小学校中退、独力で植物学に取り組む」という箇所だ。時代も時代だし、いかにも苦学したような印象を与えるが、その実は財力も知力も進学には十分で、進もうと思えばいつでも上の学校へ行けたはずだ。だが行かない。

牧野富太郎は、一八六二年、四国高知の山奥にある佐川《さかわ》村の酒屋の跡取りとして生まれる。地元の名家であったそうだ。誕生後相次いで父、母、祖父と亡くし、血のつながらぬ祖母（祖父の後妻）の手で育てられる。最初は成太郎という名前であったが、この打ち続く不幸に、祖母か親戚《しんせき》か番頭か、家存続の危機を感じて若君の改名を思い立ったものがあったのだろう、富太郎となる（この改名も遅すぎたのか、結局牧野家の身代《しんだい》は彼の学問的放蕩《ほうとう》で潰《つい》えることになる）。血がつながらぬとはいえ、祖母は彼を愛し、大抵のわがままは許したようである。中央から遠い四国の村にいながらも、高価な書物や図鑑を注文し手元に取り寄せることができた。教えを請《こ》いたい知識人があれば出かけて行って私淑した。植物採集に明け暮れ、西洋音楽の素養も身につけた。全《すべ》てがオーダーメイドの純粋学問の人だった。好奇心の赴くままに自己流で学問をしていた方が、同級生と足並みを揃《そろ》えるよりはるかに無駄がなく、合理的に思えたのだろう。学校へ行って上からの命令に従うこと自体窮屈で我慢ならなかったのかもしれない。けれど、大学研究室の標本資料等はさすがに彼にとっても魅力があったらしく、東京に出てきてからは東京帝国大学の植物学研究室へ入り浸るようになる。どの分野も草創期の頃で、小学校中退でも（人間的魅力がものを言う時代であったのだろうか）出入りが許され、さすがに途中ゴタゴタはあったが、後年にかけて大学の研究室の講師を長く務める。本人の弁によると、周囲からなんとか博士論文を出してくれと懇願され（制度が整ってくると博士号なしに職を続けていくには無理が出てきたのだろう）、仕方なく提出、植物学博士となった。が、本人は甚だ不満だったようだ。「学位など無くて、学位のある人と同じ仕事をしながら、これと対抗して相撲をとるところにこそ愉快はあるのだと思っている。学位があれば、何か大きな手柄をしても、博士だから当たり前だといわれる」と、『牧野富太郎自叙伝』で語っている。何の飾りも勲章もない、学歴もない、一人の徒手空拳《としゅくうけん》の人間として、無邪気にどこまでも進化したかったのだ。「まことに残念に感ずることは、私のような学風と、また私のような天才（自分にそう言うのはオカシイけれど）とは、私の死とともに消滅してふたたび同じ型の人を得る事は恐らく出来ないという事です」（『自叙伝　第二部　混混録』）。あっけらかんとしてこう述べるに至っては、なるほど、彼としてはごく客観的な事実を語っているに過ぎないのだ、と納得してしまうほどだ。と同時に、人が成長するにつれて社会の中で摩擦なく生きるために身につける類《たぐい》の、謙遜《けんそん》の美徳とかいう姑息《こそく》なスキルなど一顧だにしない、この「天才の自負」が、幼い頃からの彼を支えてきたのだな、と清々しくさえある。そして周りもそれに振り回され、困ったことだと思いながらもある種の天才として彼を甘やかしてきたのだろう。愛されていたのだ。とりわけ五十代で亡くなった妻は、苦労続きで十三人も子供を産み、食うに困って、とうとう「待合《まちあい》」まで始めてひたすら彼の研究を支え続けた。牧野はやはり、魅力的な人物だったに違いないと思う。地位も名誉もいらぬ、ただ、これだけを学問したいのだという圧倒的な情熱は、思わず手を差し伸べたくなるほど人を動かす。苦境に陥るたびそういう援助者が現れてきた。驚くべきことに、それが九十四歳まで続いたのである。永遠の少年を全うしたのだ。

それにしてもここまで人は何かに情熱を傾けることができるのか、と思うほど、植物偏愛の激しい（実際植物を愛人にもたとえ、心中したいとも言っている）牧野だが、今なら当然考えるべき環境保全についてはほとんど顧みなかったような節がある。ツバキを愛するあまり、一山全部をツバキの品種で埋めてみたらどうだろう、と提案したりもする。全山ツバキだなんて、そんなことをしたら土壌中の成分に著しい偏《かたよ》りができて、当のツバキはあっという間に弱り、病害虫にやられるだろう。もしも私が彼の母親なら、「そんな愛し方をしたら相手の方の迷惑でしょう」と諭すところだが、たとえそうしたところで牧野少年は聞く耳も持たず、ただうっとりと、全山ツバキの咲き匂《にお》う、うららかな春の景色を夢見るだけであろう。

食のこぼれ話

酵母菌の生活スタイル

つい数十年ほど前まで、大津の家々ではごく普通に鮒寿司《ふなずし》が作られていたと聞いたことがある。手順はどこも同じようなものなのに、できあがりに微妙な差があり、一口食べれば、これは○○家の、と分かるほど、その家独自の味というものが受け継がれていたと。それは、酒蔵に棲《す》み付く酵母菌が、その蔵独自の酒を醸《かも》すのと同じで、その家に代々棲み付く菌の仕業が大きいのだろう。つまりは家風ということか。

酵母菌は至るところにいる。野生酵母は、海洋水からも普通の土壌からも検出される。ただ、全て食品に利用できるというわけではなく、その能力についても様々だ。

東北の白神山地の腐葉土に生息する酵母菌、というと、それだけでもう充分神秘的なのだが、秋田県総合食品研究所（現・秋田県総合食品研究センター）では、そこから優秀なパン酵母を発見し、また酵母菌だけでなく白神山地産の乳酸菌も、その抗菌力の高さを生かして、漬物用など商品化がなされている。

よその家を訪問したとき、その家独自の空気に気づくことはよくあるが、それがある種の菌のなせるわざだとして、日本各地の森にもその森独自の「森風」があると考えるのは楽しい。それがその周辺地域の発酵食品の味に、影響していっていると想像するのも。

（2004年9月11日）

ヒトも魚も

昔、アレルギー体質の家族のために、毎日紀伊半島の方から網にかかった雑魚を配達して貰《もら》っていた。こう書くと大変贅沢《ぜいたく》なようなのだが、実際やってくる魚は、どれも簡単に三枚下ろしなどできそうもない難物ばかりで、調理する身としてはこんなに面倒な物はなかった。指を傷だらけにして解体しても、食べる所は一寸《ちょっと》しかなかったり。それでも新鮮な白身の魚以外はアレルギーを起こすのだから、工夫せざるを得なかった。

楽しみもあった。普段見慣れない魚の奇態な鰭《ひれ》を引っ張ると、泳いでいるときの雄姿が彷彿《ほうふつ》とされ、見とれてしまう。鰭の一番見事だったのは、やはり、トビウオ。ほとんど不気味なぐらいの、羽と言っていいほどの大きさだ。ウマヅラハギの間の抜けきった顔も、ガシラの無愛想な顔も、一口に魚類とは言ってもその多様性たるや、とてもヒト如《ごと》きの想像力の太刀打ちできるものではないと恐れ入ったものだ。マトウダイなど、コンパクトに畳まれている口を引っ張るとそれがお化け提灯《ぢょうちん》のように大きく拡《ひろ》がり、その口で吸い込むのだろう、胃袋の中からは小魚やエビ、蟹《かに》などが、ぞろぞろ出てきた。

ヒトも魚も、皆工夫を凝らして食に挑んでいるのだった。

（2004年10月16日）

美しい鱗《うろこ》

漁師の網にかかった中でも、我が家に回ってくるような魚は、いわゆる雑魚と呼ばれる類で、中にはアオブダイなどという素人《しろうと》の台所で解体するにはとんでもなく大きい魚もいた。何しろ鱗一枚が五百円玉ほどの大きさと厚みを持っており、それまでの私の鱗取り技術を以《もっ》てしても（大きめのビニール袋の中で、スプーンを使って鱗を掻き落とすだけなのだが、これが一番効率的）太刀打ちできず、途方に暮れた。確か見苦しくも皮ごと剝《は》いだ記憶がある。なんだか随分魚に失礼なことをしている気がして胸が痛んだものだ。

鱗、というのは（小さい頃読んだホラー漫画の影響もあり）気味悪いもののように思っていたが、その魚の鱗は美しく、鱗というものに対する認識が変わった。実際魚の種類によって、鱗というものは細かく見事な細工の鎧《よろい》のようでもあり、また流水にうねる体の線に見事にフィットしてゆく最先端の水着のようでもあった。

その後外国の市場でパロットフィッシュ（鸚鵡《おうむ》魚？）という名前の、目が釘付《くぎづ》けになるほど華やかな魚を見たとき、ああこれはブダイの仲間、とすぐに察しが付いたのだが、それにしてもあの鱗をどうやって処理し、料理するのだろう。訊《き》いておけばよかった。

（2004年11月20日）

ミンスパイ

クリスマスだ。

日本で正月のためにおせち料理を作るように、英国ではクリスマスの数ヶ月前からミンスパイという保存食を作る。さまざまなドライフルーツやスパイス、小麦粉、牛脂、ブランディー、ラム酒等を混ぜ合わせ、しばらく寝かせる。これがパイの中身で、ミンスミートと呼ばれるもの。直径七センチほどの小さなパイ型にパイ皮を敷き、このミンスミートを詰め、焼く。これを缶に入れ、クリスマスまでの数ヶ月を保存する。クリスマス近くになると開封し、訪問先などにも贈り物として持って行く。家庭の味が、微妙に違うのだ。各家庭で作り、保存し、贈答にも使うというのは、一昔前の近江における鮒寿司と同じ扱われ方だ。どちらも当時の家庭の主婦の力量と、共同体の絆《きずな》の強さを思わせる。

全体、英国人の甘いもの好きには言語に絶するものがあるが、このミンスパイも英国伝統の名に恥じず、また長期の保存にも耐えるよう、死ぬほど甘い。しかも、各種香辛料のせいで単純に万人に喜ばれる味とは言い難い。だから現代ではそれほどもてはやされない。それも鮒寿司の今に似ているかもしれない。嗜好《しこう》の変化の背後には、人々の生活習慣や価値観の変化が見え隠れし、面白く切ない。

（２００４年12月25日）

アクを抜く

早春は、蕗《ふき》の薹《とう》が出てくるのが嬉《うれ》しい。陽の当たる枯れ草の土手で、まだ土から出たばかり、赤茶けてさえいる若い緑を見つけるのは、言葉に出来ない喜びがある。

それを天ぷらにしたり、蕗の薹味噌《みそ》をつくったりするのも楽しみだが、もう少し待つと、葉柄《ようへい》が出てくる。以前その時期に大量の蕗を入手できたことがあって、その晩は、葉と茎を分け、茎の方は塩をかけ、板ずりにしてさっと茹《ゆ》でて水に晒《さら》し、葉の方も茹でて水に晒し、下ごしらえに大童《おおわらわ》だった。

茎の方は、伽羅蕗《きゃらぶき》と青煮、蕗ご飯にする。青煮は、下ごしらえを済ませた蕗をさっと味付けした出汁《だし》で炊《た》いた後、出汁と蕗を別々にし、冷めた後またいっしょにして時間をかけて味を含ませてゆく。透明な緑の鮮やかさと歯ごたえを残すためだ。

葉の方は、茎よりも苦みが強いので、幾晩もかけて何度も水を換える。この作業が好きだ。細かく刻んで伽羅蕗よろしく佃煮《つくだに》にする。ここまでアクを抜いてもまだ苦みが鮮烈である。ほんの少しずつ食す。

アクは強すぎると辟易するが、適度に残すと季節のアクセントになる。アクのない野菜ばかりが並ぶスーパーの陳列台は寂しい気がする。人の場合と似ている。

（2005年2月5日）

湖の国から

ツクシの身の振り方

今は湖国を離れてしまったが、いかにも「里山」と呼びたい優しい自然が色濃くあった、あの風土が懐かしい。この時期は、少し足を延ばせばまちがいなく一面にツクシが出ている野の斜面があって、毎年、大量に摘んで帰ったものだ。

帰るとまず、新聞紙の上に広げてハカマ取り。それがすんだらさっと洗って、ザルなどに広げて適当に乾かす。それから油を引いて熱したフライパンの上に、いきなりばっと、全部投げ入れるようにする。このとき度肝を抜かれるような凄《すご》い音がする。分かっていても毎回度肝を抜かれる。これがいやで、一度蒸すように火を通したことがあったが、しなっと水分が出てしまって、出来上がりの歯ごたえが全く違った。よく、いったん茹でてからアクを抜いて云々《うんぬん》、という料理法を読むが、これも同じ結果を招き、感心しない。ツクシ程度のアクなど、恐るるに足らない。やはり、落雷のような音がしたとしても（この音を最小限にするための涙ぐましい工夫が「洗ってから適当に乾かす」なのだ）、潔《いさぎよ》く、思い切りよくフライパンに投げ入れるのがいい。それから、出汁醤油《じょうゆ》等で味付けする。

もちろん、これは勢いが身上の料理。佃煮にするのであれば、気長に腰を据えて煮上げてゆくのだけれど。何を目標に置くかで、人は顔つきまで変わる気がする。

（２００５年３月12日）

消えた肩凝りの謎《なぞ》は

昔から肩凝りがひどかった。そのためにどれほどの健康器具や漢方、鍼灸《しんきゅう》と試してみたことか。ひどいときは数日間吐き気を伴い、寝込んでしまうほどだった。一生逃れられないと思っていた。

それがここ数ヶ月、あることに夢中になっている間に、気がついたらすっかり解消していた。ただただ楽しくて始めた事だったのに、そんな効用があろうとは。

それはカヤック（カヌー）。

体力がない私には、憧《あこが》れても縁のないものと思っていたが、最初何となく、真似事《まねごと》程度にできてしまうと、あとは水上を渡る風や木々の間を通る光の美しさ、羽ばたく水鳥の優雅さにすっかり魅了されて、ろくに泳げもしない癖に（ライフジャケット、というものがあります）、のめり込んでしまった。もちろん、身の程にあった場所で、湖なら、湖面が鏡のような、どうしたらひっくり返れる？　というような状況でないと、基本的には、出ない（出るなと言われている）。けれどそれだけでも、これほどの効用があるなんて。はっきりいって、夢のようだ。

先達として、堅田《かたた》駅近くに琵琶湖カヌーセンターがあり、気軽に何でも教えていただけたのもラッキーだった。この、湖国に住んでいることの、大きな利点を、かつて（住んでいた頃）もっと生かせていたらとも思うが、きっと時宜ということがあったのだろう。

（２００５年４月16日）

水鳥の贈り物

カヤック（カヌー）で湖を漕《こ》ぐことの喜びの一つは、水鳥たちのすぐ近くに寄れることだ。驚かさないように、また、邪魔をしないように、控えめに、まるで漂流物の一部のように（自分は浮いている木片、と思い込むようにすると、より成功度が高い）振る舞うと、向こうも警戒しつつも（それはそうだろう）、少しずつ気を許してくれるようなムードになってくる。もっともこれは、バードウォッチングをやる、と最初から気合を入れて、たっぷり時間がある場合だが。

カイツブリなど、くるっと水中に潜り込み、思わぬところから出てくる様は、いくら見ていてもあきない。中には潜ったきり、どんなに目を凝らしても、どこからも出てこなかった（そんなわけがない、のだけれど……）鳥もいて、気を揉《も》んだりもする。

冬の早朝、まだ朝靄《あさもや》の残る湖面に、白い水鳥（ユリカモメだったろうか）の大群がいて、何かの加減でその端の方から順番に羽ばたいていくのを同じ水面のカヤック上から目撃した。気がつくと、その羽ばたきの音が、まるで錫《すず》製の鈴か何かのように、シャラシャラシャラ……と聞こえる。大きな群で、それがいつまでもいつまでも続くのだ。ただただ圧倒されて、天女の奏《かな》でる雅楽が空から降ってくるような思いで聞いていた。

幸福な時間だった。


（2005年5月28日）

生きる力　生かす力

梅雨のさなか、坂本からケーブルカーに乗って比叡山へ登ったことがある。雨は霧雨と小雨の間を、行ったり来たりしていた。しっとりぬれた草木の下、土壌では濃密な発酵分解が進行中、そういう秘密の気配があり、それが立ち昇ってきて森林全体が神秘的な呼吸を営み、しずしずと登ってゆく古いマッチ箱のようなケーブルカーを包み込む。

いつもは琵琶湖の景色が車中から見えるのだろうが、霧が辺りを覆《おお》い、遠望はできない。それでも、ふとした風の流れで霧が切れることがあり、そのとき深々と切れ込んだ杉林の谷がかいま見える。石碑の類もちらほら散見して、この山の長い歴史を感じさせる。

このケーブルカーの発着所、上も下も、とてもレトロ（というと、陳腐な感じがしていやなのだが、ここはまさしくレトロ）で、初めての場所なのに懐かしく郷愁を感じる。その駅舎の中にまで、雨の粒子と植物の香が忍び入る気配。

山の上の駅に着くと、そこからバス停までしばらく歩かねばならないのだが、森林浴というにはあまりにも濃密なフィトンチッド、それが鼻孔はおろか、皮膚からまで入ってきて体のあちこち分解が始まるのではないかと思うほど。むせかえるようだった。

自然の持つ治癒力、というのは本来そういう、凄《すさ》まじいものの一部なのかもしれない。

（2005年7月2日）

「遊び方」を学びつつ

カヤックは、一人で行くのもいいけれど、それに適した場所を先達に教えてもらうのは（同時に未熟な技術の向上もはかれるので）、とても有益かつ楽しいことだ。で、いつもお世話になっているカヌーセンターの主催するツアーに時々参加する。

奥琵琶湖に近いその場所も、一人だったら絶対に分からなかった（教えてもらってすら、迷って集合時間に遅れた）ような所で、おまけに私はパドルを（！）忘れていた。予備を貸してもらい、事なきを得るが、一人だったら致命的。

その日は雲一つ無い晴天、水は透き通り、稚鮎《ちあゆ》やハゼの仲間が泳いでいるのが見える。岸辺には木イチゴの茂みがあったり、アケビ（これもスタッフのEさんに教えてもらった）が絡《から》んだ蔓《つる》の合間に白い花を咲き残していたり。タチヤナギは、水面に被《かぶ》さるようにして枝を差し掛け、進み行くカヤックに木漏れ日を落とす。緑陰のトンネルに入ると、清涼な空気が風になって流れてくる。

こういう経験は、水面上をデリケートにまた静かに移動できるカヤックならではだ。陸上からはそこへ到達する手段すらない。

琵琶湖は様々な河川や内湖を豊かに抱く「母なる湖」。礼節さえ守れば、その懐《ふところ》で遠慮なく遊ばせてくれる。自然から離れてしまっていた心と体が、開かれ、再び結びつこうとするのが分かる。

（2005年8月6日）

Ⅲ

部屋、自分を充《み》たすために

〝目を満足させ心を充たすことを意図した模様《パターン》にはすべて、ある神秘が存在しているはずである〟――ウィリアム・モリス

昔、英国にいた頃、DIYの専門番組をときどき見ていた。専門番組、というものが成立するほど、自分で部屋の模様替えなどをするのが大好きなお国柄なのだ（業者を頼んでも、すぐには来てくれないし、そもそもちゃんとやってくれるかどうか覚束《おぼつか》ない、自分でやるしかない、という事情の故《ゆえ》のことなのかもしれないけれど）。いわゆる〇〇講座、というようなものではなく、素人《しろうと》が自力でビフォー・アフターをやってみせるドキュメンタリー形式だったように思う。家のオーナーたちの（道具類、材料類、薬剤類の）博識ぶりに感嘆したものだ。

けれどそういうハウツーの情報が行き渡るようになる前も、自分の身の回りを思う

ように変えたい、という人びとはもちろん存在した。ペンキの塗り替えは大好きだけれども、前のペンキを剝《は》がしたり、拭《ふ》き取ったり、という、いわゆる「下地づくり」というものをせずに、いきなり塗り重ねる（私だって一回や二回ならそうするだろう）。それを代々ずっと、何十年も積み重ねてきたものだから、妙に分厚くなって、簡単に閉まらなくなったドア、というものが出てくる。キーホールが覗《のぞ》き穴以外何の意味もなくついている、というような。壁紙でもそれが起きる。あるとき件《くだん》の番組でその事例を目《ま》の当たりにした。持ち主が壁紙を張り替えようと前のそれを剝がしにかかるのだが、まるで玉葱《たまねぎ》の皮をむくように、次から次へと古い壁紙が出てくるのだ。百年分はゆうにあっただろう。今までの持ち主たちが、前の壁紙を剝がさず、どんどんどんどん張り重ねていっていたのだ！　私が感嘆したのは、その、次々に出てくる壁紙の美しさ、時代時代を彷彿《ほうふつ》とさせる模様の優美さだった。

この、自分の身の回りを思うように変えたい、という時空を超えた奇妙な情熱。

そういうDNAは、英国人だけに受け継がれているものではない。日本でも、例えば「ジュニアそれいゆ」——手元にあるのは一九五〇年代、戦後間もなくの、まだまだ日本国中食べるのに必死だった時代のものだが——には、三帖《じょう》の畳部屋の半分（もう半分は姉妹用）を、心地よくするための工夫のあれこれが載っている。ウールの残り布や冬服の着られないものを同じ正方形に裁ち、「それを色どりよくはぎ合せます。その縫代をピッタリ割って使えない様な古い毛布と合せて縫い、一桝《ひとます》一桝《ひとます》のはぎ目の両脇《わき》に押えミシンをするとしっかりしてキチンとしますから、それを部屋に敷き詰めましょう」「壁に美しい柄の残り布を画鋲《がびょう》でとめると部屋全体がパァッと明るくなります」「夏の終わり頃に夏生地がグンと安くなりますからそんな折にいい柄を見つけて自分でカーテンを作ります。一冬カーテンにして、夏になったらそれをドレスに仕立てて下さい」という具合。潤沢でない物資のなかでも、少女たちは少しでも自分が居心地よくある空間をつくろうとしたのだった。

今の時代もまた、いや今ほど、人びとが――特に女性が――「自分」というものを求めている時代はないように思う。いざというとき頼りになり、ほんとうに必要なのは、実は恋人でも夫でもない、きちんと手入れされ、しっかりと世界に根を張っている「自分」なのだ。

だがこの「自分」というものはまた、実に精妙不可思議な「生きもの」で、どんなに年を経ようが変わらない部分と、常に変化していく部分を合わせ持った存在である。そのことが、どれほど「生きる」という事態をややこしく、またチャレンジングで飽きないものにしているか——時折疲労困憊《こんぱい》するのだけれども。

今でいう、「古民家」というものに住んでいた当時、土壁の、ごく下の方に、臙脂《えんじ》に染められた強度のある和紙を壁紙のようにして張ったことがある。その頃の自分には、それがフィットしていたのだろう。真紅というわけではないけれども赤に似た、けれどまだ落ち着いた茶色の性質から逸脱していない、そういう気配が自分と自分をとりまく空気に必要で、自分を守り、育《はぐく》んでいったのに違いない。けれど、今は、とてもそういうことをしようという気にはなれない。趣味が良くなった、悪くなった、ということではなく、ただ、自分が変化してきたのだろう。必要とするもの、自分に属すると思われるものもまた、経年に従って変化していくのだろう。ヴァージニア・ウルフの『自分だけの部屋』などを読むと、「自分に属する空間」と思える場所が、自分自身であること、といかに密接に繋《つな》がっているか、ということを思う。

極端な引っ越し好きの身だが、今回ウィリアム・モリスデザインの製品に接する機会を得、たまたま今住まいにしているところの一部に、モリスデザインの製品をあしらってみた。

ウィリアム・モリスは多才な人で、詩人であり、テキスタイルデザイナーでもあり、絵も描き、また社会運動にも深い関心があった。

これらは一見バラバラな志向のように思えるけれど、彼の目指していたものが民衆の生活と芸術の融合であったことを思えば、すべて繋がっていると納得がいく。生まれ育ったのがエピングの森の近くで、深い森や小川、野原に慣れ親しみ、またこれらをこよなく愛した。彼のデザインはそういう彼自身の生活から生み出されたものでもある。

「少年時代の経験で他の何にもましてモリスの記憶に末永く刻まれることになったのは、エピングの森そのものだったろう。最初の講演『小芸術《レッサー・アーツ》』のなかで、彼はこう言っている。

『子供の頃、エピングの森のチングフォード・ハッチのそばにあるエリザベス女王の狩猟小屋で、色あせた草木模様の飾りが掛かっている部屋を初めて見て……強烈なロマンスの感覚に打たれたことをよく覚えている。—略—』

実際、この部屋が、後年彼が装飾を手がけることになる多くの部屋の原型《パターン》になったのだといってもほとんど過言ではない。」

——『ウィリアム・モリス伝』フィリップ・ヘンダースン著　川端康雄《やすお》、志田均《ひとし》、永

江　敦《あつし》訳　晶文社

三つ子の魂百まで、ということばが、普通の人以上に彼には当てはまったのだ、と伝記作者ヘンダースンはコメントする。

産業革命以降、当時の英国社会は工場での大量生産が主流になりつつあったが、モリスはこれに逆行するように手仕事の大切さを唱えた。一八七九年の講演「最善を尽くすこと」で、

「目を満足させ心を充たすことを意図した模様《パターン》にはすべて、ある神秘が存在しているはずである。——略——……模様は正しいか間違っているかのどちらかであることを肝に銘じよ。へまをしでかすことは許されない。」——同

また、「生活の小芸術《レッサー・アーツ》」のなかでも、

「壁紙の場合、——略——デザインの一つ一つは、すべてそのなかに明確な意図を含んでいなければいけない。自然のなかのある美しい事物が自分の目に強烈に焼き

ついて頭から離れなくなり、それでその喜びを芸術の規則に従って他者に表現し、自身が感じた強烈な喜びをいくらかでも人に分かち与えることができるようにする、という風でなければいけない。」——同

と述べている。漠然とした自然を愛したのではない、自分自身に結びついたものとして取り憑《つ》かれたように愛したのだ。

英国でモリス所縁の地を訪れたこともあるし、彼のデザインは好きなのだ。しかし、自分の生活の場に、そのデザインを使うことには長い間躊躇《ためら》いがあった。それは明らかにモリスの強い個性のなかで暮らすことであるから、自分の個性が封じられる、とまではいわないが、なにか身動きが取れなくなるような、「重い」ことのような気がしたのだ。

今回ついにそれを敢行して、意外だったのは、危惧《きぐ》していた彼の個性が何かスピリットの充実のように伝わってくることだった。デザインに現れた彼の個性は、住まう私の個性を潰《つぶ》そうとせず、むしろ、パターンの力強い繰り返しに、彼の信念が波動のように感じられ、積極的に支えられているようにすら感じられた。これが、芸術を鑑

賞する、ということと、芸術と共に生活する、ということの差違なのだろうか。モリスの必ずしも万人受けするとは限らない個性が、自己完結せずに、他の個性を励ます影響力を持つ。たぶん、これがモリスの目指していたものだったのだろう。

少女の頃の自分がそうであったように、誰の目も気にせず、自分が心地よくいられる一隅をつくりたい。モリスは隙間風《すきまかぜ》だらけの古いケルムスコット・マナーを愛した。幼い頃から彼は甲冑《かっちゅう》を着てエピングの森を馬で駆け回るほど、中世に憧《あこが》れていた。中世風の造りのその屋敷の使い勝手はたいそう悪く、一時共に住んでいた親友のロセッティには耐えられなかったようだが、そこでモリスの魂は原野を駆け、中世の夢を見た。

モリス風であろうがなかろうが、誰にとっても、自分自身に戻れる「場」というのが必要なのだろう、きっと。たとえそれが部屋の片隅に置いた椅子《いす》のコーナーであっても。そういう場でこそ、生まれた瞬間の過去から連綿と続き、未来にまで続いているはずの「自分」が育っていく。「妻」や「母」は人生の一時期の姿であり、自分全体の何分の一かに過ぎない。

客のためでも、子どものためでも、誰のためでもない。自分を充たすための、部屋を考える。

故郷へ旅する魂——ウィリアム・モリス

『アイスランドへの旅』との出会い

数年前のこと、アイスランドを旅する機会があった。出発を控えて、現実的なガイド情報とともに、先達の手がけた彼の地《か》の紀行文も探していたのだが、これがなかなか見つからない。その頃、別件でウィリアム・モリスのことについて調べていた。モリスには昔からなんとなく惹《ひ》かれてはいたので彼がアイスランドへ行っていたというのは知っていたのだが、結局彼の『アイスランドへの旅』が、その分野の筆頭に挙げられるものだと知ることになった。なんだか、灯台下暗し、という気分だった。モリスの『アイスランドへの旅』は、彼の著作のなかではそれほど重要に思われず、長年目を通すのを後回しにしていたのだったが、読んでみると、いやいやこのアイスランドの地こそモリスのモリスたるところ、彼の根幹を成す「風土」そのものであったのだ、と目から鱗《うろこ》が落ちるような思いがした。

ウィリアム・モリスは、日本では壁紙などのテキスタイルデザイナーとして有名だが、詩人であり、小説も書き、絵もよくし、また社会運動にも深い関心があった。それぞれ方向性が違うように思えるが、彼の目指していたものが最終的に民衆の生活と芸術の融合であったことを思えばそこに活動すべての焦点が合ってゆく。生涯に亘《わた》って彼を支配した、中世に対する執着は幼い頃から現れていた。就学前からエセックスの古い教会を訪ね歩き、騎士や聖職者の真鍮《しんちゅう》記念牌《はい》などを見るのを好み、小型の甲冑をせがんで手に入れ、それを身につけて馬にまたがり、エピングの森を駆け回っていたらしい。学生時代にラファエル前派と出会い、そして生涯の親友ロセッティや後に妻となるジェイン・バーデンとも出会う。やがてアーサー王と王妃グィネヴィア、騎士ランスロットの織りなすいわば三角関係そのままを、十六、七世紀に建てられた隙間風だらけのケルムスコット・マナーで繰り広げながら、逃げるようにアイスランドへ向かうのだ。アイスランドはそもそも彼の愛して止《や》まないエッダやサガの舞台で、長年の憧れの地でもあった。

「うつくしくて恐ろしげ」な土地

荒涼として凄《すさ》まじいアイスランドの風景は、同時に喩《たと》えようもなくうつくしく荘厳《そうごん》であった。

モリスがマルカルフリョートの谷をのぼっていったときのことである。激しい川の流れに馬もろとも押し流されそうになりながら、死ぬ思いで渡るということを繰り返しつつ、息も絶え絶え進む。そしてついに山の不気味な全容を見渡し、恐怖のあまり、もう二度と戻れないのではないかと思うが、同時に強烈な喜びが湧《わ》き起こるのを感じるのだった。

車のある現代ですら、アイスランドの旅は温暖な気候の国々を旅するのとは違う、ある種の覚悟を必要とする。時が止まったように動かない巨大な氷の塊が、青く翳《かげ》っているのなどを見ると、自分自身に魔法がかけられ、芯《しん》から凍りついていくような気になる（ちなみにこの国には人間に魔法をかけるアルバという妖精《ようせい》たちがいて、彼らを見ることが出来るという人びともまた存在する。不思議話はたくさんあり、アルバは実在すると真剣に考えている人のパーセンテージは驚くほど高い）。散歩するように何気なく氷河を見に行って、そのまま帰って来なかった異国の旅人の写真や持ち物などの情報が、家族の手によって登山口などに掲げられているのもよく目にした。行方不明になって何年も経《た》った後、氷河の奥で生存しているとは家族も信じていないが、山中でこのような遺品などを目にしたら教えてほしいという切なる願いなのだ。一度こういうものを見たら、そうそう簡単に忘れられるものではない。遭難したのは大学の休みを利用して冒険旅行に来た学生たちが多かったが、彼らの写真や学部での専攻などのプロフィールが細かに書いてある上に、例えば二人して帰って来なかった、となると、いったい何が起こったのか、思わずありとあらゆる可能性を想像してしまう。別にそれほど高い山々ではない、氷河と隣接はしているが、食事やお茶の後にちょっと散歩に入ってみようかというような岩山である。「うつくしくて恐ろしげ」というのは、モリスが本著で使ったことばだが、まさしくその通りで、特に夕暮れなどは、人工物の何も見えない、広大すぎて遠近さえよくわからなくなる光景の只中《ただなか》に佇《たたず》むと、なんだか宇宙的な時間にいるような気がしたものだった。

快適な車やホテルが行く先々に待っている現代ですら、そんな気分になるのだ。ポニー一三〇頭を列《つら》ね、地を這《は》うように進むその先々でテントを張り、風雨や雷に悩まされ、脅《おびや》かされながら食事の準備をしなければならなかったモリスたちの不安や、恐怖とないまぜになった自然との一体感、体験しなければわからなかった喜びや恍惚感《こうこつかん》はさぞや、と思われる。アイスランドは、とてつもなく冷たい氷の国であるとともに、凄まじく熱い火山の国、溶岩台地の国でもある。地下から噴出する間欠泉、ゲイシルの近くにキャンプすることになったモリスは、硫黄の悪臭がするこのロケーションに怖《おそ》れをなし、「こんなひどいところでキャンプなんか出来ない」というが、結局そこに四日間留まることになる。

「……一心にテント張りにかかった。雨の夜で楽しい作業ではなかった。だが、鋤《すき》を使ってまずまず快適なねぐらを作った。毛布を広げてもぐりこみ、喜んで休息した。というのも、この日は十三時間馬に乗っていたのだった。そんなに疲れてなかったが、けっこう空腹だった。テントの中は暖かく乾いており、ビーフ缶を開け、ココアを入れているうちに、かなり回復した。

しかし、三口も食べないうちにこもった雷鳴のような音がした。まるで誰かが大地の中の空洞を、五、六回叩《たた》いたようだった。テントを飛び出てみると、『大薬《や》缶《かん》』から沸騰《ふっとう》した湯があふれでる音が聞え、そこから湯気が立ち上っているのが見えたが、それでおしまいだった。——略——白状すると、夕食に戻ったとき、私の心臓はまだドキドキしていた」

（『アイスランドへの旅』大塚光子《みつこ》訳、晶文社）

モリスを駆り立てたもの

こんな旅行をした人間の反応は、まっぷたつに分かれるだろう。もう、二度と行くもんか、その名を聞くのもこりごり、というタイプ（これが大部分と思われる）と、（非常に少ないだろうが）病み付きになるタイプ。モリスは明らかに後者であった。二年後、この困難な旅行に再び挑戦するほどに。モリスがこの風景を形容するのに頻繁に使ったことばが、「荒々しさ」とともに、「物悲しさ」であった。

彼自身が終生惹きつけられていたのは結局のところ、この「物悲しさ」だったのであろう。熱愛し、霊感の源でもあったジェインは、彼女をモデルとしたロセッティの多くの絵やスケッチが語るように、物悲しさを湛《たた》えたエキゾチックな女性で、モリスは結婚前からジェインをモデルに『王妃グィネヴィア』を描いていたのだから、親友との三角関係という成り行きは、苦しみながらも無意識に求めていた構図だったのだろう。アイスランドはそういう彼の魂の故郷とでもいうべき土地であった。

魂がひとの精神性の中核にあるものだとしたら、生き生きと躍動する魂（絵的には想像しにくいが、モリスのような）には、「恋う」という運動性が必要なのかもしれない。「恋う」べき対象を手に入れてしまったら、その運動性は消え失《う》せてしまう。つまり、故郷を恋う、というときの距離感が、魂には重要で、旅人としてではなく住人として「そこに」住んでしまったら、距離感もろとも「恋う」運動性がなくなってしまう。魂の故郷に生身が住んでしまってはいけないのだ。モリスは彼のグィネヴィア、ジェインを、どこかで自分の手の届かないところに置く必然性があったのではないだろうか。いっしょにいながら、「常なる片思い」を生きる必要が、彼の精神にはあったのだ。

ある種の魂は故郷を求めて永遠に旅する宿命なのだろう。それが文学に帰結するかどうかは、そのときの、状況次第で。

風の道の罠《わな》――バードストライク

二〇一一年三月一一日以降、そこここで「自然エネルギーの活用」が声高に叫ばれ、次々に効率のいい「新型風力発電機」の開発も取り沙汰《ざた》されて、その勢いはかつてないもののようで、大切なことがなおざりにされたまま押し進んでいく危機感を抱いている。

二〇〇五年のある日のこと、何気なく開いた雑誌の写真に衝撃を受けた。片翼をばっさりともがれた、まだ若いオジロワシが、雪の上に横たわっていた。白い雪に吸い込まれた赤い血が鮮烈だった。写真を撮った永井真人《まさと》氏によると、たまたまドライヴ中、根室市昆布盛《こんぶもり》にある風力発電の風車の真下から五十メートルほど離れたところで発見し、何一つ手を触れない状態で撮影したとのこと。その後二歳ほどと推定されたオジロワシはこの時点ではまだ生きており、五分ほどして息絶えたらしいが、その間、苦しそうに口を開け閉めしながら撮影者を見ていたという。オジロワシはカムチャツカ、サハリン、シベリア、アジア、果てはヨーロッパにまたがって生息し、北海道はおろか日本本土、南の島々まで渡った記録があるほどの、飛翔力《ひしょうりょく》のある海ワシである。レッドリスト・絶滅危惧Ⅱ類でもある。その片翼を失った姿はあまりにも無残で、見るものに訴える力は激しく、象徴性すら帯びていた。渡りをする鳥にとって、翼をもがれる、ということほどむごいことがあるだろうか。それまで、風力発電には、いいイメージしか持っていなかった。

いったいどういうことが起こっているのか。

当時すでにバードストライクの害を訴えていた鳥類学者の白木《しらき》彩子《さいこ》さんに、このとき初めて会いに行って話を聞き、またシンポジウムにも(ちょうど別の予定が入っていたので)関心を同じくする友人に頼んで傍聴に行ってもらうなどし、できる限りの資料も探したが、結局そのときわかったことは、私がこの件で私なりの知見を得るためには、もっと多くの情報やデータが必要、ということだった。

そうこうしているうちに、その年から翌二〇〇六年にかけて、あちこちで、風力発電自体が生産量に比してランニングコストがかかりすぎ、採算が取れない、実用的でない、という声が上がり始め、いつの間にか私の中でも、風力発電に対する問題意識の緊急性が薄れていってしまっていた。だがその間も、関係諸機関や個人の調査研究は続いていた（お忙しい中、この件に関して取材に応じてくださった方々、資料をご提供くださった方々には深く感謝している）。

環境省自然環境局は二〇〇七年から二〇〇九年にかけて、「風力発電施設に係る適正整備推進事業」を実施した。風力発電の推進と、野生生物の保護を両立させようという目的である。その成果を今年二〇一一年一月、『鳥類等に関する風力発電施設立地適正化のための手引き』として発表した（以下『手引き』）。主に風力発電事業者やそれに関るコンサルタント会社へ向けての、風車を建てるのであればこれらを実行することが「望ましいと思われる」マニュアルである（事業者側にそれを遵守《じゅんしゅ》する法的な義務はない、今のところ）。その二ヶ月後の三月、今度は保護対象をはっきりとオオワシ、オジロワシに定めた、『平成22年度海ワシ類における風力発電施設に係るバードストライク防止策検討委託業務報告書』を発表した（以下『報告書』）。『報告書』の中には、釧路の猛禽類《もうきんるい》医学研究所による、風車被害に遭った海ワシの衝突原因を検証する剖検の報告もあった。根室市昆布盛の、翼をもがれたオジロワシは、ここへ運び込まれたのだと分かった。添えられた写真に覚えがあった。

『手引き』も『報告書』も、率直に、まだまだこれは十分なアセスメントとはいえず、今後さらなる充実が必要、としていた。だがその同じ月のうちに大震災が起こった。

のどかさと紙一重の緊張感

六月も下旬になろうかという頃、その根室市昆布盛ではないが、実際に風車が運用されている現場を見ようと、北海道にあるウィンドファームを訪ねた。周辺の土地には動植物の希少種も多く、何羽もの珍しい鳥に出会った。ホオジロ科の小鳥たちは草原を低く飛び回り、繁殖期を文字通り謳歌《おうか》していた。風力発電のことについて、いつも自分の中での判断が保留になっていたのは、風を使ってエネルギーを賄《まかな》うという発想に対するロマンと憧れと、でも実際の風力発電施設に旅先で思いもかけず出会ったときの違和感が、一つの像を結べずにいたからだ。そのことを改めて思い出しながら歩いた。

丘陵を登ると、しばらくは麓《ふもと》と同じように小鳥たちの飛び交う姿が見られたが、その風力発電機の近くに彼らの姿はなかった。ずっと上空、回るブレード近くを飛ぶ大型の鳥たちは見かけたが。静かだった。風を受けて風車が唸《うな》る、機械音と呼ぶにも不自然な音が、辺りの静けさを奇妙に際立《きわだ》たせていた。ゆっくり動いているように見えるが、大型風車のブレード先端部分は、ときに時速三百キロにも達すると言われる。広い空の下、牧草地が広がり牛が草を喰《は》む。のどかさと紙一重のこの緊張感は何だろう。私の先入観のせいだろうか。けれどこれは、鉄の文化の流れに属するものだ。そんなことを思っていると、横で同行のSさんが、「生身の人間なんか、到底太刀打ちできない、って気がする」と呟《つぶや》いた。以前、写真で見た、知床開拓団の家々にあったという、各々《おのおの》が木材で手づくりした、風車と呼ぶにふさわしい風力発電機の素朴なレベルとは、明らかに次元が違っていた。あれはウィンド・ミルの仲間。これはウィンド・タービン。

それにしても、小鳥がいない。頻繁にそこに通って観察したわけではないので、このときの印象をもって全《すべ》てのウィンドファームを俯瞰《ふかん》するようなことは言えないが、三重県の鳥類研究者・武田恵世《たけだけいせ》氏は、風車建設後十一年経過した森林と、対照区の森林（環境条件、規模等が建設前の当該森林と等しい）で繁殖期の調査を行い、比較検討した結果、生息密度は1／22であったと述べている。「野鳥は騒音を発生する人工建造物にある程度順応性があり、鉄道や高速道路、空港周辺に野鳥が多い場所があることはよく知られている。しかし、風力発電機には順応していない理由は、稼働《かどう》の日変動、年変動が極めて大きく、稼働中も風波と呼ばれる風向、風速の変動による変化が大きいこと、また、特殊な騒音、特に低周波音の影響や、ストロボ効果の影響などが考えられる」

（「風力発電機に鳥類は順応していない」日本鳥学会二〇一〇年度大会講演要旨集より）

バードストライクだけの問題でなく、猛禽類だけの問題でもなく、そもそも風力発電機には「野鳥は順応しない」。とすればそれは野鳥だけの問題なのだろうか。

世界中で最もバードストライクの発生率の高い場所は、アメリカ、カリフォルニア州のアルタモント・パスとされている。三十年前から操業開始したウィンドファームで、調査時約五四〇〇基の風車が立ち並び、年間、一〇〇羽前後のイヌワシを含む四七〇〇羽の鳥が犠牲になっている。あまりの大量死に、地元の環境NGOが中心となって、事業者を相手どり、訴訟を起こした。

日本は山がちの細長い島国で、狭い平野部に人口が集中し、そうでない、海岸沿いまで山が迫っているようなところは、風況もよく、人里から離れているというので風力発電施設の好適地になる。そこはまた希少動植物の「最後の砦《とりで》」でもある。一方、鳥たちは海の向こうから風に乗って渡ってくる、というだけでなく、国内を移動する場合にも、山々の稜線《りょうせん》に沿って流れる気流を利用する場合が多い。つまり、海岸線沿いを飛んでいく鳥が多いのである。風力発電施設の多くはそのルートと重なって建設されている。風車のある場所がマークされている地図を見ると、日本の海岸線はいつのまにこんなことに、と思うほどだ。海岸段丘地は、海から吹いてくる風が断崖《だんがい》もしくは山肌に当たり、上昇気流を発生するので、それを利用して（省エネで）飛翔する大型ワシ類が集まりやすい。特に北海道のサケマスの溯上《そじょう》する河の河口や、餌場《えさば》となる漁場を近くに抱えている場所は、海ワシ類の、いわば毎日利用する食堂のようなところで、そこに無造作に風車を設置するということは、猟師がけもの道に罠を仕掛けるようなものだろう。北海道苫前《とままえ》町で一年半にわたってモニタリングを実施された北野雅人《まさと》氏によれば、苫前町における鳥の風車への推定衝突数は、アルタモント・パスのそれよりは少なかったものの、「海食崖《がい》（海際の崖《がけ》）の風車に限定すれば、アルタモントを大きく上回った」。海食崖に風車を立てるということは、いかにも効率がよさそうに見えるが、実は、風力発電には、それほど適した立地ではないのではないかと北野さんは言う。（特に水平型の）風力発電に必要なのは、水平で安定した風だが、ここで吹く風は上向きの上昇流になりがちだからだ。鳥と風力発電では「お互いに必要とする風況条件が若干異なる」（『報告書』）。そういう、地域に根差した地道で詳細なデータの積み重ねが、いつか道をつくっていくのだろう。だがそれにも時間が必要だ。

帰り道、敷地内の牧場で草を喰む黒い肉牛の群れに、生まれたばかりの子牛がいるのを見つける。足を止めて見ていると、母牛が警戒して草を食べるのをやめ、こちらをじっと観察していた。

表土の下は電線だらけ

帰宅して、再び『報告書』を読む。永井さんの写真のオジロワシの後にも、同じ場所で別のオジロワシが今度は四分割された姿で発見されている。その搬送先、猛禽類医学研究所代表の獣医師・齊藤慶輔《けいすけ》氏による講演の要旨も記載されていた。再発防止への熱意や、時折義憤のようなものさえ滲《にじ》んできて、講演者の個性が伝わってくる。「猛禽類のために言いたいことを言う。恐《こわ》いものなどもうこの世にない」という風情《ふぜい》の、気骨のある老・獣医師という印象を受けながら読んでいたとき、バードストライク関連で情報をお願いししていた方から、それに詳しい人物の一人として、齊藤氏の連絡先を伝えるメールが入った。もちろんその方は、私がそのとき読んでいたものなど知る由《よし》もない。早速いろいろとお訊《き》きしたく思ったが、北海道にとんぼ返りする時間的余裕がなかった。（電話では）失礼かとも案じたが、うまく先方の都合とも折り合えば、と、連絡をとってもらい、向こうから指定された時間に、電話させていただくことになった。その間、「オオワシ、オジロワシの死骸《しがい》が出たら必ず釧路の猛禽類医学研究所の彼に送るんだ」という話を、もうずいぶん以前に複数の方から聞いていたのを思い出した。お名前までは記憶していなかったが、その「彼」が齊藤さんであったのだと気づく。点と点が繋がっていく（単に記憶力が悪く勘が鈍いだけとも言えるが）。お電話の声は私が想像していたよりずいぶんお若かった。私は電話インタビューの非礼を詫《わ》び、以前、衝撃を受けたオジロワシの写真のことを話した。

「ご論文で気づいたのですが、昆布盛ではこの後も、別のオジロワシが犠牲になっていますね。……四分割されて。これは同じ風車のものだと思われますか」

「ええ、僕自身はその可能性が高いと思っています。発見された場所は、実際には風車が林立していて、どこのものに当たった、とは断定はできないのですが」

「事故を起こしやすい風車と、起こしにくい風車があると？」

「それはもう、絶対です。断言できます。ですから、立地には十分な時間をかけて検証しなければならない」

私が先日訪れたウィンドファームでの違和感を言うと、齊藤氏は、

「僕は、あそこができるときから見ています。従来の表土を一度はがして網の目のように電線を張り巡らせ、その上にまた土をかぶせたんです。一見牧草地帯のように見えますが、表土の下は電線だらけです。ウィンドファームって、そういうところなんです」

私が感じた「緊張するのどかさ」は、そういうことが原因だったのだろうか。

「（猛禽類の遭う）風力発電事故の主な特徴としては、百パーセント死亡事故だということです。かすり傷というのがないんです。全てが死亡事故で希少なオジロワシが二十数羽、オオワシまでもが死んでいる。でもこれはあくまで見つかった数です。見つかってここまで搬送されて僕が解剖して初めてどういう状況だったかというのが分かる。これが（事故で死んだ鳥の）何パーセントかっていうと……限りなく偶然に近いことのような気がします。（風力発電施設の）敷地内には入れないですから、基本的に。事業者が自主報告しないかぎりは（正確な数なんて分からない）。事業者には意識を持ってもらいたい」

「ご講演の要旨にも、『どこの風力発電施設でもきちんとモニタリングをして、被害鳥の回収態勢の強化と体系化を図り、できるだけ速やかに被害鳥を回収するということを心掛けないと傾向は見えてこない』とありましたね……」

たとえ立ち入りが許可された場所でも、被害に遭った鳥のデータを集めることは、ちょっと想像しても易しいことではない。サイズの小さな鳥は、跡形も残らないことが多い。残ったにしても、スカベンジャー（死骸を食料とする動物）たちによって持ち去られたり、海に近い（波にさらわれる）などの立地条件や生い茂った丈高い草に邪魔されて、調査員が死骸を発見できないこともある。調査が実施されるのが、限られた期間に留まるということもある。実際現場に足を運んで分かったことだが、丈の低い草原ばかりではもちろんなく、屈強な灌木類《かんぼくるい》などが延々と続く道なき野で、その下に落ちているかもしれない鳥の死骸を探して歩くことは、決してたやすいことではない。発表されているデータ上の数字より、実際の被害個体数が遥《はる》かに多かろうことは、容易に想像がつく。日本野鳥の会が行った実験では三チーム（一チームが六〜七人の調査員で構成されている）の発見率の平均は二九・二パーセントであった（『風力発電が鳥類に及ぼす影響の調査マニュアル』K・ショーン・スモールウッド　野鳥保護資料集第26集　㈶日本野鳥の会）。やはり、メンテナンスなどで定期的に施設を訪れる事業者の協力が得られれば、それに越したことはない。だが以前、ある方から事業者側の事情についても教えていただいたことがある。「データ開示した会社が損をするという事実は（批判が集まり、予算のかかることを要求されるので）確かにあるのです。

協力に二の足を踏むのも、まあ、分からないでもない……」。また、「けれど賛成するにしても反対するにしても、できるだけ多くのデータを集め、それをもとに共生の道を探ることによってしかこの議論は深まらない」と、おっしゃる方もある。齊藤氏の言う「事業者には意識を持ってほしい」というのも大きく言えばそういうことだろう。一般に鳥の視力はいいとされているが、齊藤氏の実験の結果、吹雪のような荒天下では、オオワシもオジロワシもヒトには見える物体が見えていないと予想された。環境省のアセスメントでも、鳥類の生態については未解明の部分が多く、さらなる知見の収集が必要、と強調されている。何と言っても、データが必要なのだ。齊藤氏は、「たとえば全ての風車にビデオカメラを設置して、二十四時間態勢で監視する。それなら洩《も》らしようがないでしょう」

現実的には難しいかもしれないが、そのくらいを目指してやらないと、この問題の解決はなかなかやってこないかもしれない。少なくとも率先してそれをやることが、企業のイメージアップにつながることは間違いないだろう。

「先生は風力発電自体を否定なさっているわけではないのですね」

「否定してしまうと、開発されないでしょう。自然エネルギーの一つとして、可能性を残さないといけないと思っています。たとえばドラム型のものだと、効率は落ちるかもしれないけれど、少なくともバードストライクは発生しない……」

「そうですね。たとえ、効率は落ちても」

たとえば風力や潮力を、すでにライフスタイルに組み込んで進化し生活してきた他の生物がいる。既得権は彼らにある、と言えば、一笑に付されるのは百も承知だが、自国の国益を追求するための正義や論理を、国際社会の場で押し通そうとする国々が批判されるとしたら、それと同じように、私たち「ヒト」は他の生物からその専横ぶりの反省を求められていると想像できないだろうか。

このまま行けば遠からず、日常目にする動物は、ヒトと、ヒトの食糧としての動物、ヒトの愛玩《あいがん》用としての動物、動物園の動物だけになってしまう。自然エネルギーをヒトだけが存分に使えるもののように見なし、十分な検証もなく風車を乱立させてしまうことは、ヒトの欲望の具現化のために原発産業が発展してきたことと、本質的には何も変わらないように思えてならない。

失われた時代の思い出

旅先の天気をチェックしていたら、週間天気予報のマークが連日晴れの北海道で、唯一《ゆいいつ》傘マークの付いている二日間があった。それがたまたま旅程の前半二日である。けれど予報は当たらないこともあるではないか。そう期待していたが今回に限り見事なほど当たった。

女満別《めまんべつ》に着くと、空は雲で厚く覆《おお》われ、もうすぐ六月だというのに氷雨《ひさめ》のような冷たい雨が降っていた。セーターが必要なほど。それでも風はないので嵐《あらし》とまではいかなかったし、雨の合間を縫って、チミケップ湖畔で赤い喉《のど》をした夏場のオジロビタキの雄や、陸別では木に止まってじっとしているツミにも出会えた。これは（特に夏羽のオジロビタキの雄は）まさか生きているうちに会えると思ってもいなかったので、信じられないくらい幸運な出来事だった。だから、道中楽しみにしていた雌阿寒《めあかん》や阿寒富士が雲の中で影も形も見えなかったことぐらい、諦《あきら》めなければならないと自分に言い聞かせた。あまりに何もかも揃《そろ》いすぎるとかえって不吉ではないか。

そういう湿り気のある二日間を過ごしていただけに、帯広で一晩過ごした翌朝、雲一つない晴天を見たときは心底うれしかった。道央からホテルまで来てくれたMさんと手を取り合うようにして再会と天気の回復をよろこんだ。

「さあ、登りましょう、東ヌプカウシヌプリ」

東ヌプカウシヌプリのことを初めて知ったのは小泉武栄《たけえい》著『山の自然学』（岩波新書）でだった。標高一二五二と、それほど高い山ではないはずなのに、大雪山なら一六〇〇メートル付近から現れる高山植物が、「異常に低いところに分布して」おり、小泉さんは、「わたしはここの自然全体がそのまま特別天然記念物に指定してもよいほどの貴重な自然だと思う」とまで書かれている。以来、いつかその山に登りたいものだという思いにずっと付きまとわれていた。

Mさんと知り合ったきっかけは、共通の知人の紹介だった。サクラ観察に高尾の多摩森林科学園を歩いたときご一緒したのだが、北海道在住の方なので、本州の草花に目を輝かせ、十メートル歩く間に数回は道端の草花に足を止め、しげしげと見つめ、写真を撮り、というようなことを繰り返されていた。うんうん、わかるわかる、私も北海道に行くとそうだもの、と、私は（自身、野山と対話するように歩いたり登ったりするのが好きなので）その彼女の様子にすっかりうれしくなり、この人となら一緒に野山を行ける、と確信した。そのときすっかり仲良くなって、この山の話をしていたのだ。ゆっくり登ってゆっくり下りてこられる山、失われた氷河時代のレリック、東ヌプカウシヌプリ。

（登山道のある）白樺《しらかば》峠へ向かう車の中から、雨に洗われたみずみずしい景色を見るにつけても、晴れ続きだったなら何とも思わなかっただろうこの朝の快晴がしみじみと有り難く感じられた。峠の頂上に着いて、車を降りたときの空気の清澄《せいちょう》さに、北海道の山に来たことを実感する。

東ヌプカウシヌプリは、登山道の始まりからしばらくはミヤコザサの群落に覆われており、そのうち小暗《おぐら》い林の中に入る。この辺りから笹《ささ》がクマイザサに変わる（と言う人もいる）らしい。なるほど、葉の裏が（防寒用に？）毛羽立っている個体もある。

小一時間もあれば頂上まで登れるような山なのだが、そういうわけで、私たちはアカエゾマツの枝と握手しながら、「トドマツはともかくなぜアカエゾまでこんなに柔らかいのだろう」「このヒメイチゲはあまりにも細すぎる！」「ここのゴゼンタチバナは葉が四枚のものばかり。これじゃあ、花が咲かない」「あるときいっせいに入山したのでは。で、みんな同時に歳《とし》を重ねている」「うーん」「あれ、この芽はなんだろう」「マイヅルソウだ、ほら、葉っぱを広げたらハート形」「これはミヤマハンノキ、あれはオガラバナ」等々、検証し合ったり教えてもらったり、往路にたっぷり時間を費やした。

林の中の登山道にはまだだいぶ残雪があり、固くつるつるした滑りやすい場所も多く、慣れない私はそれだけでも四苦八苦。けれど、途方に暮れて足場を捜す、その視線を動かす合間合間にも、厚く苔《こけ》むした岩塊斜面の隙間に木々が立っていることが確認できた。この隙間だらけの岩塊斜面が、冬季に寒気を侵入させ、地下に凍土をつくり、夏でも冷たい空気が吹き出す「風穴」をつくる。

その一連の繋がりが、それほど高くない標高にありながら高山植物やナキウサギやカラフトルリシジミ等の生態系を存続せしめているのだった。実際、ある「穴」の中に、まるで富士山の裾野《すその》にある氷穴のように、つららが下がっているのも見た。

確かにダケカンバの純林があったり、途中ハイマツ帯が現れてくるところはすっかり高山の雰囲気だ。蕾《つぼみ》を付けたイソツツジは一回り小さいようだったから、やはりヒメイソツツジではなかったか……。氷河時代のレリック、失われた時代の思い出のような山。けれど現代に生きている。

林を抜けて、見晴らしのよいなだらかな斜面に出ると、Mさんが、「ほら、雌阿寒と阿寒富士がセットで」と指さした。昨日、すぐ近くまで行きながら雲に覆われて全く見ることの出来なかった雌阿寒が、青空をバックに全貌《ぜんぼう》を顕《あらわ》していた。その後、なかなか出会えないナキウサギを待ちながら、ガレ場で昼食を取っていたとき、彼女は、「以前シマフクロウに会いたくて会いたくて、道央から根室まで一晩かけて車を走らせて、シマフクロウが出てくるのを待ったりもしました。神様、シマフクロウに会えたら死んでもいいです、って祈ったほど。でもどうしても会えないの。そうこうしているうちに、ある場所で偶然木の枝に止まっているシマフクロウに会えたんです。自分でもびっくりしたけれど、涙が出て止まらなかった。と、同時に、あ、しまった、私、死んでもいいって言っちゃってたって。ああ、私死ぬのかしら、でも、すぐ、そうだ、私、涙ではっきり見ていないもんって」

Mさんは私より少し年上だが、見かけも考え方も私より遥かに少女性を残した、魅力的な方だ。これを聞いたとき、一瞬思わず、懐《なつ》かしくきらきらしたものを思い出して、まぶしく彼女を見やったものだ。神と取引するほどの必死の思い。

失われた時代の煌《きら》めきは、遠く輝く山々の稜線に似ている。
登れる稜線にしたいと思う、今でも。

トランジットについて、思うこと

「トランジット」ということばを、深く穿《うが》たれた記号のように思う。目的地への移動の最中、空港で飛行機を、あるいは駅で列車を、「乗り継ぐ」。個人旅行ではこの行為が実は非常に緊張を要する、もしかしたら命がけの一大事だということについて、あまりきちんと語られたことはないのではないかという考えが、そのまさにトランジットの渦中《かちゅう》にあるとき、いつも心をよぎる。一歩間違えば、二度と陽の当たる場所に戻れない可能性だってある。

たとえば以前、夜間にイスタンブールの空港に着き、そこからアンカラへトランジットしたことがある。到着ロビーの外れの、ひと気のない、照明さえ薄暗い細い階段を階下へ下り、さらにまるで従業員の夜間通用路といった風情の廊下と階段を延々歩いた。英語の表示すらどこにもない。誰にも会わない、というのがとても心細い。最後に行き着いた小部屋は、収容中の人との面会を待つ人びとのための待合室のようで、どうやらそこでアンカラ行きの飛行機がやって来るのを待たねばならない雰囲気なのだが、数人いる女性たちはみな、ヒジャーブのイスラーム教徒で、ことばが通じそうにない。たまたま連れもあったけれど、そのときの緊張と不安は常ならぬものだった。そしてまたたとえばエジプトの砂漠の真ん中で、いくつかの隊商ロードが交差するオアシスの給油所、そこは何千年も前から人びとが「トランジット」する場所であった。長い長い砂漠の道を延々移動しつづけ、やっと辿《たど》り着いたあの疲労と昂揚《こうよう》が混じり合う独特の空気、それが幾千年を貫いてあるものだと思ったときの感慨も忘れがたい。トランジットの最中は、いつもどこか不安だ。このゲートで間違いがない、〇時間後に出発だから、それまでは自由だ、とわかっていても、いついかなる変更が出てくるか、その国の国民性と天候の変化でまったくわからないのだから（英国で発車前の列車に乗り込んで安心していたら、突然、「運転手がランチに出て行ったきり戻らないので、この列車の出発はなし」というアナウンスが流れて呆然《ぼうぜん》としたこともある）。『トランジション　人生の転機』（ウィリアム・ブリッジズ著）という本では、就職や結婚などの人生の節目にあたっては、外的な変化 change と、内的な変容 transition が起こっていくと述べられている。近代以前の社会では、通過儀礼などで両者の一致がはかられてきたが、現代社会では内的変容が意識されにくくなっており、個々人が自己のトランジションを把握する必要が生じてきた、と。

旅のトランジットも、通過儀礼のようなものと考えられるかもしれない。表層を流れる現実を――乗る予定の飛行機の遅延、ゲートの変更などを注意深くチェックする、など――意識レベルでしっかり把握しつつ、かつその緊張と不安が自分の深層で何かを促していることにも自覚的になること。目的地へ到達するために、必要な「転機」の数々。現実には、その「目的地」とは、ノルウェーのオー村であったり、アイルランドのアラン島であったりするわけだが、内的に自分が本当に目指しているところと、それはいつもパラレルにある。けれど今はまだ、旅の途上。振り返り、のんびり総括できるときではない。とりあえずは移動に全集中を。

トランジットとはつまるところ、そういうことであろうと思う。

エストニアの静かな独立――歌う革命

エストニア国内の、森や草原のつづく村と村の間を車で移動しているとき、毛織りとおぼしきジャケットを着て野原のなかを歩く人を遠くから見かけたことがある。そのままでまっすぐに行けば、濃い森が待っている。手ぶらであった。茸《きのこ》採りのようでもないし、犬の散歩でもない、何の用事があって歩いているのか、と一瞬不思議に思った。そして、ああ、そういうことなのかもしれない、と、何十人となく取材を重ねたエストニアの人びとのなかに、同じようなことを言った人たちがいたことを思い出した。自分たちは、何か決めなければならないこと、考えなければならないことがあるときは、森へ行くんだ。森に行けば自分自身に戻れる。誰にも何にも邪魔されずに大切なことが考えられる、と。エストニアの人らしく北欧の人びとに似て背の高いそのジャケット姿の男性もまた、何か決断を下さねばならないことがあったのだろうか。それともほかに何か理由があったのだろうか。

車窓に映った一瞬の姿だけでは判断しかねるけれど、思い返せばどうもそんな気がする。彼は森へ向かっていた。深く何かに集中するために。

エストニアは長い歴史のなかで隣国ロシアの脅威にさらされつづけた。ロシアのみならず、常にどこかの国の支配下にありつづけた。古い歴史をもつ国でありながら、完全な独立を勝ちとったのはつい最近のことだ。その間ずっと、独立の機会を狙《ねら》いつづける覇気を失わず、なだれ込むそのときどきの風俗にのみ込まれることなく、自分たちの文化を守りつづけた。

被支配に在りつづける、ということについて最近よく考える。

自分の日常が自分でない誰かによって大きく左右されている、そういう状況下で、それでも、「日常」を自分自身のものとできる人びとについて。なぜそれができるのか。何をもってしても、自分自身の「核心」までは支配することはできない、という自負心のようなものがあるのだろうか。自負心、プライド、気概、持続する意志……。こう書いてしまうと、それは何か、自らを奮い立たせるような響きがあるけれど、そういう歯を食いしばるような悲壮感は、エストニアの人からは感じられないのだ。雄々しくあるというよりは、生きているかぎり逃げることのできないその人自身の、ときに悲しくすらある属性のままに生きているようにもみえる。けれどそれはいったい、何を拠《よ》り所にして、決定的な場面で現れてくるのだろう。そういうことを考えていくと結局「自分」というものを生み出した「固有の文化に支えられた日常」にまた帰り着く。

郊外に点在する家々も、日本のように何軒かが固まって集落をつくることはまずない。みな、まるで生えてきたかのように森陰にぽつんとただ在るのだった。そして集まれば歌を歌う。

個人を志向しながら、最終的には群れに収斂《しゅうれん》していく。それは、最初から個人というものをもたずに盲目的に群れの一員になろうとしていくこととは大きな違いがある。一人ひとりの独立した彼らは歌いつづけて連帯を保ち、革命を成功させた。

僕たちは、森から切り離されることはないんだ、と彼らの一人は言った。個性ある一本一本の木が集ってできた「森」は彼らの文化そのものでもあった。

そういう人びとが勝ちとった、静かな「独立」であったのだろう。

下ごしらえの喜び　わたしの大切な作業

黙々と作業に没頭する、ということなら、やはり食べるために行う、野や山（ときに海や川）で採った食材の下ごしらえが一番だろうか。あらかじめ下処理してあるスーパーのものと違い、自然のものをいただくときには、必ず面倒で、ときにゾッとするような、大地そのものとの交渉が必要だ。

秋はキノコの季節。山にいるときはほとんど毎日、小キノコ狩りか大キノコ狩りだ。小キノコ狩りというのは、食事の前に庭を一回りしてキノボリイグチやヤマイグチをスープや味噌汁《みそしる》に使う分だけ採ってくる、五分ほどで終わるもの。大キノコ狩りは、キノコ採り名人とともに山に入り、半日以上かけてそれなりの収穫を得て帰ってくる一大イベント。シイタケタイプの、乾いたキノコなら、キノコ用のブラシかキッチンペーパーを使い、埃《ほこり》や土を払ってそのまま料理できるが、イグチの仲間やヌメリ○○タイプの粘りのあるキノコだと、どうしても洗わずにはいられない。最初に大雑把に葉っぱや土を取った後、流水で細いカラマツの葉など、ヌメリに絡《から》まっているものを流す。それから二つに裂き、用意してあった塩水の入ったボウルに入れていく。もし虫が入っていたら、これで苦しがって出てくる。香茸《こうたけ》などだったら、まず必ず虫が入っているので、さらに細かく裂いて、虫が出てきやすくした上、重ねて数回、塩水を替えて虫を出す。ホンシメジも虫が付くので、これをする。ヌメリスギタケモドキは、虫が付くことはあまりないけれど、とりあえず煮沸《しゃふつ》して、洗う。ホコリタケの幼菌なら、ブラシで払うだけで十分だ。下ごしらえだけしておいて、すぐに使わないときは冷凍する。

春は山菜の下ごしらえ。ツクシはハカマを取り、フキは塩で板摺《いたず》りして皮をむく。山うどの匂《にお》いの鮮烈さ。

こういうことは、自然とのコミュニケーションの一部のようで、他の多くの生き物とともに生きていることを実感するひとときでもある。虫が付いているから食べない、なんてありえない。

「夏の朝、絵本の家へ遊びに。」

陽に灼《や》けた、けれど拭《ふ》き清められた縁側がある。縁側の向こうには、夏の日差しが眩《まぶ》しく映え渡る広い前庭（庇《ひさし》の下あたりと前庭との境界には、角のとれた縁石がずらりと並んでいる。昔よく花壇とのボーダーに使われていたような石である）、風に枝を揺らす緑の木々が見える。後ろの障子の向こうには畳の座敷。セミの声がうるさいほどで、寝転がって絵本を眺めているうちに、いつのまにかセミの声も遠くなり、夢の世界へと入り込んでいる……。

「夏休み」という言葉を耳にしたときの、日本人の原風景にあるようなシーンだけれど、これは現実に、子どもと、（子ども時代の夏休みをもう決して取り戻すことのできない）大人にも開かれた、「好きなだけ絵本の読める場所」として、武蔵野のとある森の中の、古い一軒家に「在る」光景なのである。

詳しく言えば、「とある森」、というのは国立天文台のある小高い丘の森の一角で、

「一軒家」は大正時代に建てられた天文台職員のための旧官舎。また正確に言えば、「古い」と言っても、現代の耐震基準に見合うよう、一度解体して再構築（その過程もとても興味深い「絵本」として残っている。前述の「縁石」も、元の建物の基礎固めに使われていた「割栗石《わりぐりいし》」――見た目はくりくりしていて「栗石」のようなのだが、建築の現場ではそう呼ぶらしい――を利用したもの）されているので、「古さを残した」、という方が事実に即しているだろうし、「好きなだけ」というのも、開館時間内は、という制限付きではある。誰にでも開かれ「続ける」ためには責任の所在と管理が必要で、このくらいの枠はあった方がかえって心が落ち着くというものだ。

バス通りから、濃い緑陰の小山に入っていくようにして、この家を目指した。そう言えば、山深い村落にはよくそんなふうに一軒の民家へ続く坂道があるではないか。

家の名前は「星と森と絵本の家」。何しろ「天文台のある森」なのだから、おさめてある絵本は、大きな括《くく》りで言えばすべて自然や科学にかかわるもの。

前述の畳のある客間から、縁側伝いに奥の間に入ると、そこは二間続きの板敷きになっていて、「月」にまつわる物語をテーマ別（「だいすき！　おつきさま」、「月をとりたい・月に行きたい」、「まんげつのよるは　魔法にかかる」、「せかいの月――月はどう見えるの？」、「すがたを変える月」、「月がついてくる」等々）にし、おさめた絵本が本棚にずらりと並んでいる。

内廊下の向こう側の部屋は、昔書生部屋や女中部屋だったところ。格子《こうし》の窓の向こうにも森の緑が見える。その部屋にもまた、別のテーマの本棚が並んでいる。

この家のあちこちに、三鷹市が市民に募って集まった、「昔この家でも使われていただろうような」年代物の、ちゃぶ台やミシン、柱時計等、様々な調度品が配置され、当時の生活の香りを伝える。これが他の、いわゆる箱物の絵本館との決定的な違いだろう。自分の田舎の祖父母の家で過ごしているようなデジャ・ヴュ感があるのだ。建物自体、「本物」であり、また「虚構」でもある。絵本を味わうように、フィクションとノンフィクションの交差する「場」を味わいながら、絵本を選び、その場で座り込んで一冊を読み切る。そしてまた一冊。武蔵野らしい力強い風が、開け放した家の中を吹き抜ける。

外に出ると、森に臨む前庭の木陰部分で、ボランティアの方（その名も森さん、と名乗られたように思う）が、おもちゃの製作指導の準備をされていた。この森で立ち枯れたり倒れたりした木々を主な材料にして、愉快な工夫のおもちゃをつくるのだ。

たとえばスモモや栗の木などを小さな丸い玉にくり抜き、無害なラッカーを塗り、繋《つな》げてイモムシをつくる。その先端に磁石を嵌《は》め込む。大きく切った木のあちこちにくり抜いた穴に、その「イモムシ」を詰める。対極の磁石でそれを「吸い出す」。それだけの仕掛けが、何とも手応《てごた》えのある遊びになっているのだ。思わず絵本の『はらぺこあおむし』を思い出した。

この一軒家を取り巻く環境自体が、絵本の世界からの有機的な連続性を生み、ゆるやかに外部の「俗世間」と繋がっている。開発され、また再開発され続ける世界の中で、こういう「取り残された一角」は、少ないけれど飛び地のように各地に存在するのだろう。一冊の絵本が人の心の滋養になるように、そこに息づく自然もまた、周囲の人の心を機能させる何かを保証している気がしてならない。

帰りがけ、天文台の方の見学許可を貰《もら》い（入口で虫除《むしよ》けスプレーを貸していただいた。夏の慣例らしい）、皆で絵本の家と地続きの森を散策した。手つかずの武蔵野の森である。今ではとても珍しい種類の草花をいくつも見つけたが、なかなか名前が出てこない。そう、絵本を読むように、森も読みたい。植物の名前ももっと知りたい。

こぢんまりした、原種に近いようなアジサイもあった（それを指して、いっしょに行ったスタッフの一人、Mさんが、「あ、アサガオ！」と叫んでいたのは、きっと「アジサイ」と言おうとして口が滑ったものと思われる）。

晴れ渡った夏の一日だった。見上げると空が抜けるように青くて、葉脈の見える葉をつけた小枝が、わさわさと手を振る子どものように風に揺れていた。

取材の狐福《きつねふく》

小石川植物園が東京大学の理学部附属（正しくは大学院理学系研究科附属）だということをご存じの方は多いと思うが、その内部に農学部管轄《かんかつ》（正しくは大学院農学生命科学研究科附属）の鬱蒼《うっそう》とした一角があるのは、あまり知られていないのではないか。私は知らなかった。植物園のように一般公開がなされていないせいもあるのだろう。北西の静かな通りに面してひっそりとその正門があり、北海道富良野《ふらの》の演習林で、師走《しわす》の新月の夜切り出されたシウリザクラの木に、「小石川樹木園」と慎《つつ》ましく看板が出ている。

植物園の正門から入ると、有名な桜の林を抜け、やがてシマサルスベリの並木も抜けて順路を外れ、見学客もほとんど見かけない小暗い緑陰に差し掛かる頃、見慣れない柵《さく》が出てくる。そこからが樹木園である。武骨な味わいのその柵は、昔、東京大学秩父《ちちぶ》演習林で使われていたトロッコのレールを再利用したものだ。その柵の向こうに続く小径《こみち》を行けば、厚く積もった腐葉土を踏みしめるようにして、また、両脇《わき》から枝を差し伸ばす木々の間を縫うようにして、歩を進めることになる。振り仰げば遥か頭上を木々の葉が天井を埋めるように青く染めている。適度な湿度とフィトンチッド。鳥の声が高く深く響く。皮膚感覚はここを深山幽谷と告げるが、紛れもなく文京区なのである。

生来の植物好きなので、編集者のYさんから、「植物園を舞台にした小説を書きませんか」と言われたときは、思わず引き込まれた。なるほど実生活では広い庭を持つほどの資力や体力がなくとも、原稿の中でなら自分の理想の植物園をつくることができる。なぜ今までこのことに気づかなかったのかと思った。夢見心地でああでもないこうでもない、と植物園の地形や植生を思い描いた。自分の立つ足裏で感じられる地形の高低や傾斜の具合、石や土の湿り具合や風の流れ具合。それがそのまま主人公の内界案内図となりうるような、そういう植物園。

主人公についてはあてがあった。この連載（『f植物園の巣穴』）を始める一年ほど前、大阪版の朝日新聞に短篇を寄稿、主人公はなんとも融通の利《き》かない、無愛想で老いた男だった。なぜこんな男が突然出てきたのか、今でもよく分からないが、私自身の内的な必然から出てきた人物には違いなかった。ラストに向かってスピーディーにテンポ良く事が運ぶ、そういう短篇であったので、私はこの不可解な主人公と、全身全霊で付き合った、という実感を持たないまま終わった。それがたぶん、少し心残りだったのだ。（『丹生都比売　梨木香歩作品集』所収「カコの話」）

今回の執筆を通してようやく彼（の系統の人々）と、多少は分かりあえたような気がする（向こうがこちらをどう思っているかは分からないにしても、そんな気がするのである）。

この物語を構想している段階から、東京大学大学院農学生命科学研究科の酒井秀夫《ひでお》教授には本当にお世話になった。冒頭の樹木園をご紹介いただいたのも酒井教授である。樹木園の中には山小屋のような研究作業所（？）があり、樹木園技術専門職員の佐々木潔州さんからそこでアルミのやかんで沸かしたお茶をいただいた。それが「深山幽谷」の風情《ふぜい》にぴったりだった。梅雨時だったか、すさまじく蚊が多く、「山小屋」内部には蚊取り線香が山積みされていた。佐々木さんが「下の池（植物園・日本庭園部分）のヤゴたちが一斉にトンボになると、この蚊も大分少なくなるんですが」、とおっしゃったのが忘れられない。文京区の真ん中で、そういう「毎年のダイナミズム」があるのだった。

物語の流れから、歯科医療のごく初期の頃の背景を知る必要があり、Yさんと共に神奈川県歯科医師会「歯の博物館」へも取材に行った。そのとき予《あらかじ》め歯科医療史のレジュメをご用意下さり、素朴な質問にも丁寧に答えて下さったのが、前述のお二人と同様に巻末に謝辞を述べさせていただいた、歯科医師の羽坂勇司《はさかゆうじ》先生である。今年米寿を迎えられた人生の大先輩、かつご誠実で魅力的なお人柄にYさん共々魅了された。明治時代、先生の父上は、見習いとして働きながら独学で試験に受かる。日本で一〇一〇人目の歯科医師免許証取得者であられた。

取材に託《かこつ》けて、斯《か》くの如《ごと》く様々な経験をさせていただいた。思い出しては幸福に浸っている。

今日の仕事に向かう

赤ん坊を産んだばかりの若い女性が総菜カフェを立ち上げる物語（『雪と珊瑚と』）を、先日、上梓《じょうし》した。その総菜カフェは、無農薬有機栽培でつくった野菜を料理の素材に使う、というコンセプトの店だったので、同種の経営ポリシーを持ついくつかの農場を、取材のため見学した。

朝の農場の見学、というのはほんとうにたのしい（そこで働く責任のない気軽さで言えることなのだ、ということはもちろん分かっているけれど）。

足下ではショウリョウバッタが飛び跳ね、大きな葉物野菜の外葉には水晶のような大きな朝露が揺れている。穴ぼこだらけでもみずみずしい作物たち。まだそこかしこに漂う朝霧。目覚めきっていない体が、そこで働くことで洗われていくようにリフレッシュする（もちろん、たまに行くから言えることなのかもしれないけれど）。農村部でいろいろな畑を見て回ると（目当ての畑へ行く間に、他の畑も自然に目に入るのだ）、所有者がこまめに通い、愛されている畑と、そうでない、打ち捨てられた畑とは、雑草の勢力は同じように強くても、その違いが歴然と分かるようにもなった。本を読むように畑を読む、ということも可能なのだと思った。畑を読んで、いろいろな情報を取り込む。

見学させていただいた農場はみな、それぞれのポリシーと熱意があって、憧《あこが》れる方々ばかりだったが、なかでも印象に残ったのが、「野の扉」主宰の伊藤《いとう》さんご夫婦だった。

有機無農薬栽培というのは、きっと畑も雑草だらけで、というこちらの思い込みを全く覆《くつがえ》すように、野の扉の畑は雑草も少なく、うつくしかった。畑だけでなく、家回り、作業場の内外《うちそと》どこもみな整然としていて、塵《ちり》一つない（ように私には見えた）のだった。農家に限らず、郊外の家の庭先が、どんなふうに物置化していくか、私は見知っていただけに、この片付きぶりは新鮮だった。知り合うにつれ、これは伊藤さんご夫婦の「生き方」そのものなのだと思うようになった。

「百姓とは宇宙や大地と直接コミュニケートする職業」、ということばが自然体で出てくる伊藤さんだけに、三・一一で原発事故が大地にもたらした影響については、もっともその大地に近くおられる立場のお一人として、何一つごまかしのない苦悩を味われた。

「……あれ以来、頭から離れません。野にいてもそうです。脳ミソの何%かは、常に放射能の影響下にあるので、ミミズを見ても草を見てもイノシシのことを思っても、かえってそのことに思い至り、離れられません。人が変わるとは、こんな風なのでしょうか。この国の多くの人が、私のように、あるいはもっと差し迫った理由から、大きく変わらざるを得なかったのだと思います。……」（野の扉・「菜園たより」より）

見学に行ったのは、三・一一以前のことであった。なぜ、有機無農薬栽培なのにこんなにきれいに畑を保っていられるのか、という私の問いに対して、伊藤泰子さんは、「うちの畑は地主さんからお借りしているものなんですが、単なる、貸借ということだけではなく、長い流れの中で、お預かりしている、という感覚でいます。預かったものは、きちんと、次に伝えなくては……。それに、近所の畑は普通に農業をやってる方々ばかりですから、うちだけ雑草を蔓延《はびこ》らせて、迷惑かけるわけにもいかない」

ヨトウムシとの凄《すさ》まじい戦いは、聞くだに戦慄《せんりつ》を覚えるものだった。いくら緻密《ちみつ》なネットをかけても、やっぱり入ってくる。どうもやつらはネット越しにジェット噴射で卵を産みつけるのではないか、とすら被害妄想的に思えてくる……。ひどいときにはドアノブ、鴨居《かもい》、外に設《しつら》えてある帽子掛けにまで卵が産みつけられている……。

伊藤晃さんのことば。

「夏場、草刈りを始めて、炎天下のなか、延々やって、ふと気づくと、もう一番最初刈ったところからまた草が伸び始めている……。でも、黙々とやっていたら、いつかは終わる。仕事って、そんなものだと思うんですよ」

私はこのことばに感銘を受け、小説のなかのセリフのモデルにさせていただいた。

自分にできることを、ただ黙々とやっていく。

そうすれば、どんなつらい仕事も、いつかは終わる。

呪文《じゅもん》のようにこのことばを唱えて、今日も今日の仕事に向かう。

繋がる

英国のサセックス州、丘陵地帯の森の中を長く緩やかに下り続ける道の、急に開けて日当たりが良くなるカーブの端に、威風堂々とした一本の木があった。季節は五月。白いヒヤシンス型の花が鮮やかな緑の葉の上に無数に鎮座しているような、思わず目を奪われるその華やかさのせいで、どこへ行っても同じ種類のものが目に付いた。いや、華やか、というのはこの木には似つかわしくない形容だ。強いて言うなら教会建築を思わせる荘厳《そうごん》さ、といった印象なのだが、それも花木のたとえとしてふさわしいものかどうか分からない。周囲の状況さえ許せばとてつもなく大きくなる木らしく、その森の端で見つけた大木はまるでセコイアのような風情だった。唖然《あぜん》として車を止め、見とれた。車の流れが止《や》むと、辺りがしんとし、森の方から誘うような鳥の声が響いてくる。素早く辺りを見回し人の目がないのを確かめてから、木肌に触り抱きつかせてもらった。

それから恋に落ちたようにしばらくその木のことが頭から離れず、あるとき台所仕事をしながら、あ、と思った。あれは、もしかしたらマロニエではないか。

実はすでにその木の素性についてある程度は調べてあった。どこの国に行っても機会があれば草木の図鑑を買うことにしている。日本名では○○の仲間、と察しがついていても現地で何と呼ばれているのか知りたい。英国は幾度か来ているので、重くても同じ図鑑をもってゆく。その木が英国でホース・チェスナッツと呼ばれているものだということは、だからすでに知っていた。ただ、何かもう一つすっかり分かり切っていないような不全感が常につきまとっている。専門分野でないものを調べるときの常である。

もう一度図鑑を引いてよく読む。確かにヨーロッパではマロニエ、と呼ばれているらしい。街路樹に仕立てられると彼らはそんなに大きくなれないのだろう。それで英国で野放図に伸びきったそれと同じ種類とは思えなかったのだ。それにしてもホース・チェスナッツ、馬栗だなんて。乱暴なネーミングに少し顔をしかめる。

それから誰に会ってもしばらくはホース・チェスナッツのことを話題にする（なにせ、ほとんど「恋に落ちて」いるから）。調べられそうな本を見かけると必ず目を通す。そのうちにだんだん彼《か》の木に関しての情報が集まってくる。どうやらその栗の実に見立てられている大きな実は、子供たちのトラディショナルな遊び道具として伝わっていたらしい。そこに行き着いたときはもう、嬉《うれ》しくてたまらない。こういうことに、ものすごく惹《ひ》きつけられるたちなのだ。

さっそく知り合いの男の子を捕まえて（自分がとって食わんばかりの勢いになっているのを、意識的に制しつつ）、教えてもらう。どういう実を選ぶか、作り方、遊ぶときの駆け引きの様子、等々、微に入り細にわたり、男の子を怖がらせないように、けれどしつこく食い下がってメモを取る。遊び方は、その大きなアボカドの種のような種子の中央に穴をあけひもを通し、互いにぶつけ合って強度を競うというもの。「コンカーを強くするには酢につけるんだ」と彼は瞳《ひとみ》をきらりとさせて言う。こういう、職人技の秘密、のようなことを話してくれるとき、男の子たちはなんていつも自信満々で誇りに満ちていることか。思わず見とれるが、でもちょっと待って。今なんて言った？　確か、コン……。「コンカーだよ。ゲームの呼び名だよ」とたんに私の頭の中で小さく何かが、あ、あ、あ、とスパークする。確か、大昔、まだ小学校に入学する前、近所の英国人の男の子が、剣玉の玉に紐《ひも》を付けただけのものをぶつけ合って遊んでいた。そうか、由来はここだったのだ。

納得が臓腑《ぞうふ》に落ちてゆき、点と点が繋がってゆく悦《よろこ》び。

農山漁村文化協会から、各都道府県の伝統食を詳しく聞き書きするスタイルのシリーズが出ていて、身近な地方の巻から手に入れて楽しんでいる。農家や商家、武家の暮らしの営みから伝えられてきた食文化というものは興味が尽きない。特に、飢餓の時代を何度も経てきて普段なら猛毒とされているものを、工夫に工夫を重ねて食せるものにしてゆく過程は、なんだか神聖なものをみるようだ。奄美《あまみ》大島のソテツの扱いにしても、山間部の栃《とち》の実の扱いにしても。有毒な彼岸花の鱗茎《りんけい》でさえ、人は食べられるものに変えてゆく。何でわざわざ、と思うが、それほどすさまじい飢餓があったという歴史の跡なのだろう。

なかでも、そのままではとても食べられない栃の実を無毒化してゆく工程は、清冽《せいれつ》な川の流れ（皮を剝《む》いた実を何度も晒《さら》す）や静かな森の風景に、人の暮らしが彷彿《ほうふつ》として見え、昔からとても好きだった。それで、栃の実をつき込んだ餅《もち》、とかが売られている特産品のコーナーに通りかかると（買いもしないのに）足をとめてしまう。しょっちゅう山歩きに行くくせに、どういうわけか、トチノキには会わずにきた。

それが今年に入って、いつものように樹木関係の資料が目に付いたときちらりと見たら、トチノキはマロニエの近縁種、という記述があるではないか。また頭の中で、何かが、あ、と叫び、大急ぎでトチノキの全体像を探すと、それは、ホース・チェスナッツそっくりに見えた（素人目《しろうとめ》に、である、もちろん）。ちなみにマロニエはセイヨウトチノキ、とある。

マロニエ↓ホース・チェスナッツ↓コンカー↓トチノキ↓栃餅……

独りよがりで、乱暴なものではあるが、とりあえず地図ができあがっていく。自分の中の、違う場所に納めてあったはずの興味が瞬間に繋がる、ぐるりがどんどん埋められてゆく、この充実感、達成感、爽快感《そうかいかん》。

さて、ある出版社でお世話になっている編集者のお二人はご夫婦である。そのことは存じ上げていたが、全く違う仕事でそれぞれと対していたので、ご夫婦だと意識したことは殆《ほとん》どなかった。それが、ある休日にご自宅からの電話、その要件がすんだ後、「では、次Tに代わります」とSさんが、T氏に受話器を渡された。また別の仕事である。そのとき「もしもし」と出られたT氏の声を聞いたとき、私は深い満足と喜びを感じた。マロニエ↓栃餅クラスの、自分の中では全く違うところに納めてあった興味（この場合は仕事）が思わぬところで繋がっていた、という喜びである。「まあ、Tさん（が出た）、面白い！」と思わず声を上げると、「面白いですか？」と対照的に低いトーンの憮然《ぶぜん》とした声。

そうそう、この場合あくまで自分が主体となって、複数の客体がいろんな「ご縁で」繋がっていることを確認することに喜びがあるのであって、自分自身が客体となっていることにはさほど達成感はない（だろう、それは）。トチノキもホース・チェスナッツも、それぞれ他に繋がっているなどという意識なく、毅然《きぜん》として個を生きているのだから。

「繋がる」は自動詞であり、その事象を見ている自分は観察者として全体から遠いところにいる。他動詞「繋ぐ」の主語が、客体と直接関与している潔《いさぎよ》さに比べると、そのスタンスは遥《はる》かに後ろめたい。

なるほどTさんは面白くなかったろうと、浮かれ気分を少し反省した。

「粋《いき》」の目的

ある雑誌の地名に関わる連載には、小タイトルというか、そのときどきテーマがあって、最近続いていたそれは「街道」であった。○○街道、とまず冒頭に持ってきて、その街道筋の宿場のなかから、いくつか選んで文章を書くのだった。するとまあ、日本橋を起点に（あるいは終点に）した街道の多いこと多いこと。日本橋、すごい、と畏敬《いけい》の念が湧《わ》き上がってきた矢先に、その日本橋を誌名にした本誌に文章を書くお話が来て、なんとテーマが「粋」だという。うぅむ、「日本橋」で書くこと自体はお引き受けせざるをえないような（ごく個人的な）最近の成り行きなのだが、「粋」とは、私が手をつけられる境地なのだろうかと少し引いたところへ、そこで怖気《おじけ》付くと予想されてか、「身の回りの、ちょっといいお話でもいいです」、と、とても思いやり深く（依頼文の次の文章で）ハードルを下げてくださっていた。というわけで、今、取り掛かっているのです。

近頃、とりとめもなく思いあぐねた鳥の「粋」の話である。

冬場になると日本に渡ってくるカモたちのなかで、比較的頻繁に目にするのがオナガガモというカモなのだが、これがとてもスタイリッシュで格好がいい。鳥には換羽期（エクリプス期）というものがあり、雄のカモはだいたい、繁殖期が終わった晩夏から初秋にかけての一時期、装《よそお》いがガラリと変わる。オナガガモもそうで、まるで雌のように地味になる。が、ブルーグレーのペンキを一掃きしたような嘴《くちばし》の色だけは変わらず、それで雌との区別がつく。その嘴のことを「まるでそこだけ仮装し忘れたかのように」とあるエッセイに書いたら、担当編集者に、「繁殖期の装いこそが、仮装なのではないでしょうか」と疑問を付された。なるほど、それは思いつかなかったが一理ある、と考え込んだ。

派手で色数も多いオシドリの羽衣などと違い、オナガガモの雄の羽衣はグレーの濃淡を基調に、色数を少なくまとめた、とても粋なものである。首から頰にかけて勾玉《まがたま》のように入った鮮やかな白も粋だし、前述したように一見ぞんざいに見える嘴のブルーグレーもセンスがいい。ピンと斜め上に持ち上げた尻尾も意気の高さを示しているかのようで、存在自体がもう、「粋」そのものだ。これこそ、オナガガモが、世間に

（雌へだけではなく、たぶん）示したかった自分の姿なのではないだろうか。

粋、と自分が思う姿は、自分の本質の表れ、つまりそれこそが自分の真髄、自分の本当の姿なのだと思っているのではなかろうか。そして本人（鳥？）がそう思っているのであれば、やはりそれを優先すべきではないのだろうか。当人のアイデンティティに敬意を払うべきだろう。換羽期の数週間より、圧倒的に長い日数を、あの定番のスタイルで通しているのだし。

だがしかし、例えば外でアイドルをやっているタレントが、自室に帰って衣装を脱ぎ、営業用の笑顔も忘れて番茶にせんべいでくつろいでいる姿が、生まれてから途切れなく連綿と続いてきたその人の本性だと言われれば、それもそうかな、と思う。

いろいろ考えた末、カモの変わり身を、仮装などとした私が間違っていたのであって、両方ともに、カモの本当の姿、ということに落ち着いた。

粋がっている姿も、意気消沈している姿も、みんな自分なのだ。

さて次は、「粋」と繁殖期がどう繋がるかという問題がある。ある種の心意気の高さが、繁殖期故《ゆえ》、つまり異性目当てとされるのは承服しかねる。承服しかねるが、生物というものは、次世代へとＤＮＡを繋ぐことを最大の目的としている、というテーゼを是とするならば、生物の行動全《すべ》てにこの目的の影がちらほらすることになる。実際そう見る向きが大半だろう。しかし時折、どう考えてもこの法則が当てはまらない行動をする動物が現れる。自分と血縁のないどころか、種の違う動物の赤ん坊を育てる動物であるとか（少し前のことだが、インパラの子供を育てている雌ライオンのことがニュースになり、私は小躍りして喜んだものだ）。「粋」が、動物本能と離れた、霊性を持った人間としての、正真正銘自分の一部である、ということを証明するためには、繁殖期を過ぎ、寿命を全うして老いを生き抜くそのときまで「粋」であることを貫き通せばいいのだ（ただ、それが他人から見て、粋でもなんでもない、ということは往々にしてありうることだけれど）。

ここまで書いてきたが、やはり私自身と「粋」とはあまり関係がないように思う。でも人間関係で、相手のことを「粋」だなあ、と思う瞬間というのはやはり、人生の喜び以外の何物でもない。自分のことはさておいて、生きている間、そういう人に、一人でも多く会いたいものだ。これは私の人生の数ある目的の一つ、とは言えるかもしれない。

イスタンブール今昔

数年前、二冊の写真集が相次いで手元に届いた。二冊はまったく別の経路で辿《たど》り着いたにもかかわらず、不思議に一見コンセプトが似ていた。一冊は、『東京外国人』というタイトルで、東京に拠点を置き活動する異国の人々のポートレートやその住まいを、Beretta P-07という若い写真家集団が写したもの。もう一冊は『極東ホテル』、写真家の鷲尾《わしお》和彦《かずひこ》氏が、「東京の『山谷《さんや》』と呼ばれるエリアにある一軒の外国人旅行者向けホテルに滞在」し、そこで宿泊客を写したもの。二冊とも、東京にいる外国人たちの肖像、と括ってもおかしくないものだが、二冊を流れる空気はどこか決定的に違った。最初、迂闊《うかつ》にも撮った写真家の個性の差くらいに漠然と思っていたのだが、『極東ホテル』の池澤夏樹《いけざわなつき》氏の解説で、そのわけが分かった。「……数十点のポートレートの上に、ぼくはかつての自分の顔を重ねる。このよるべない不安そうな顔には見覚えがある。―略―旅先では何が起こるかわからない。それを乗り越える運がいつも

あるとはかぎらない。─略─だからみんなこういう顔になる」（池澤夏樹「寂しい惑星」──『極東ホテル』解説）

世の中には「瞬時に本質を捉《とら》える手技《てわざ》」というものがあるのだ。『東京外国人』に登場するのは、永住と言わないまでも、定住の場を得た、安定した「外国人」たちで、かたや『極東ホテル』の主人公たちは言うなれば流浪中の異国の民だったのだ。醸《かも》し出す空気の決定的な違いは、その違いだったのだった。鷲尾氏はあとがきで、ホテル滞在中の心情についてこう述べる。「……まるで行き先を決めないまま、国際線の出発ターミナルに立っているような気分だった」。

それはイスタンブールという都市についての、私の印象そのものである。ヨーロッパからの鉄道の玄関であるスィルケジ駅は、アガサ・クリスティのオリエント・エキスプレスの時代と同じく、今も夜行で朝着く列車の終着駅でもある（ただ、優雅度はかなり差し引かれ、吐き出される客の大抵はバックパッカーたち、そして大荷物を抱えた流入者）。プラットホームは改札がなく、自由に行き来できるので、宿泊施設や観光案内の客引き、出迎えの人々でごった返す。各地方から幾日もかけ、延々この地を目指してやってくる、埃っぽい長距離バスの集結する巨大なバスターミナルもまた、旅客たちだけではなく、各種物売りやその屋台で膨れ上がらんばかり。

ここからブルガリアへ行こうとしている人もいるだろう。もしくはギリシャへ。あるいはイラン、シリアへ。黒海に沿う村々へ。またはコーカサス山脈を目指して。逆にそれらの国々からここへ流れ着いた人々もいるだろう。イスタンブールという言葉自体が、「町へ」という、人の流動を意味するギリシャ語だという。その「行方定まらぬ」印象は、ずいぶん昔から、日本人の目にも焼き付いていたようである。

一八四五年、金角湾に木製の橋が渡され、それまで渡し船で通わねばならなかった新旧の両市街が繋がった。明治二五年（一八九二年）にイスタンブールへ入った山田寅次郎《とらじろう》も、この景色を目にしている。


「人若《も》し足を橋畔に停めて、暫《しばら》く通行人に眼を留めんか、土耳古《トルコ》人希臘《ギリシア》人はいふも更なり、亜細亜《アジア》、亜弗利加《アフリカ》、欧羅巴《ヨーロッパ》の各国の人種を観察し、異種異様の衣冠風俗を学ぶことを得べし。外遊の旅客時に之《これ》を万国橋と呼ぶも、亦《また》当らずといふべからず」

（『土耳古画観』山田寅次郎　明治四四年発行）


今では木製の橋は新工法の橋に取って代わられたが、橋の隣の渡し場、エミノニュ波止場辺りを行き交う人の多さ、雑踏の中に現れる顔の多彩さは往時と少しも変わらない。

昭和一〇年に発行された『沙漠の国』にも、その頃のイスタンブールが紹介される。美文家と定評のあった外交官、笠間杲雄の筆になるだけに、人々の服装やにぎわいのようすも詳しい。

「道行く人の衣裳も色彩も全く他国に見られない多種多様で思ひ〲の人種と伝統と趣味とを展開して呉れる。如何なる帝室の仮装舞踏といへども、これ程多様の服装を素地のまゝで見られることはないだらう。——略——回教徒の帽子の中にも坊主や漁師の色鉢巻、ペルシア人の黒帽、韃靼人やアラビア人の風呂敷を巻いた様なチュルバン、皆とり〲の趣があるのに、服装までがチェルケッスの胸に並んだ弾薬莢、ジョルジア人の短剣に金具の帯、時々はあのジャニッサリ時代を想起させるトルコの長袴や女の白いヤシュマック、シリア人の下衣、アルメニア人の紫や黒の靴、おのがじし異った色彩で異った情調を味はしめる。　氷水や冷たい飲物を売る屋台車には石榴水や、檸檬水を容れた萌黄だの紺青だのの大瓶が所せまきまでに並んでゐる。——略——縁日と舞踊会とを一所にした位の賑やかさで殆んど夜明しである」（『沙漠の国』笠間杲雄）

さすがに現代ではここまでカラフルな風俗は見られないけれど、人種の多様さにおいては、交通の便が良くなった分、今の方が勝っているだろう。

此方《こなた》へ辿り着いた人々、彼方《かなた》を目指そうとする人々、ただ其方《そなた》に居て、漂泊の思いを身の内に抱え込んでいる人々――この都市には「旅」の気配が充満しているのだ。風がぐるぐる回っている。清涼な、天の一点から気圧の差を丁寧に読み解いてその間《かん》隙《げき》を涼やかに駆け抜ける風、というのではない、もっと淀《よど》んだ風。香辛料の匂い、油の匂い、海の匂い、ありとあらゆる民族の出自にまで纏《まつ》わる複雑怪奇な匂い……。そういう空気が、出口を求めて市内を循環している。旅立ちたい、という焦燥。都市にこういうことを刻印する条件というのはなんなのだろう。古代から、地中海やエーゲ海、黒海を結ぶ交易ルートの重要拠点だったらしいことは確かだ。地形が歴史を、そして気象を決定づけつつ、人々の営みを押し進めてきたのだろうか。四一三年に建てられたテオドシウスの大城壁のすぐ真下で、今も人々の生活は続いている。その生活は、そこを追われたら嘆きつつも、けれどすぐに次の居場所を探して流浪できるようなキャンプに近いものだ。

前出の『沙漠の国』では、ロシア革命後、難民となったロシア貴族の淑女たちが、結局イスタンブールに落ち着いて、「芸者」となっている様を活写する。ロシアでの深窓の令嬢、令夫人時代に、身につけた語学、ダンスの素養を生かしながら、飲み屋でホステスまがいのことをするが、食事をもらうだけで賃金で雇われているわけではない。店のものたちからは「公爵《こうしゃく》夫人」「伯爵夫人」と呼ばれ、礼を尽くされている。プライドと哀感と世間知らずが絶妙のバランスで均衡を保ち、危なっかしくも、イスタンブールという不思議な町ではなんとか生きていけている。そこで生活するすべての人間、それぞれがきりきりと独自の人生のダンスを踊っているかのようだ。その印象もまた、今と変わらない。東方と西方、古代と現在、様々な文化が、そこで溶け込み一つのものになろうとする気配も、調和への指向性もまったくなく、互いに相容れないまま、どこかに不安を抱えて、遠くを見ている。

カタバミとキクラゲ

早いもので今年（二〇一四年）ももう半年が過ぎようとしている。ついこの間まで、雑草のなかでは春一番といっていいほど早くから花を咲かせるヒメオドリコソウやホトケノザで覆《おお》われていた庭の一画が、カタバミ族に乗っ取られていた。季節は確実に移り変わったのだ。ふつうのカタバミ（茶色っぽい葉をもち、黄色い花を咲かせるものとクローバーによく似た緑色の葉の二種類）と、ムラサキカタバミ（路傍でおなじみのピンク色の花を咲かせるもの）だ。

そのことに気づいた日の朝、ちょうど読んでいた英国の野草の本に、同じカタバミの仲間の、Wood Sorrel について、「細かく刻んで、ダブル・クリームに入れ、数分おけば、サケマス料理のソースとして完璧《かんぺき》」とあったので、家のカタバミで確かめたくなる。Wood Sorrel はその花が白いことをのぞけば、まったく日本のカタバミといっしょである。同じものとして扱って、まず間違いなかろうと思う。

午後、さっそくサケの切り身と脂肪分五〇パーセント近い生クリームを買って帰る。日本の生クリームにはシングル、ダブルの表示分けはないが、このくらい（脂肪分が）高ければ充分だろうと思う。家に入る前に庭に回り、カタバミを摘み取る。茶色っぽい葉も、緑の葉も、ムラサキカタバミの葉（緑）も、ぜんぶ公平に摘む。台所に運び、ボウルに水を張り、放しておく。

サケは、ムニエルにしようと思うのだ。切り身を洗い、キッチンペーパーで水気を拭《ふ》き取り、皿におく。上から岩塩とホワイトペッパーをミルで挽《ひ》く。少し多すぎたので、片面だけにして、小麦粉をはたく。

さあ、カタバミだ。

Sorrel（スイバ）とは似ても似つかない葉の形をしているのに（スイバは長い楕円《だえん》に似た形で、カタバミはいわゆる三つ葉）、英名Wood Sorrelの謎《なぞ》は、口に入れてみればすぐ解ける。スイバと同じように酸《す》っぱいのである。ちなみにカタバミの漢字表記は酢漿草だ。

野外でカタバミをスパイス代わりに料理に使うひとを知っているが、私自身は使おうと思ったことはなかった。あまりに強烈な蓚酸《しゅうさん》味なのだ。けれど、「サケマス料理のソースとして完璧」と勧められると、半信半疑ながら試したくなるというものだ。

本の通り、生クリームに刻んだカタバミを入れる。恐る恐る、少なめにするが、ちょっと味見すると、全然カタバミらしくないので、多めに刻んだ分ぜんぶ入れる。本当にこれだけでいいのだろうか、と少し不安になる。サケマスのソースといえば、一般的なのはタルタルソースだけれど、この生クリームには、マヨネーズはおろか、塩《しお》胡椒《こしょう》すら入れていない。刻んだタマネギやピクルスもない。文字通り、カタバミだけ。少しくらい泡立てて、ボディをしっかりさせたほうがいいかとも思ったが、最初は書かれてある通り、だまされたと思ってやってみようと、（繰り返すが）本当に生クリームにカタバミだけ。

ソースの乳脂肪分が高いので、この上バターはしつこすぎるだろうと思い、軽くオリーヴオイルでソテーしたムニエルに、カタバミソースをかける。白磁のような白に、グリーンとブラウンが美しい。食べてみると、意外なことに蓚酸っぽさがほとんどなくなっていた。あっさりと、この上ない上品さに驚く。

野草料理に野趣を連想するひとがいても、上品な味わいを期待するひとはいないだろう。私自身、野草料理でまず頭に浮かぶのがよもぎだんごだ。あのヨモギ味は、なるほど野の草というものはこういうものなのだ、と子どもの柔らかい脳に刷り込むのに充分な強烈さをもっている。たしかにそういうものが多いのだ。とくに春先の山菜などは、えぐみもある。一番ポピュラーな料理法が天ぷらになるのもうなずける。油で揚げるとたいていの「強烈さ」はマイルドになる。けれど、料理法によっては、「上品」にもなりうるのだ、と、今回開眼した思いだった。

「カタバミの一画」のすぐ隣に、梅の木がある。実は昨日、その梅の木の枝に、びっしりと文字通りクラゲのようにキクラゲが出ていたのを見つけた。乾燥キクラゲと違い、半透明で柔らかさはほとんどゼリー状である。中華料理のデザートになる白キクラゲは、みな干した状態のものでつくるが、そもそもこれこそが生の白キクラゲではなかろうかと感激し、氷砂糖を使いコンポートのようなものをつくった。そのものの味はない（だからシナモンやバニラビーンズを入れる）ものの、つるつるとした食感は、乾燥白キクラゲを戻してつくったものとはまったく違う、なんだか厳《おごそ》かな気分になるほど気品があったのだった。

カタバミにしろキクラゲにしろ、上品になろうが下品になろうが主食にはなりえないし、大した栄養があるわけでもない。食費の倹約を大幅に扶《たす》けるわけでもない。ただ食べたあと、なんとなく気分がいいのだ。

川の話

九州山地の外れ、わりに標高の高い場所に山小屋をつくってから、もう四半世紀が過ぎた。たまに行くだけだが、そのくらい長い間縁を持っていると、自然に地元の人とも知り合いになる。

その中でもHさんの経歴は異色だ。もう八十は過ぎていらっしゃると思われるが、もともとは子爵の次男で神奈川県にお住まいだった。十代の頃、家庭教師をしてくれていた米国人の女性に恋いこがれて周囲の反対を押し切り、彼女について米国に渡った。結婚し市民権を得、軍隊に入った。軍隊に入れば無料で大学で学べるというシステムに引かれてである。除隊後メリーランド大学の水産学部に入り、院で研究を続け、魚類博士になった。そのうち日本の地方の国立大学から招かれ帰国、教授職についた。時代はバブル景気の頃で、Hさんはクルーザーで釣り三昧《ざんまい》、米国仕込みの豪奢《ごうしゃ》な生活を送っていたが、株かなにかで大失敗し、財産をすべてなくし、おまけに奥様まで難病で亡《な》くした。すっかり自暴自棄になり、電車に乗って九州の外れで降り（ここが私の山小屋のある場所に近かったのだ）、そこの小さな温泉旅館で下足番として働いていた。数年後、教え子たちが、足跡を辿ってたずねてくるまで（Hさんはそれまで経歴を明かしていなかった。旅館の女将《おかみ》さんは、やっぱり、と頷《うなず》いたそうである）。今はその旅館を辞して、近くの川のそばに山小屋を建て、一日一組限定のレストランなどをしている。たまに地元の新聞に環境問題のことなどについて文章を書くこともある。昔は大きなアメリカ車に乗り馴《な》れていらっしゃったのだろうが、今は自転車で山道を行き来する生活だ。

そのHさんに、地元の川の源流に連れて行っていただいたことがある。道は途中で立ち消え、小さな流れに沿って歩くと、やがて水底から一つ二つ、空気が浮き上がるように水が湧いてくる場所があった。傍らには、湿った、黒っぽい岩壁が覆い被《かぶ》さらんばかりにそそり立ち、一面にイワタバコの花が咲いていた。イワタバコのあれほどの群生は、そのとき初めて見た。勧められて飲んだ足元の水は、清らかで体が悦ぶのがわかった。それから少し下ったところで、私たちは小さな釣りをした。川遊びをしたいという私の要望に応《こた》えて下さったのだ。さっきのような、純度百パーセントのようなところには、生きものはあまりいないんです、きれいすぎて。この辺りで、ようやく、小さな魚ぐらいは出てくる。そう言いながら、簡素な釣り道具を取り出した。私たちは河原の石を裏返し、カゲロウの幼虫を針の先にくっつけて、カワムツを釣った。食べるとしたら唐揚げかしら、と私が言うと、こうやって、と、Hさんは小さなカワムツを頭から丸ごと呑《の》み込んだ。目を丸くしていると、だいじょうぶ、きれいなもんです、と笑った。Hさんは、こんなふうに、今、川べりで命を繋《つな》いでいるのだ、と思った。太平洋で海釣りをしていたHさんは、川を遡《さかのぼ》り、ほんの少し、命のにぎわいがある、そんな場所を見つけたのだった。

カブトムシの角。

去年の初夏、夜が更《ふ》けて辺りが静まると、決まって「こう、こう」、とアオバズクの声が聞こえてくる時期がありました。どこかの木の洞《うろ》で繁殖しているのか、夜の闇《やみ》に隠れて狩りに来ているのか。深夜、夢うつつに今日はまたずいぶん近くで鳴いているなあと思った翌朝、朝刊を取ろうと玄関から出ると、黒っぽい小枝のようなものが転がっていました。小枝にしてはなんだか存在感が尋常ではなかったので、しゃがんでつまみ上げ、しげしげと見て、それがカブトムシの角の部分(目玉付き)であることに気づきました。アオバズクがカブトムシを狩り、硬くて飲み込めない角の部分だけ残しておいた、ということなのでしょう。野生の息吹《いぶき》にぞくぞくしました。角は黒曜石のようにも貴族の館《やかた》の壁にかけてある鹿《しか》の頭部のようにも感じられ、なんといっても朝の光に輝く目が宝石のようでした。捨てておくなんて絶対に出来ない。たいせつに持って入り、家宝の一つとなりました。

Ⅳ

嵐《あらし》の夜に海を渡る

嵐の夜に海を渡る鳥たちがいて、ある燈台《とうだい》の資料館の隣に、その鳥たちの剝製《はくせい》だけを集めた建物があると聞いた。

その燈台の名は、水ノ子島燈台。豊後《ぶんご》水道のほぼ真ん中に位置する小さな小島――というより大岩――におよそ百年ほど前設営された。いつかはそこへと思っていたが、この夏、なんだかどうしても行かないといけない気になった。

それで、夕方車で家を出て、有明埠頭《ふとう》からカーフェリーに乗り、翌日の午後徳島に着いた。徳島に着いたら鳴門《なると》の大渦を見なくてはならぬ、と気持ちが定まっていたのでそのまま淡路島に渡る。淡路島で一泊、早朝ホテルを発《た》ち、車で再び大鳴門橋を渡って眼下に大渦を見ながら徳島へ入り、そこから愛媛県の三崎半島の突端まで四国を横断すると、豊後水道を九州へ渡るためフェリーに乗った。まだ決定的な影響を被《こうむ》るほどは近づいていないとはいえ、太平洋沖に控える台風の影響で波が荒く、三崎港を出港した小さなフェリーは大きく揺れた。波は南の方から、日向灘《ひゅうがなだ》を越えてやってきていた。気流も海流も気難しいこの海峡、嵐の夜、わざわざここを渡る鳥たちのいることが信じられない。地図上では一またぎのように見えるけれど、いざ渡るとなれば、むろんのこと一またぎというには結構な時間がかかる。

船内では、ちょうど進行方向正面が見える位置にいたので、大きな波が来るのが手に取るように分かり、そのたび、自分がこの船を操作し、寄せる波を乗り切ろうとしているのだと体に言い聞かせ、構える。私の経験では、これが船酔いを防止する一番効果的な方法なのだった。車の運転手が車酔いをしないのと同じ理屈である。

着いたのは大分市の佐賀関《さがのせき》港。別府湾の南、佐賀関半島の突端にある小さな漁港で、余談だがここで水揚げされる関アジは私の好物だ。厳しい海流にもまれて身が締まり、格別おいしくなるのだと、かねてから聞き及んではいたものの、ようやくその現場を体験する機会を得たわけなのだった。「もまれるアジ」の気分が少し分かった。

その日は山向こうの佐伯《さいき》市に宿を取り、「もまれた」魚や地元産のうにを（時化《しけ》だから、とそれでも板前さんは謙遜《けんそん》したけれど）味わい、翌朝、鶴見半島海岸沿いをくねくねと曲がりながら、その昔、燈台守たちの退息所だった海事資料館・渡り鳥館を目指した。半島の先端部分にあるその場所からは、遥《はる》か遠く、豆粒よりも頼りなく水ノ子島燈台が見えた。車を降りると、強い風が手にしていた地図を飛ばしそうにした。

嵐の夜に海を渡る鳥たちがいて、そのなかには暴風雨や星も見えない闇《やみ》に惑い、光を求めた挙げ句、燈台に激突するものがいる。嵐の過ぎ去った朝、周辺には普段見慣れぬ美しい鳥たちの死骸《しがい》が累々《るいるい》としている。たまたま剝製を作る技術を持った何代目かの燈台守が、不運な鳥たちの剝製を作った。嵐のたびそれは増え、やがて燈台守が職を辞し、燈台が無人化された今も、半世紀ほど前の不運な鳥たちの剝製はこうして残っている。

六十二種、五百五十羽。圧倒的に多いのは、ヤブサメ、ムシクイなどのウグイス類と、キビタキ、オオルリなどのヒタキ類。尾羽の長さが体長の三倍あり、暗い体色に瑠璃色《るりいろ》のアイリングが際立《きわだ》つサンコウチョウや、緋色《ひいろ》のアカショウビンたちは美しいだけに無惨《むざん》な思いがし、カンムリウミスズメやアカエリヒレアシシギなどは、珍しさから、おお、と思うが、彼らがここを通過する、というのは分からないでもない。分からないのはカワセミやコジュケイだ。カワセミなどは、羽ばたきだけで愚直に、ただ一直線に飛ぶだけの鳥である。それで一飛びに海峡を渡ろうなどと、なぜ考えたのか。コジュケイに至っては、驚いて跳び上がる以上に飛んでいるのを見たことがない。畑の脇《わき》の藪《やぶ》で一生を過ごすはずの鳥ではなかったのか。定住で満足している種たちではなかったのか。なんでわざわざ嵐の夜に、それほどまでに切迫した事情とはいったい、と思わず剝製のきょとんとした目に問い質《ただ》したくなる。けれど彼らはそれを選択し、それは密《ひそ》かに、そして厳然と決行された運命の旅だったのだった。確かに鳥は、その気になれば、飛べる動物だった。

「新年号のエッセイ」と依頼を受けたものの、新しい年を迎えるような心持ちにない。せめて、嵐の夜に旅立つ鳥たちの力強さに、気持ちを寄せてみようと思った。闇夜であろうと風雨がきつかろうと、渡ろうと決意した以上は、勝算があることを信じていたに違いない。実際渡り切る鳥も、多くいるに違いない。でなくてそんな無謀を野性が許すわけがない。

ときどき、ぜんたいの成り行きにすっかり弱気になると、そういう鳥たちのことを思い出したりしている。

3・11を心に刻んで

懐《なつ》かし我が故郷／さびしき沼や　細道の
忘れぬかげは　まぶたに／ヴァージニア　夢よかげりゆく
老いし父母　同胞《はらから》の／声なき声を　胸にきく
ヴァージニア　ついに帰らば／再び去らん日はあらじ
（「懐かしのヴァージニア」訳詞・堀内敬三《けいぞう》）

石巻市住吉町のNさん（九十二歳）は八十一歳の妹さんと二人暮らしだった。家は半分流され、お二人で避難所生活を余儀なくされている。Nさんは朝日新聞の取材に応《こた》えて「……みんな『がんばろう』というから、つい〈生くる力いまやなし〉と口ずさんでしまいます。（米国民謡の）『懐かしのバージニア』の歌詞。家に帰りたい。あとは何の望みもありません」と語った（「いま伝えたい被災者の声」二〇一一年四月二三日)。「懐かしのヴァージニア」は、Nさんがお若い頃、女学校時代にか、合唱された歌だったのだろう。歌詞の向こうに、その思い出まで垣間見《かいまみ》えるようで、この記事を読んだとき、Nさんという一人の女性の九十二年の人生、悲喜こもごもを収めた日常が根こそぎ奪われた喪失の穴の、その深さに胸をえぐられるような思いがした。この歌の歌詞は、日本では数名が訳している。「生くる力いまやなし」という言葉は、妹尾幸陽《せのおこうよう》訳詞「懐かしのヴァージニア」の二番の箇所にある。「いま帰るなつかしの／夢のふせやは荒れはてて／悩みつきぬいく年《とせ》に／生くる力いまやなし／母はすでに世を去りて／会わんすべも高御座《たかみくら》／嬉《うれ》し悲しまたとなき／空のあなたの恋しさよ／いま帰るなつかしの／夢のふせやは荒れはてて／悩みつきぬいく年に／生くる力いまやなし」。訳者ごとに大分トーンが違うことに気づき、原詩を調べてみた。万が一にも、という思いで。そのすぐ後、この仕事をいただいた。「被災者」に向けての言葉は語れないと思った。個人として、一人の具体的な個人へ向けてしか。けれどももしそれが、「それぞれの個人」へ向かう言葉でもあってくれれば。

N様。

この妹尾幸陽訳詞を口にすると、ご心情が切々と胸に迫ってきます。出過ぎたこととは重々承知なのですが、それでもお伝えしたいことがあります。もしかしたらすでにご存知かとも思いますが、この歌の原詩に、「生くる力いまやなし」という箇所は見つかりませんでした。原作者は、老いて弱る日まで、そこで生活したいのだ、と書いています。ふるさとこそ自分が最後の日々を送る場所、そこで生きたい、と。奴隷《どれい》制度の影を落とす、複雑な背景を持っている歌ではありますが、少なくとも原文は、生くる力いまやなし、では、なかった。そのことをお伝えしたいと思ったのでした。

けれど、一方でそうは思いつつも、私は実は、「生くる力いまやなし」という、何の希望も見いだせない絶望的な言葉の方に、悲嘆にある心の奥深く、その存在を持ちこたえさせていく力があるような気がしてならないのです。どうしてなのかは、よく分かりません。けれども、Nさんご自身は、もうすでにそのことをよくご存じだったのかもしれませんね。

歌は、そして言葉は、元気よく生きる勇気を鼓舞する力がある、というだけのものでなく、深い悲しみの底にあるとき、それを表現するというただそのことによってさえも、人を支えうるものなのかもしれない。「生くる力いまやなし」。お言葉を目にしてから何度も何度も口ずさみ、私自身にも大切な言葉になりました。そのことも、お伝えしたかった。

冒頭に、別の人による訳詞の二番を記しました。こちらの方が原詩に近いように思われます。慣れ親しんだ歌詞の方がほんもののような気がするのは、私にも覚えがあることなのでお察ししますが、もし、Nさんに口ずさんでいただけるときがきたら。

祈りを込めて

（二〇一一年六月十一日）

丁寧に、丹念に

外は満開の桜。青く晴れ渡った空、桜並木の下を歩くたび、その空の向こうに続く震災の現場のことが思われます。それが桜の開花のように、日常の晴れやかな一コマであればあるほど、心は繰り返し、灰色の無常感を暴力的な力で呼び戻す。なんの屈託もなく心の底から笑う、というときがまた来るのでしょうか。

あの日からほぼ一ヶ月が経《た》とうとしています。その直前まで、ある国の、ダム湖に水没した村々の跡を訪ねていました。そこに昔住んでいた人々の話を聞き、水の底に沈んだ家々、教会などのイメージに取り憑《つ》かれたようになって帰国の途についたのでした。地震はその数日後に起こった。その映像はしばらく私を失語の状態にしました。

これは、私が受けるものではなかったのか。なぜ、私ではなく、あの方が、この方が。こんなふうに、亡《な》くなるはずではなかった。亡くなっていいはずがない。

そんな、個人的でとりとめのない思いばかりで、言葉がバラバラになって、自分の中でまとまらなくなったのでした。

けれど、大なり小なり、日本中がそういう類《たぐい》の「個人的な」衝撃を受けていたのでしょう。マスコミに、メディアに、様々な発信元から激しく噴出してくる言葉もまた、この圧倒的な現実に見合う容量や深度を持たず、痛々しい昂揚《こうよう》の仕方をしてくるくると舞い上がったかと思えば、空《むな》しく瓦礫《がれき》のように積み重なり、積み重なり、やがて、私たちは、身辺に静かに堆積《たいせき》していった「圧倒的な悲しみ」を直視せざるを得なくなる――。それはまともに引き受けるにはあまりにも重くつらく耐えきれないので、自己防衛のために無意識にそれへと向かう道、まともに検証しようとする感覚の道を遮断してしまう、麻痺《まひ》させてしまう。そして、自分の中の一部が、バラバラになって手つかずの瓦礫のようになったまま、放っておかれ、残りの半生を推し進めていく。

これもまた、逃れようのない被災のひとつのかたちなのでしょう。

桜の小枝の先が、次第に薄赤く華やいでいくのを、今年ほど胸迫る思いで見つめたことはなかった。桜は、プログラムされているとおり、手順を踏んできちんと咲きました。そういうふうにして、海底のプレートも動いた。大自然が、数千年、数万年のスパンで営んでいるリズムは、私たちのたかだか百年弱の人生のリズムなど、勘定にすら入っていないのでしょう。
元に戻ることは、もう金輪際かなわない。これを経験しなかった以前に戻ることは。

以前、本誌「ミセス」のエッセイで紹介したこともある羊飼いの山本実紀さんから、震災後、ご自分を含めた周囲の人々の活動状況などが伝わってきています。彼女は岩手県花巻市にお住まいなのです。それぞれが、いかに「個人的に」被災者支援に動いているか、言うに言われぬ思いを抱え、手の届く範囲の人に、伸ばせるだけの手を伸ばしているか。例えばガソリンがまったくなく、車が動けないでいた頃、廃油から燃料を生み出すバイオディーゼルを駆使して、沿岸部の、孤立している小さな避難所を、小まめに回っては必要な物資を届けるという活動をしていた、バイオディーゼル・アドベンチャーの方々のこと。文字どおりの、獅子《しし》奮迅。経営困難に陥った被災地の小売店で主に物資を注文し、それを支援に使うなど、長期に渡るサポートを視野におき、さまざまに活動しているハーティネットとうわ（代表は小原ナオ子さん）の人々のこと。それぞれの顔が見えるような活動のことを聞くたび、本来的な人間性への敬意に胸が熱くなります。

けれどあるとき、どこの局だったか町の路上に立ったテレビのアナウンサーが、たぶん彼も動顛《どうてん》していたのでしょう、目を吊《つ》り上げて、「非常時なのですから」と叫ぶように言ったとき――それはごく初期の頃で、ですから買占めとかいう不安に駆られた集団行動に対してではなく、ちょっとした個人の贅沢《ぜいたく》とか、そういうことに対してだったと思います――とても不吉な予感がしました。

非常時、という言葉を合図に、あっというまに心ひとつにまとまる民族、他国のメディアも称賛するという、そのみごとさの、勢いに乗じて、伝えられるあの戦争中の空気――異質であることを許さない、共同体のために自分を犠牲にすることを強いられる――そういう空気、もしくはつい何年か前、「自己責任」を合言葉に誰かを一斉に糾弾しようとしたあの空気が、再び醸成される気配を、その言葉に強く危惧《きぐ》したのです。緊張し過ぎてはならない。大変なときではあるけれど、緊張し過ぎてはならない。「勢い」を、「真摯《しんし》に人を思う」、そこで止めておかなければならない。個人を、群れに溶解させてはならない。

今はまだ、出番ではない、と自分自身の資質を存分に生かした形での支援のときを待っておられる方もいらっしゃるでしょう。自分が義援金を送りたい場所に、どうやって届けるのか、その方法を模索しておられる方もいらっしゃるでしょう。自分が支援したい団体を探しておられる方もあるでしょう。支援のかたちはひと色ではない。だからこそ、さまざまに、また幾重にも人を助ける方策がでてくる。これが私たちの生活を根底から変える出来事であり、長期に渡る持続的な覚悟を迫るものであるということがいよいよ明らかになった、そういう「日常」に私たちは入っていく、だからこそ、自分と同じ行動をとらないからと言って、人を責めることがあってはならない。自分自身にもまた、言い聞かせるようにして、祈るようにして、そう胸で繰り返しています。

自分のなかから、あの日、言葉がバラバラになって散ってしまった。多くの人々が、そういう失語状態から、言葉を回復しようと試みたように、瓦礫のようにバラバラになってしまったものを、ひとつにまとめる目に見えない接着剤のようなものを、「きずな」と呼ぶのなら、繋《つな》げようとする力、繋がろうとする力、それを「きずな」と呼ぶならば、私たちは、この使い古された感傷の漂う昔馴染《むかしなじ》みの言葉に、これから新たな力を吹き込むことになるかもしれない。個人であることを手放さず、私たちの顔を失《な》くすことなく、丁寧に、丹念に繋げていく——。文字どおりの、「きずな」という言葉の再生。もう一度ひとつになろうとする、自分自身の内部の、そして外界の「それぞれの私」との間の、そして、「死んでいった私」との間の。
そしてそれこそが、生きている私たちにできる生の証《あかし》なのでしょう。
私たちは生きている。
生活していく。
繫がり合う、群れの生きものとして。

あとがき

私が職業としての物書きを始めた、ごく初期の頃からの仕事をまとめていただきました。

作品としての小説や、たとえエッセイ集でも、一つのテーマに沿って収斂《しゅうれん》させていくものと違う、掲載した時期も媒体もバラバラの、短い文章の群れです。一冊の本として成り立つ求心力があるだろうかと懸念《けねん》しましたが、大きなテーマというものがないからこそ、かえってそのときそのとき、社会の片隅で自分なりに悪戦苦闘していた当時を思い出し、良くも悪くも、平成の時代の、これが自分の人生であったと思うことです。

執筆の折々、読者に届けたいと思っていたことが、もしも長い年月をかけて、今、届き得たとしたら、望外の喜びです。

昔からお付き合いのあった編集者、北村暁子《あきこ》さんの根気強い探索の努力、尽力がなければ、陽の目を見ることがない一冊でした。彼女の編集者としての情熱と誠実に、この場を借りて、改めてお礼を述べさせていただきます。心からの感謝を。

二〇一九年五月

梨木香歩

文庫版あとがき

本を出すことの、著者の側からの喜びの一つに、読者に教えていただく、ということがある。本書を単行本で出したときも、思いがけず二人の方から「あなたがわからないと書いていたあれは……」というご教示のお手紙をいただいた。感激して、文庫にするときはぜひあとがきにこのことを書かせてもらい、お礼の言葉とともにそれ（出来上がった文庫）を送付しようと思った。書く前にはご連絡もし、了解をとらなければ、とも。だが自分自身への注意喚起のため、通常のレターボックスと違う書類入れにしまったことが結果的に裏目に出、どんなに探しても見つからなくなってしまった。慚愧《ざんき》に堪えない。

思い返せば、不思議なことにその二通とも、「遠くにかがやく　近くでささやく」のなかの、「世界がすべてブルーグレーに見えるにしても」に出てくる「月夜の田園」という絵に関してだった。上田市の無言館に収められている絵だ。

手紙の一通は、その絵の作者、椎野修さんについてだった。福岡県生まれということしか知らない、と私が書いたのをお読みになった送り主（記憶によれば北海道在住）が、それは私の妻の叔父です、と詳しく書いてきてくださったのだ。送り主の方は以前からの読者でいらしてくださって、新刊を読んでいたら急に親戚《しんせき》の名前が出てきて驚愕《きょうがく》した、とのことだったと思う。椎野さんはやはり、戦場から帰られなかったという。

二通目は四国からで、その田園の絵に描かれている「稲小屋」のようなものの名を、調べたけれどもわからない、と書いたのをお読みになり、名前を教えてくださったのだった。ただその方も、自分はこれを全国共通の名だと思っていたけれど、もしかしたら方言かもしれない、と懸念《けねん》も書き添えておられた（ああいうものはそれぞれ気候の違う地方によって作り方に特色があるので、もしかしたら手紙を書いてくださった方のご出身の四国と椎野さんの出身の九州にまたがって共通するものだったのかもしれない）。

静かな佇《たたず》まいの絵画だった。描かれてから八十年ほども経《た》ち、作者も亡《な》くなっても、こうやってひとを動かす力を持ち続けている作品なのだ。万感のこもった仕事だったのだろう。

同じ創《つく》り手として、姿勢を質《ただ》されている気持ちでいる。この短文の集まりのなかの、一つでも、読者の方の心に残るものがあれば。

二〇二三年弥生

梨木香歩

初出一覧

守りたかったもの　「母の友」二〇〇四年四～六月号　3回
遠くにかがやく　近くでささやく　「ミセス」二〇一五年一月号～二〇一六年一二月号　24回
1998、1999年のことば　「京都新聞」「現代のことば」一九九八年一月二六日、三月二三日、五月一九日、七月二三日、九月一八日、一一月一三日、一九九九年一月二〇日、三月一八日、五月一七日　9回
家の渡り　「考える人」「渡りの足跡」⑥⑦　22号（二〇〇七年秋号）、23号（二〇〇八年冬号）　2回
生まれいずる、未知の物語　梨木香歩インタビュー　『スピリチュアル・データ・ブック2007』ブッククラブ回　二〇〇七年四月刊
河田さんとの対話　書下ろし
上も下もないつながり　「北海道新聞」二〇一五年六月二一日

I
森に潜むもの　「森発見　自立した森再生センター便り」22号（2011 Summer）～25号

（2012 Spring）　4回
透き通るような野山のエッセンスを　「暮しの手帖」第4世紀30号（二〇〇七年一〇〜一一月号）
旅にあり続ける時空間——伊勢神宮　「Grazia」二〇〇九年三月号
ただ渦を見るということ　国生みの舞台、淡路島へ　「芸術新潮」二〇一〇年九月号
淡路島の不思議な生きものたち、そしてタヌキのこと　「yom yom」17号（二〇一〇年一〇月号）
記録しないと、消えていく　『家守綺譚』朗読劇公演　「yom yom」22号（二〇一一年一〇月号）
読書日記　二〇一五年猛暑八月　「新刊展望」二〇一五年一〇月号
その土地の本屋さん　「日販通信」二〇一〇年六月号
ハリエンジュとニセアカシア　「FUSION」32号（二〇〇四年冬号）

Ⅱ

忘れられない言葉　あの子はああいう子なんです　掲載誌名不明
世界へ踏み出すために　あの頃の本たち　「読書のいずみ」１０５号（二〇〇五年一二月号）
イマジネーションの瞬発力　「月刊ＰＨＰ」二〇〇六年一一月号

あわあわとしていた　こころにひかる物語　「かまくら春秋」二〇〇五年九月号
お下がりについて　「国語教室」103号（二〇一六年五月）
マトリョーシカの真実　『映画版「西の魔女が死んだ」オリジナルブック』ローソン　二〇〇八年六月刊
錬金術に携わるような　「Pooka」13号（二〇〇六年）
はちみつ色の幸福に耽溺する　「yom yom」2号（二〇〇七年三月号）
追悼　佐藤さとるさん　叙情性漂う永遠の少年　「読売新聞」二〇一七年二月二八日
アン・シャーリーの孤独、村岡花子の孤独　『花子とアンへの道』新潮社　二〇一四年三月刊
永遠の牧野少年　『牧野富太郎　なぜ花は匂うか』栞　平凡社　二〇一六年四月刊
食のこぼれ話　「滋賀新聞」二〇〇四年九月一一日〜二〇〇五年二月五日　5回
湖の国から　「滋賀新聞」二〇〇五年三月一二日〜八月六日　5回

Ⅲ

部屋、自分を充たすために　「ミセス」二〇一三年一一月号
故郷へ旅する魂――ウィリアム・モリス　「中央公論」二〇一六年二月号
風の道の罠――バードストライク　「新潮45」二〇一一年八月号
失われた時代の思い出　『言葉ふる森』山と溪谷社　二〇一〇年二月刊

トランジットについて、思うこと　「TRANSIT」24号（二〇一四年三月）
エストニアの静かな独立――歌う革命　「TRANSIT」27号（二〇一五年一月）
下ごしらえの喜び　わたしの大切な作業　「作業療法ジャーナル」二〇一九年一月号
「夏の朝、絵本の家へ遊びに。」「野性時代」70号（二〇〇九年九月号）
取材の狐福　「一冊の本」二〇〇九年六月号
今日の仕事に向かう　「家の光」二〇一二年一〇月号
繋がる　「図書」二〇〇三年八月号
「粋」の目的　「日本橋」二〇一八年三月号
イスタンブール今昔　「芸術新潮」二〇一二年九月号
カタバミとキクラゲ　「kunel」69号（二〇一四年九月号）
川の話　「水の文化」51号（二〇一五年一〇月号）
カブトムシの角。「kunel」74号（二〇一五年七月号）

Ⅳ

嵐の夜に海を渡る　「すばる」二〇一二年一月号
3・11を心に刻んで　岩波書店ホームページ　二〇一一年六月一一日掲載
丁寧に、丹念に　「ミセス」二〇一一年六月号

解説

河田桟

本を閉じて顔を上げると、風でガジュマルの木の葉がいっせいに揺れました。目の前では同じ風に吹かれて馬が気持ちよさそうにまどろんでいます。私はこの解説を書くために『やがて満ちてくる光の』を再読していたのです。ふうっと息をはきだしながら思ったのは、あの時、東京で、梨木香歩さんと交わされた対話がなかったら、はたして私は最果ての与那国《よなぐに》島で馬と暮らしているだろうか、ということでした。ずいぶん遠くへ来てしまったけれど、あの時の対話は、時間と空間を超え、たしかに「いま」へとつながっていると感じます。

梨木さんとお会いしたのは、二〇〇七年のこと。本書は、梨木さんが作家活動を始めた初期の頃から二〇一九年までの、様々な媒体にお書きになったエッセイを編纂《へんさん》したものです。その中に、私が聞き手としてお話をうかがったインタビュー『生まれいずる、未知の物語』も収録していただいています。

当時、私は東京にいて、インタビューを仕事のひとつとしていました。様々な分野の方にお話をうかがっていたのですが、私がインタビューしたいと心が強く動く時には、ある共通の感覚がありました。それは、「この人は、誰もいない領域へ、ただひとりで覚悟を持って足を踏み出したのだ」と感じた時です。外側に表現されているものではわかりにくいこともありますが、その人の内側ではたしかにそういう非常に孤独なプロセスが行われている、そう感受した時に、私ははっとし、その人の見ている風景を見たい、と願ったのでした。

梨木さんの小説、『沼地のある森を抜けて』はまさにそのような本でした。なにかヒトの思考の枠組みと違うこと、観念を極めていくより生命に触っていくこと、境界に関わること。答えが書かれているのではありません。答えを書こうとするアプローチだったら、もっと別のものになっているはずです。ぼんやりと感触しかわからないけれど、これまでとはあきらかに違う未知の流れがそこにありました。これはどういうことなのか。この物語はどんなふうに生まれてきたのか。梨木さんはどんな風景を見ておられるのか。ぜひお話をうかがいたいと考えました。

お会いする前、担当編集者の方とメールでやりとりしていて、「どんな質問を想定されていますか？」と尋ねられました。でも、そもそも言葉にできない感覚だからこそお話を聞いてみたい、と思っていた私は困ってしまいました。結局、抽象的なわけのわからないお返事しかできなかった記憶があり、それでも梨木さんがお引き受けくださったこと、今でも感謝しています。

待ち合わせの場所でどきどきしながら待っていると、道の向こうから歩いてくる人が見えました。その姿を見たとたん、「あ、梨木さんだ」と思いました。その頃、梨木さんの写真は（『ポートレートあれこれ』にあるように）公開されていなかったのですが、目の前に現れた人は、文章から受ける印象そのままの「梨木さん」でした。知的で表情豊かな。

いざインタビューが始まると、梨木さんとの間で言葉以外のなにかが猛烈な速度で行き来し、話すそばから少し先の未来が生成されてゆくような不思議な感覚を覚えました。問いを言葉にできず途方に暮れていたのが嘘《うそ》のようでした。まだ形は持っていないけれど感覚としては生じているなにか、というのは、対話する相手がいて初めてその形をあらわにするものなのかもしれません。

その後、何度も思い返すことになった、いくつかのやりとりがあります。

ひとつめは、創作時における梨木さんの孤独なプロセスについてです。インタビューの中で梨木さんはその感覚を〝本当に真っ裸のまま、徒手空拳《としゅくうけん》で荒野の中に立っているような気がすることがあります〃と表現しておられます。また、本書に収録されているエッセイ『世界へ踏み出すために』では、このようにも書かれています。〃『沼地のある森を抜けて』を執筆している間は、シーカヤックに心身共に惹《ひ》きつけられていました。……その作品の主題であった、「宇宙にたった一つ浮かんでいた、そもそもの細胞の孤独の記憶」と、たった一人、大海原に浮かんでいる小舟の感覚、というものに、本能的に響きあうものを感じていたのだと、実は確信を持っています〃

そう、その感覚。梨木さんにインタビューしたいと思ったのは、ほんとうにそのようなイメージが浮かんだからでした。私の頭の中にあったのはもっと抽象的な感覚でしたけれど、それをこのように具象化して表現される梨木さんは、やはり言葉の使い手、作家なのだなあとため息が出ます。

ふたつめは、境界についてのやりとりです。ボイジャーというＮＡＳＡの無人惑星探査機が、なかなか太陽系の向こう側に行けないというお話です。梨木さんはこう言われます。〃境界というのは何かそういう感じがあって、あそこまで飛び抜けたら境界を超えられるというものではないと思うんです。まったく違う何か、それこそ自分の細胞を変容させて、違う生き物になるような感じでないと、向こう側には行けないのではないでしょうか〃

感覚を研ぎ澄ませ境界を超えてその先へと進む行為は、日々の暮らしと矛盾する動きです。ふつうに考えれば、両方を同時に行うのは不可能です。境界の向こう側に行ってしまえば、もうそれはヒトではないものになっている、ということだからです。それでも、どうしても境界へと向かってしまう、そういう動き方をする人がいます。梨木さんも、ご自身の中に境界の向こうを感知する、してしまう領域をお持ちのような気がします。物語が生まれてくる時には、どこかそういう「彼方《かなた》」から来るものを感じとって、こちらの世界に受け渡していくプロセスが成されるのかもしれません。それはきっとある種の危険を伴うものでしょう。境界を完全に超えてしまったら、もう戻れないかもしれないからです。だから彼方を感じながら、ぎりぎりこちら側に踏みとどまる、あるいは、彼方に行ってしまった人と、境界のあちらとこちらで対話をする、そこで感受したものを人々に伝えていく。物語の語り手としての梨木さんは、そのような役割を生きていらっしゃるのかもしれない、と私は思うのでした。（その立ち位置は、衆生《しゅじょう》を勇気づけるために、悟りの手前に居続ける菩薩《ぼさつ》のありようをちょっと思い起こさせます。）

みっつめは、人間はキノコのようなものではないか、というくだりです。梨木さんはこんなことを言われます。〝最近、私は、生物が歳《とし》をとると、なんとなく輪郭がぼやけていくような気がするんです。クリアな個から、だんだんぼやけていって、「ひとつ」になる準備をしているのかな、と〟。あるいはこんなふうにも。〝一人の人間がその知力体力共に最盛期に進む時期、というのはその人の人生のほんの一瞬です。……作家でも何でも、その人が最盛期を過ぎて、溶けかかったキノコみたいに自滅の道をたどって消えてゆくみたいな事になっても、そういう変容の仕方、過程を最後まで見届けることでしか、人間の本質はわからないと思うんです〟

インタビューの場では「なるほど、そうかもしれない……」と私はうなずいたのですが、実をいうと梨木さんが言われたことのほんとうの意味に気づくのは、何年も時を経てからでした。自身がすこしずつ老いていき、さらに病を得たことで、生き物としてエネルギーががくんと減り、自分の輪郭がぼやけるとはどういうことか、体感としてわかってきたのです。その境界の超え方（というより無くなり方）は、エネルギーがあった時には想像もできない道筋でした。動きは小さくゆっくりになり、でもその遅いリズムからしか見えない風景があることを知りました。

このように梨木さんとの対話は、「仕事」としてのインタビューを超えて、私自身の魂を震わせるものでした。同じ領域内に点滅する疑問、可能性についてシンクロできたような感慨を覚えました。自分の思考や感覚をフルスロットルで開放して誰かと会話できるなんて滅多にないことでした。

もしかしたら、それは当時、私が生き方の潮目の変化を迎えていたことも関係しているかもしれません。梨木さんの言葉をお借りすれば、〝たった一人、大海原に浮かんでいる小舟の感覚〟をその頃の私も持っていたのです。自分の個人的ななにかをご相談したわけではなかったのですが、対話を終えたあと、私をどこかへ運ぼうとしている未知の流れにただ乗ればいいのだ、と勝手に勇気づけられていました。この流れの向こうには、たしかに風が吹いている、となぜか確認できた気がしたのです。『嵐の夜に海を渡る』鳥たちみたいに。それからほどなくして私は旅に出て、馬と出会い、はしっこの島へ行き着くことになったのでした。

さて、解説というにはずいぶんと自分の感覚へ引き寄せて書いてしまった気がします。皆さんがご存じのように、梨木さんのなかには、ここで触れた以外にも様々な領域が存在しています。たとえば、植物や鳥に親しむ領域、社会で人がどう生きていくべきかを考え続ける領域、歴史のつながりのその奥を見ようとする領域、人とのさりげない一瞬を慈《いつく》しむ領域などなど。それらがこのエッセイ集の中にぎゅっと詰め込まれています。読者の方のそれぞれの領域と、梨木さんの領域が、どこかで交差しシンクロする場面がきっとあることでしょう。それはやはり、時間と場所を超えた対話なのだと思います。
そして、もうお気づきかもしれませんが、このエッセイ集は、子ども時代から近年に至るまで、梨木さんの感覚や思考の道筋を辿《たど》っていくことのできるご本、つまり、「一人の作家の変容の仕方、過程を見る」にはこの上ない一冊だと言えるかもしれません。ただし、その過程はまだ途中まで。この先の続きの時間があることを幸せに思います。

（二〇二三年四月、馬飼い・文筆業）

この作品は二〇一九年七月、新潮社から刊行された。

幸田文著 **父・こんなこと**

父・幸田露伴の死の模様を描いた「父」。父と娘の日常を生き生きと伝える「こんなこと」。偉大な父を偲ぶ著者の思いが伝わる記録文学。

幸田文著 **流れる**
新潮社文学賞受賞

大川のほとりの芸者屋に、女中として住み込んだ女の眼を通して、華やかな生活の裏に流れる哀しさはかなさを詩情豊かに描く名編。

幸田文著 **おとうと**

気丈なげんと繊細で華奢な碧郎。姉と弟の間に交される愛情を通して生きることの寂しさを美しい日本語で完璧に描きつくした傑作。

幸田文著 **木**

北海道から屋久島まで木々を訪ね歩く。出逢った木々の来し方行く末に思いを馳せながら、至高の名文で生命の手触りを写し取る名随筆。

幸田文著 **きもの**

大正期の東京・下町。あくまできものの着心地にこだわる微妙な女ごころを、自らの軌跡と重ね合わせて描いた著者最後の長編小説。

小林秀雄著 **モオツァルト・無常という事**

批評という形式に潜むあらゆる可能性を提示する「モオツァルト」、自らの宿命のかなしい主調音を奏でる連作「無常という事」等14編。

村上春樹
安西水丸 著

村上朝日堂

ビールと豆腐と引越しが好きで、蟻ととかげと毛虫が嫌い。素晴らしき春樹ワールドに水丸画伯のクールなイラストを添えたコラム集。

村上春樹 著

雨天炎天
―ギリシャ・トルコ辺境紀行―

ギリシャ正教の聖地アトスをひたすら歩くギリシャ編。一転、四駆を駆ってトルコ一周の旅へ――。タフでワイルドな冒険旅行！

河合隼雄
村上春樹 著

村上春樹、河合隼雄に会いにいく

アメリカ体験や家族問題、オウム事件と阪神大震災の衝撃などを深く論じながら、ポジティブな新しい生き方を探る長編対談。

村上春樹 著

もし僕らのことばがウィスキーであったなら

アイラ島で蒸溜所を訪れる。アイルランドでパブをはしごする。二大聖地で出会ったウィスキーと人と――。芳醇かつ静謐なエッセイ。

和田誠
村上春樹 著

ポートレイト・イン・ジャズ

青春時代にジャズと蜜月を過ごした二人が、それぞれの想いを託した愛情あふれるジャズ名鑑。単行本二冊に新編を加えた増補決定版。

村上春樹 著

職業としての小説家

小説家とはどんな人間なのか……デビュー時の逸話や文学賞の話、長編小説の書き方まで村上春樹が自らを語り尽くした稀有な一冊！

やがて満《み》ちてくる光《ひかり》の

新潮文庫　な－37－16

令和五年六月一日発行

著者　梨《なし》木《き》香《か》歩《ほ》

発行者　佐藤隆信

発行所　株式会社 新潮社

郵便番号　一六二―八七一一
東京都新宿区矢来町七一
電話　編集部(〇三)三二六六―五四四〇
　　　読者係(〇三)三二六六―五一一一
https://www.shinchosha.co.jp

印刷・錦明印刷株式会社　製本・錦明印刷株式会社

ISBN978-4-10-125346-6　C0195